新潮文庫

私の美の世界

森　茉莉著

新潮社版

3334

目次

反ヒュウマニズム礼讃

ほんものの贅沢

私の美の世界

貧乏サヴァラン

料理と私

猫じゃらしの穂を扱《しご》いた御飯に、白木蓮《びゃくもくれん》の花片《はなびら》を細かく叩《たた》いて丸めた挽肉《ひきにく》料理、紅《あか》い鳳仙花《ほうせんか》を絞った葡萄《ぶどうしゅ》酒、なぞを並べ、「三越」（昔あった雑誌）の色刷り頁《ページ》を参考にし、与謝野晶子《よさのあきこ》氏に戴《いただ》いた千代紙（それは極上の和紙に刷った大判の美しいもの）を真似《まね》たりして、色鉛筆で染めた友禅の着物に、鶸色《ひわいろ》無地の折紙の帯の、紙人形の令嬢がお客、という、豪華版のままごとを楽しんだ昔から、私は料理を造ることが好きだったようだ。

もっとも私は料理を造って、出来上ったものを自分でたべることが好きなので、夫であろうと、息子であろうと、自分はたべないで人に供し、その喜ぶのを眺めるのは、余り好きではない。非母性愛的、西欧的な個人主義の料理好きである。私の造《こしら》えた料理を讃《ほ》めたり、感心したりすれば、友だちのためにも造るが、自分も一緒にたべることが条件である。病院にお見舞いに持って行く時でも、二人前持って行くのである。ただただ料理を造ることが、不思議に楽しい。

銀色の鍋《なべ》の中に、透明な湯が泡をたてて渦巻いていて、その中に真白な卵が浮き沈みしている。それが楽しい。

フライパンを左手に、右手でバタを落し、卵を割り入れる。少間《しばらく》して箸《はし》で軽く掻《か》きまぜ、形を造えて行く。卵がみるみる楽しい黄色の、ふわふわしたオムレツになって行く。それが楽しい。

私のお得意は、オムレット・ナチュウル（何も入らないオムレツ）またはオムレット・オ・フィーヌ・ゼルブ（香草入り）である。新しい俎《まないた》で、パセリを刻み、洗ったあとが、薄緑色に染まっているのも、楽しい、という徹底的料理好きである。私の得意の料理はオムレットに始まり、ボルドオ風 茸《きのこ》料理（生椎茸《なましいたけ》のバタ焼きにパセリの粉切りをかける）、或《ある》いは、絶対秘密の秘伝のある、ヴェルミッセル（ビイフンに似たもの）入りの肉と野菜の肉汁《スウプ》（これらは巴里《パリ》の下宿のマダアムの直伝である）、蒸した魚（白身）入りの独逸《ドイツ》サラダ（明治時代に独逸の雑誌に出ていたもので、カイゼル・ウィルヘルム二世が自分で造えて兵隊にたべさせた野戦料理だという伝説つきのものである）、台町式牛鍋（台町式というのは、私の婚家が三田台町にあったからで、私はその家で、舅《しゅうと》の妾《しょう》だった女《ひと》〔前には新橋の吉三升の芸者〕にいきな料理を教えて貰った）、鯛《たい》と小蕪菁《こかぶ》、又は海鼠《なまこ》とおろしの酢の物、鯛とねぎ、若布《わかめ》の白味《み》噌《そ》のぬた（鮪《まぐろ》の時には赤味噌）、白魚、独活《うど》、柱なぞの清汁《すまし》、煮鱠《になます》（鰯《いわし》のつくねとそぎ大根の酢入り清汁）等々。

全部を列挙すれば枚数超過であるが、ふだんご本人が召上っているのは、簡略化した独逸サラダか、肉と野菜の肉汁、オムレツ位であって、いわば上手なコックが独りで住んでいて、面倒でないやり方で、美味《おい》しい味つけで食っているような、或いは精養軒のコックが、簡単に、土瓶で珈琲《コオヒイ》を淹《い》れて飲んでいる感じである。

先日入院中の親友に、台町式ぬたを持参し、久しぶりで腕の空鳴《からな》りを慰撫《いぶ》したという、次第である。

卵料理

左手に、かすかな牛酪《バタ》の煙を立てはじめたフライパンを持ち、右手で紅茶茶わんのふちにぶつけて割り入れた卵を一個ずつ流しこむ。黄色みをおびた透明な白身が見るうちに半透明になり、縁のほうから白く変り、乾いてくるころには紅《あか》みがかった丸い卵黄が二つ、とろりとした内容を想像させて、盛り上ってくるころ、蓋《ふた》をして火を弱めると、二つの卵黄は薄い白身のまくを被《かぶ》って、おぼろに紅い。裏はいくらか焦《こ》げ目のつくようにするのである。

でき上ると、振ったか振らないかほど、食塩と胡椒《こしょう》とを、卵黄を中心に振る。私は、食卓の上に運んできた、周りが紅みのある卵の殻に少しロオズ色のはいった色をした厚みのある西洋皿にのった目玉焼きに向うと、どんな用事が突発しても、醬油《しょうゆ》をひっくりかえしたとか、電話のほかは無視して、熱い内に卵を口に入れるという義務を果すことにしている。さじをとり上げると私は卵黄を傷つけないようにじょうずに切りぬき、少量の醬油をかけ、卵黄をすくって丸ごと口に運ぶ。あんまり上品なテエブル・マナアではないから、よその家ではやらないし、料理店でも、行きつけの、それも近所の店でしかそんなことはやらない。

店によっては目玉焼き、あるいはハムエッグスをパイ皿で焼き、そのまま、皿にのせて出すが、熱くておいしい。そのパイ皿で焼いた目玉焼きは、私にパリの下宿の食堂を思い出させる。裏の、石炭がらの散らばった空地に鶏の声がする、長方形のそまつな食堂である。その食堂で私たちは、ようよう嚙《か》めるビフテキや、犢肉《こうし》のコトゥレット、(犢肉のカツレツだが、フランスのカツレツは粉も卵も、パン粉もついていない、ただの焼肉で、この犢肉のコトゥレットだけはどういうわけか、柔らかかった)

サラダ・ドレッシングをかけたムウル（貝）や、ふちの枕木《まくらぎ》のようなところ（えんがわ）が、長さが五分位あり、幅がたっぷり一分はある、化け物のような大ひらめと馬鈴薯《じゃがいも》、玉ねぎのサラダとかをたべていたが、私がたまにお腹《なか》をこわしているから卵を下さいと言うと、マダァム・デュフォールという下宿の奥さんが台所に立って行き、やがてパイ皿で焼いた目玉焼きのふちをタブリエの端でつまんで、私の横から、「ビヤン・ショオ」（とても熱いですよ）といって出してくれた。パイ皿の中で焼いた花キャベツの白ソオスもよく出て、おいしかった。花キャベツが高級な野菜ではないので、私たちのいた安下宿でもふんだんに使っていたのである。

パリの卵料理で思い出すのは、ある卵料理専門の料理店で出した、ウフ・ジュレ（卵の凍ったの）とでもいうのか、（名は忘れてしまったが）スウプをゼラチンで固めた中に半熟卵を入れたものである。よく日本でも上等の冷たい料理の周囲に澄んだスウプにゼラチンを入れてあまり固くない程度に固め、それを細かく刻んで散らしてあるが、あの柔らかなスウプの塊の中に半熟の卵が透《す》き徹《とお》っている夏場の料理で、私は夏、どこに行こうかというと、よくその卵料理店へ行こうと主張した。スウプを牛肉で取って卵の殻で漉《こ》し、ゼラチンの固まりかけのところへ、湯の中に落した半熟卵を入れて、（スウプの中にちょっとセロリの味でも入れて）冷やせば、自分でもできないことはないと思うが、考えただけで面倒だし、私は手の込んだ料理はやりたくないし、パリの料理店の味が出るかどうかも疑問である。

私の部屋の目玉焼きの話がパリに飛んで、横道へはいってしまったが、私は目玉焼きはパンの相手にも、ご飯のおかずにも適さないと思っていて、独立させてたべる。そうしてつぎに花模様の紅茶茶わん（イタリアの美術館で見とれた、ボッティチェリの「ヴィーナスの誕生」の、空にも海にも散っていた小さな薔薇《ばら》に似ている花模様である）で紅茶を飲み、焼パンをかじる。私は焼パンにバタを塗ったのをきらいで、栄養上から別に塊のままたべたり、スウプに入れたりする。トマトやレタスのサンドウイッチには牛酪をたっぷり塗るが、焼パンに牛酪というのは、どこかに私のきらいな塩煎餅《しおせんべい》の味に関連したものを持っている。

ある朝私は台所に立って、ゆで卵を作っている。銀色の鍋《なべ》の中で、沸騰《ふっとう》した湯が銀白色に渦まき光っていて、その中に浮きつ沈みつする白い卵が、私の胸の中に、歌を歌いたいような楽しさを感じさせる。

またある朝は、私はオムレツをこしらえている。フライパンの上で溶けて、煙の立ちはじめたバタの上に、割った卵を三個流し入れる。いくらか固まりかけると箸《はし》で手早く、軽くかき廻し、それを二度くり返してから鍋を動かして卵をゆすり、中のほうが半熟のときに三つに折って、塩こしょうを振って、おしまいである。牛乳があれば少し入れて焼く。牛酪で焼いた場合はそのままの味でたべるが、ラアドでやったときには塩よりこしょうを利《き》かせて、日本醬油をかける。パリの料理店でコックを雇い入れるときの試験には、オムレット・ナチュウルを作らせるそうで、なにも入れないオムレツがうまく焼ければ一人前なのだそうだ。私はうぬぼれもあるかもしれないがオムレツがじょうずに焼けると自負しているが、パリの料理店が私をコックに雇ったら大変なことで、かきのコクテエルも、七面鳥の栗《くり》詰めも、犢肉のコトゥレット、鴨《かも》の肉をその血を入れた鳶色《とびいろ》ソオスで煮たシチュウ、かたつむりの焼いたもの、どれ一つできない料理人のわけである。

卵を使った料理は子どもの時から好きで、生卵を熱いご飯にかけたのに始まって、あらゆる種類の卵料理がどれも好きである。そしていまだに幼児のときの味覚が残っている。フウカデンというのは、好きな挽肉《ひきにく》と卵との料理で、あんな好きなものはない。

私が卵を好きなのは単に味だけの話ではない。卵の形、色もひどく好きで、町で新しそうな卵の山を見ると、卵を使う予定がなくても、なんとなく買いたくなり、手に持って見たくなる。真白な卵の表面は、かすかな凸凹があって、新しく積った雪の表面や、平らにならした白砂糖を連想させるし、またワットマンなぞの上等の西洋紙や、フランスの仮綴《かりと》じの本のペエジにも似ている。紅みがかった殻もきれいで、そのごく薄いのは、弁柄《べんがら》色をした土の上に並んでいたスペインの家々の壁の色を思い出させるし、またいくらか薔薇色をおびて、かすかに白く星のあるのは最高に美しい。卵の形や色には、なんとなくいかにも平和な感じがある。それが好きである。卵の黄身の色の楽しさは、料理をするたび、たべるたびに、新鮮に感じられる。ゆでた卵の殻を濃い紅や、ブルウや黄色、緑なぞに染めて、籠《かご》に盛って食卓に出すというフランスのパァク（復活祭）のお祭は、想像しただけでも楽しい。またパァクのお祭のときには、使った卵の殻の中にあらゆる色の細かく切った紙を詰めて、目張りをしたものを作っておいて、若者たちはそれを通る娘にぶつけたり、窓から見ていて、若い娘の背中の開《あ》いた洋服の衿《えり》なぞにぶつけて大騒ぎをやるそうである。私はパァクのお祭を見たいと思っていたが、ちょうど汽車の中でその日が過ぎてしまった。その翌日ボルドオに着いて街を歩いたが、往来の人道に、さまざまの色の小さな紙が、朝降った小雨で張りついているのを見た。雨上りの人通りの少ない町にも、どこかに前の日の若者たちの楽しいざわめきが、まだ残って、漂っているように、思われた。海に近い町だった。一日しか滞在しなかったので、私の目にはいまでもボルドオの町といえば、雨上りで薄く曇った、硝子《ガラス》のような視野の中に、水夫が二人、三人と大股《おおまた》に歩いている黒ずんだ港や、パァクの紙の張りついた、灰色に濡《ぬ》れた道が、映ってくる。

私は、根がひどく食いしん坊のせいか、小説や戯曲を読んでも、たべもののところは印象に残りやすいのである。夏目漱石《そうせき》氏の小説の中に、「卵糖」と書いて、カステイラとルビを振ってあったが、あまりおいしそうな当て字のため、カステラではなくて、何か別なお菓子のように、思われたことがあった。

『シラノ・ド・ベルジュラック』の中に、ラグノオという菓子屋の主人で詩がなによりもすきな人がいて、毎日即興の詩を書き散らし、その反古《ほご》でパンやお菓子を包んで売るくらいだったが、その人の詩の一つに、

卵三つ四つ手に取りて、

こんがり焼くや狐色《きつねいろ》、

タルトレット（パイ）の杏子《あんず》入り

というようなのがあって、そこのところを他のところよりよく覚えている感じがある。

アメリカの推理小説家のヴァン・ダインの小説の中のヴァン・ダイン自身に似ているらしい主人公の探偵が白身の魚と卵とをまぜて蒸した料理を好きで、お気に入りの下男にそれを作らせているが、いかにもおいしそうな料理である。映画を見ていても、

ジャン・ギャバンが鶏《とり》の、蒸し焼きらしいのを、一口二口むしってたべかけたと思うと、芝居のつごうでそのまま二階へ上って行ってしまう、というようなところを見ると、いかにも気の毒である。アメリカ映画の田園の家で、黄金色に焼けた卵入りらしいマフィンの山盛りを見ても、印象に残るのである。シャアロック・ホオムズとワトスンの朝食にはよく半熟卵が出た。

私のような人間に名作や名画を見せるのはもったいないようなものであるが、もし私が料理や菓子、飲物の記憶以外の所で、大きな印象を受けたとすれば、それは確かに名作であり、名画であるのかもしれない。

私の幼いころ、ある日父の部屋へはいって行くと、父が薄い日本紙に墨でお膳《ぜん》や料理の絵を描いて、絵の具で塗っているのを見つけ、父が自分と同じように絵を描いては塗っているので大いに感激したが、それは父が懐石料理を研究していたので、古本を探してきて、どういうわけか写していたのである。私の父も卵がすきだったらしく、旅先で、よその家に泊めてもらっているようなとき、ちょっとおかずに飽きてくると町で卵を買ってきてご飯の上にかけてたべたらしい。また父が半熟卵をたべるのを見ていると、四角い象牙《ぞうげ》の箸のとがった角《かど》で、コツコツと軽く殻をたたいて、じょうずに蓋を取るので、子どもたちはおもしろがって、自分のもやってもらった。

ずいぶん、食いしん坊の話をしたが、終りに私のよく作る卵料理のこしらえ方を書いてみよう。

1　パセリのオムレツ　これはフランスのオムレット・オ・フィーヌ・ゼルブの日本流で、フランスのは香《にお》い草入りオムレツといって、いろいろな匂《にお》いのいい葉類を入れて焼くのである。ただパセリを青い汁が出るほど細かく刻んで卵にまぜて焼くだけである。

2　ロシア・サラダ　馬鈴薯とにんじんを小さい賽《さい》の目に切ってゆで、青豆を罐《かん》から出し、玉ねぎを刻み（これは生のまま）白身の魚をゆでて皮をとり除いてむしり、卵は固ゆでにして荒く刻む。以上をサラダ・ドレッシングであえるのだが、上等のオリイブ油でないなら酢だけでもおいしい。私はこのごろは酢だけのほうが好きになっている。上品にすれば鯛《たい》かひらめ、えびもいいだろうが、ほんとうはさばか、あじのほうが、ロシアの田舎料理らしくておいしい。ビイルとよく合う。

3　ブレッド・バタ・プディング　卵と牛乳を（卵十個に牛乳一合くらい）まぜ、とっぷり浸るくらいに大角に切ったパン（三日前くらいの）を浸し、少しおいてそのまま火にかけ、さっくりとしゃもじを入れて上下へ返すようにしながら焼き、卵色のパンのあいだあいだに、卵が柔らかめに固まって、パンの角や鍋《なべ》の底のほうはちょっと焦げ目のつくくらいで火からおろす。(焼く前にヴァニラ・エッセンスを二、三滴垂らすのを忘れずに)

4 蒸し卵入りすまし汁　ぎんなんと三つ葉でも入れて茶わん蒸しを作り、それを大さじですくいとったものをおわんに入れて、すまし汁を注ぐ。

5 同じく蒸し卵料理　同じようにして作った茶わん蒸しを冷やし、やはり大さじですくいとって皿につけ、刺身のようにわさびと醤油を添える。

6 ゆで卵の料理　(イ) ほうれん草をゆでて牛酪でいためたものを皿の真中におき、固ゆでの卵の輪切りを周りにかざり、そのまた周囲に小さく賽の目に切って牛酪でいためたクルウトを散らし、ほうれん草の上に卵のとがったところを帽子のようにのせる。(ロ) 固ゆでの卵を輪切りにして醤油と酒、少量の砂糖でざっと煮る。

以上、魚のはいったサラダを除いた他《ほか》は、日本式でいい、いきなものも、ハイカラなものも、軽食用のものもあり、どれもだれの口にも大抵合うおいしいものだが、魚入りのサラダは、いわゆる西洋料理でなく、フランスとかドイツ、イタリア、ロシア(ソビエトの料理というのはちょっと空想にも浮ばないので)、ああいう国の家庭料理、お惣菜《そうざい》のような料理に慣れていないと、読んだだけではいかにも生臭そうに思われるかもしれないが、百読は一味に如《し》かず、作ってたべてみればおいしくて、生臭くないことと受け合いである。私は西洋に行ったことのない人にたべさせて、はずれたことは一度もない。ロシア・サラダという名だが、ドイツにももとからあるらしく、ウィルヘルム皇帝が野戦料理として戦地でこしらえて兵隊にたべさせたという話もある。焼きの良いパンと、ビイルを添えれば、ドイツの郊外の料理店の昼食のようである。

独逸《ドイツ》と麦酒《ビイル》

ミュンヘンの、ホオフブロイ（酒場）は、天井を支える太い柱の間々を俎《まないた》のような卓子《テエブル》が埋《うず》め、麦酒を飲む群集が溢《あふ》れていた。日本のビアホオルのように、麦酒を飲みながらぼそぼそ会社の話や家《うち》の話をしているとか、会社の帰りの僅《わず》かの時間に寄った人間が時間を頭において飲んでいるとか、そういうような、つまり心が麦酒と他のものとの二つに分れている人物たちはいない。そこには唯《ただ》、「麦酒を飲む人」が、いた。日曜日に遊ぶことを許されている子供のように、独逸人は社会からも、女房からも、神様からも、麦酒を飲むことを許されているようで、銀座のライオンの四、五倍はあるホオフブロイは「麦酒」と「人間」との場所である。紅《あか》く太い、黄金色《きんいろ》の生毛《うぶげ》の生えた腕の給仕女は、襯衣《シャツ》の袖《そで》をまくり上げ、大きなジョッキに樽《たる》からどくどくと麦酒を注《つ》ぎ、大きな木のへらで、盛り上った泡をパッとこき捨て、どしんどしんと運んでくる。その女たちも、貧乏の不平とか、恋人のない不平、「ミス何々」になれない不平、なんていうめそついた考えを頭においていなくて、彼女らは「おれは（わたくしでも、あたしでもないのである）今は麦酒を運んでいる」と想《おも》うだけで、家に帰ると自分も卓子に太い肱《ひじ》をついてどくどく麦酒を飲んでから洗濯、或《あ》いはデイト、或いは父親や母親の用をする、という感じであって、つまり「ホオフブロイ」という建物の中は「人間」と「麦酒」以外のものは存在を失っている。麦酒は盛大に注がれ、盛大に飲まれているのである。肴《さかな》は丸茹《まるゆで》の豚か腸詰に練辛子《ねりがらし》をつける。これも壮大なものだ。

「麦酒酒場」以外でも、大体麦酒は独逸国民の毎日のお祭りのようなものらしかった。だから、ゲエテも、モツァルトも、フロイトもマックス・ラインハルトも、ヘルベルト・フォン・カラヤンも、又はどこかの横町のヨハンネス爺《じい》さんも、その隣のエルネストも、その恋人のゾフィーも、向い側の弁護士のオールゲエムも皆麦酒の匂いがし、もしかすると病人も、粉薬を麦酒で流しこんでいるかも知れないのである。

私は独逸人の麦酒の飲み方が、好きである。麦酒は豪放で、爽快《そうかい》でなくてはいけなくて、ちょっとでもけちくさくてはいけない。巴里《パリ》では葡萄酒が国民の毎日のお祭りであるが、麦酒もよく飲む。子供をキャフェにつれて行って何を飲むかときくと、小さな、薄い、薔薇色の唇を尖《とが》らせて「麦酒《ビエエル》」というのだ。私はヨオロッパ人が陽気で、日本人のようにじめつかないのは、お茶のように飲む飲みものに、適度の酒精《アルコオル》が入っていて、又それが安くて美味《おい》しいからじゃないかと思っている。

但《ただ》し私自身は、麦酒を爽快に飲めない。麦酒をサイダア用の洋杯《コップ》に半分飲むと酒顚《しゅてん》童子《どうじ》のような顔になり、心臓がどきどきするのである。哀れな私は好きな、美味しい麦酒やヴェルモット、アニゼット、ウィスキイ、白葡萄酒なぞを、利《き》き酒をする人のようにして少しずつ、飲んでいるのである。

好きなもの

漱石《そうせき》という偉い人はジャムをなめたらしいが、私は練乳《コンデンス・ミルク》をよくなめる。近頃は一層凝って来て、エヴァ・ミルクにグラニュウ糖を入れてなめる。天国である。柔らかな甘みが精神にまで拡《ひろ》がる。幼いころのミルクの香《にお》いが蘇《よみがえ》るのだろうか？　アガサ・クリスティという推理小説家が、何か蔭《かげ》でうまいことをやって、仕済ましたりとにんまりする人の表情について、「猫がミルクをなめたような顔」という表現をしているが、私がミルクを匙《さじ》で舌にのっける時の顔はまさにそれだろう。

日本酒は、飲んでいる人のいる部屋の香いもきらいである。昔の新橋や柳橋の芸者、又は素晴らしい役者、噺家《はなしか》、即《すなわ》ち、二通りの「しゃ」や「しか」のいる部屋なら、(昔、芸者と役者を「しゃ」噺家を「しか」と、洒落《しゃれ》て言ったのである)そういう部屋に坐《すわ》ってもいいが。そういう人間が起《た》ったり、坐ったり、お酌をしたりするのを見るだけで、粋《いき》な美しさがあるにちがいないからだ。

洋酒は白葡萄酒(ライン河の流域でとれるライン・ワインか、渋谷で見つけたグラアヴ・セックという、竜土軒で料理に入れるという、淡泊な葡萄酒。シャトオ・ラフイットゥ、シャトオ・イキュエムの味は、もう忘れてしまって跡かたもない)。クレエム・ドゥ・カカオ。ヴェルモット。ウィスキイは特に香いがすきである。いいウィスキイは樽《たる》の香いがするそうだが、そんな香いをふと、感じたことが一度ある。三百四十円のトリスだったから、幻覚にちがいない。

薄茶。紅茶（リプトン）。上煎茶《せんちゃ》（玉露には淡泊さがない）。瑞西《スイス》、或《ある》いは英国製の板チョコレエト。戦前のウェファース。抹茶にグラニュウ糖を混入して、なめる即席の上和菓子。番茶、塩煎餅《しおせんべい》、かりんとうの類はあまり好きではない。どういうわけか、庶民的なものは嫌いである。すごい金持でいて、二言目には「庶民、庶民」と言う人間も嫌いである。真物《ほんもの》の町の人間は「庶民」なんていう尊称を与えられたら、くしゃみをするだろう。

煙草《たばこ》はフィリップ・モリスか、戦前のゴオルデンバット。フィリップ・モリスはブリアリ（フランスの映画役者）に似た小説中の人物が吸いそうな気がしてから、好きになった。チイズはオランダ・チイズと、プチ・スイス・チイズ（腐った牛乳の蓋《ふた》に付いた、チイズ状のものを固めたようなもので、小さな三角形をしており、一つ一つ銀紙にくるまれている。砂糖を一寸《ちょっと》混ぜてたべるのである）。これは上等の菓子以上に美味《おい》しいが、不幸にして日本にはない。平目の牛酪《バタ》焼。同じく刺身。野菜の牛酪煮。淡泊《あっさ》り煮た野菜。砂糖を入れた人参《にんじん》の甘煮《うまに》。トマトの肉汁。ロシア・サラダ。八杯豆腐、蜆《しじみ》なぞの三州味噌汁《みそしる》。

私は食いしん坊のせいか、スウェタアの色なぞも、胡椒色《こしょういろ》、ココア色、丹波栗《ぐり》の色、フランボワアズのアイスクリイム色なぞがすきで、又似合うのである。すべて味も色も甘く柔らかいのがすきで、「渋い甘み」というのが、好みである。

お菓子の話

想《おも》い出のお菓子。それは静かな明治の色の中に沈んでいる紅白、透徹《すきとお》った薄緑、黄色、半透明の曇ったような桜色、なぞの有平糖《あるへいとう》の花菓子。大きな真紅《あか》い牡丹《ぼたん》、淡紅の桜の花、尖端《さき》が紅い桜の蕾《つぼみ》、緑や茜色《あかねいろ》を帯びた橄欖色《オリイヴいろ》の葉。薄茶色の木の枝には肉桂《にっけい》の味がした。紅白で花のように結ばれた、元結いの形も、あった。

それらの花束は細く長い、青白い母の掌の上に、半紙にのせられて咲き香《にお》っていた。一回分のおやつとして母はその中の桜の二三輪とか、牡丹の花片の幾つか、というように折って私に、与えた。硝子《ガラス》戸越しの午後の陽の光に、桜の淡紅、葉の緑、牡丹の真紅、なぞが、きらきらと透徹り、ヴェネツィア硝子か、ボヘミア硝子の、破片《かけら》のように光った。

失われた時を求めて、過去を自分の掌でさわり、たしかめ、ふたたび現在の中に再現しようとした、素晴らしいフランスの作家の、マルセル・プルウストが愛した、彼が幼時に母親や叔母の家で味わったプティット・マドゥレエヌ。有平糖は私のプティット・マドゥレエヌである。

天長節の日、父親が宮中から持って帰る白木綿の風呂敷《ふろしき》包みは、私の有頂天な夢をかきたてた。風呂敷包みを解くと、緋色《ひいろ》の練切りの御葉牡丹、羊羹《ようかん》の上に、卵白と山の芋で出来た鶴《つる》が透徹ってみえる薄茶入りの寒天を流したもの、氷砂糖のかけらを鏤《ちりば》めた真紅い皮に漉《こ》し餡《あん》を挟んだ菓子、なぞがひっそりと入っていた。明治の文学者は多くの報酬を得たとはいえない。それらの煌《きら》めく菓子たちは大てい戴《いただ》きものであって、私たちが常用したのは本郷、青木堂のマカロン、干葡萄《ぶどう》入りビスケット、銀紙で包んだチョコレエト、ドロップ、カステラなぞであった。どこかの遠い知人から送られてくる、白い薄荷《はっか》糖は甘く、品のいい蜜《みつ》の味。種のない白い干葡萄。これらは年に一度の楽しみで、あった。

現在の私の常用菓子は時々変るが、目下のところは下北沢の青柳《あおやぎ》の、淡黄の栗の形の中に、上等の栗の刻んだものが入っている半生《はんなま》である。新鮮な栗を使うせいか、秋から冬にかけての二三カ月の他は姿を消すのが欠点である。又、白餡を薄紅色の牛皮《ぎゅうひ》で包んで、白い芥子《けし》の実をまぶした、梅の花形の、これも半生、これらの青柳の半生は、三日おき位に十個ずつ買うが、それ以外の平日は、明治生れの私にも品の悪さや粗雑な味を感じさせない小型の桃山で、これは代沢《だいざわ》に一軒、下北沢に二軒売っている店があり、一軒で買うのを忘れた時でも次々と又他の店で買えるという、便利な仕組みである。他に雪あられと称する、これも大量生産の安菓子だが、味が軽く、上品で気に入っているが、私の好きな、安くて贅沢《ぜいたく》な味の菓子とか、気分のいい石鹼《せっけん》とかはどういうわけかきまって製造元で製造停止になるのである。製菓工場が、森茉莉さんという一人のお婆《ばあ》さんの為《ため》に製造しているわけではないので、文句のつけようもない次第である。

ビスケット

少ししか知らない仏蘭西《フランス》語で書くと、ビスケットは Biscuit である。ビスケットは英国から来たものらしいから、仏蘭西人がその儘《まま》の綴《つづ》りにしてビスキユイと発音しているのではないかと思う。ビスケットの場合に限り、私は英語で言いたいので、これは私としては英語で書いた積りである。私は元来は英語は虫が好かない。理由は、女学校で習った、ほんの少しの仏蘭西語が頭に入ってしまって、他の外国語は知らない、それで、英語というものは、やたらに発音しない字がぞろぞろくっついているのが、癇《かん》に触るのである。また読み方が、仏蘭西語を習った人間にとっては思いもかけない読み方になっているのも、癪《しゃく》に触る。Pie はパイらしいが、私にはどう見てもピーであって、パイがピーとは何ごとか、と、私は喫茶店のメニュウを睨《にら》んで、いつも不機嫌である。その英語嫌いの私が、ビスケットだけはビスキュイともプチ・フウルとも言いたくない。ビスケットは英国のものだと思うし、ビスケットは英国産の、あの固さと、噛《か》む時の脆《もろ》さと、仄《ほの》かな牛乳《ミルク》の香《にお》いと牛酪《バタ》の香い、そうして上等の粉の味を持ったものに限るからである。

　私は小説を読んだり、映画を見たりする時、面白くて引きこまれていた場合でも、食物の出てきた場面は鮮明に頭に残っていて、それが何年経《た》っても消えない、という、大変な食いしん坊である。亜米利加《アメリカ》映画で大ホテルの朝の食卓が映り、銀のポットから透徹《すきとお》ったような濃い褐色に輝いた珈琲《コオヒイ》が、捩《よじ》れたようになって迸《ほとばし》った時、私は心の中でアッと言った。それ程美味《おい》しそうで綺麗《きれい》だったのである。ジャン・ギャバンの映画の鶏《とり》の丸焼。ヒッチコック映画の、田園の食卓の上のグロッグと、山盛りのマフィン。シャアロック・ホオムズの夕食の冷製の鴨《かも》。同じく彼が飲んだブランディ入りの珈琲。そんな風だから、まして黒岩涙香《るいこう》の英国ものらしい翻案小説で、無実の罪で牢《ろう》に入った貴族の娘に父親が、普段食べているビスケットを差入れるところでは感動した。どんなビスケットだったろうかと、私は眼を宙に据え、しきりに空想の翅《はね》を延ばした。

私は仏蘭西好きだが、麵麭《パン》と紅茶とビスケットだけは英国に限る。(但《ただ》し料理と、ビスケット以外の菓子は倫敦《ロンドン》に行った時、その不味《まず》さに驚いた)いつだったか、京都へ行った人が、京都で売っている英国麵麭を二斤《きん》ほどお土産に呉《く》れたが、四日の間毎朝、英国流に紅茶とハムエッグスとを添えて、堪能《たんのう》した。紅茶は、いつも私の小説を読んで呉れるお嬢さん(その人は伊太利《イタリア》の古い画《え》——素描の——にある、翅のある少女のような顔で、伊太利製の地味なレインコオトをようすよく着こなし、肩から地味なバッグをかけている時なぞ、なかなかいい。アンソニイ・パアキンスのファンで、私とパアキンスについて話すと、話は終る時がないのである)が呉れる、純英国製の紅茶を飲んでいるが、酒のみの人が酒に酔うように、私はその紅茶の香いに酔っては、眼を恍惚《うっとり》とさせ、(自分では恍惚とした顔の積りだが人が見れば何を茫然《ぼうぜん》としているのかと思うだろうが)そのいい気分になったところで小説をお書きになっている。

ビスケットには固さと、軽さと、適度の薄さが、絶対に必要であって、また、嚙むとカッチリ固いくせに脆く、細かな雲母状《うんも》の粉が散って、胸や膝《ひざ》に滾《こぼ》れるようでなくてはならない。そうして、味は、上等の粉の味の中に、牛乳と牛酪の香いが仄かに漂わなくてはいけない。また彫刻のように彫られている羅馬字《ロオマじ》や、ポツポツの穴が、規則正しく整然と並んでいて、いささかの乱れもなく、ポツポツの穴は深く、綺麗に、カッキリ開いていなくてはならないのである。この条件の中のどれ一つ欠けていても、言語道断であって、ビスケットと言われる資格はない。ヨオクの薔薇《ばら》のような英国貴族の娘の、白い歯に齧《かじ》られる資格はないのである。森マリさんなんていう、変な小説書きの婆《ばあ》さんなら亜米利加製や、日本製ので結構だ、とそこらのビスケットが言うかも知れないが、そうは行かない。私は貧乏でもブリア・サヴァランであるし、精神は貴族なのである。この頃流行の庶民は大嫌いである。今は絶滅に瀕《ひん》している本当の「町の人」は、ショミンなんて言われると、くしゃみをして「しょみんて、なんですい？」というだろう。昔、私の住んでいた団子坂《だんござか》上に「伊勢屋」という菓子屋があって、そこの硝子《ガラス》瓶の中に、マリイ・ビスケットという大型で円いのと、イタリアン・ウェファースという長四角で、縁が古代のレエスのように尖《とが》ったぎざぎざになっているのと、二種類があったが、その二つは英国ビスケットの伝統がどこかで伝わったものらしく、なかなか気品があった。固さも、彫りも上々であった。私は戦争疎開《そかい》で、団子坂上の「伊勢屋」と離れてからは、好きなビスケットに出会ったことがない。

　私は、幼時は本郷の青木堂の西洋菓子で育ったが、青木堂が無くなってからは、女中が一分間で買って来るので、伊勢屋のビスケット専門だった。どういう訳でイタリアン・ウエファースというのかわからないが、ウエファースというがビスケットで、そっちの方は特に秀逸だった。私はそのビスケットを大皿に盛り、薄水色の罐《かん》入りのリプトン紅茶を淹《い》れ、角砂糖を一つ半おとして、三時の食卓に向ったものである。父親の石像が立っている花畑の庭の冬枯れが、硝子戸越しに広々としていた。贅沢《ぜいたく》貧乏の名人で、代沢湯の湯ぶねに浸っていて、西班牙《スペイン》のアルハンブラのバッサンを空想する（無論眼は瞑《つぶ》るのである。ちりちりの髪を洗っている、真赤に肥った中婆さんや、地獄の針の山に追い上げられている女亡者のような痩《や》せさらばえたお内儀《かみ》さんが見えてはおしまいである）という私だが、本ものの庭が見えるのはいいものである。

　戦後のビスケットは、高価な上ものも出たが、牛酪が多過ぎたり、甘すぎたり、色は濃過ぎ、妙に気取って形もさまざまで、それにビスケットというよりデセエルに近い。亜米利加製のチョイスなぞは論外。私は誰がなんといってもビスケットは、リットゥル・ロオド・フォントゥルロイの祖父が召使いをどなりつけて退《さが》らせてから、まだ怒りながら齧ったビスケットのような、古来の英国ビスケットでなくては、ビスケットとは呼ばないのである。

貧乏サヴァラン

マリアは貧乏な、ブリア・サヴァランである。

マリアは今日も怒っていた。マリアの怒りの原因はマリアが、自分の味覚や視覚、触覚、気分、それらのすべてにおいて鋭くて、食いしん坊の方面は、ブリア・サヴァランに匹敵すると、信じていて、それらのすべてを満足させなくては寸刻もいられないのに、それを満足させることに、筆舌につくせない努力を要するということに発している。マリアはその努力だらけの生活を、否応《いやおう》なしにさせられているのである。今日の怒りは淡島の家から下北沢の食料品買い出しの帰り、建具屋のところまで来て、氷を忘れたことに気がついたからだ。どういうわけかその前までくると買い忘れを思い出すことになっているが、その店は、大工だか、建具屋だか、名称不明の店であって、常に塩煎餅《しおせんべい》屋の硝子《ガラス》ケエスか、鮨屋《すしや》の肱《ひじ》つき台を製造していて、出来上ると、白っぽい下塗りをしたそれらの物体がでかでかと板の間から表へ出っ張っている店である。どうしてその店の前で、買物籠《かご》の中の品不足に気がつくのかと考えてみると、そこの先隣の鮨屋と鮨屋の向いの焼鳥屋（この店は親友の萩原葉子《はぎわらようこ》がつねに「寄ろうか」、或《ある》いは「買ってこうか」と言い、「やめとこう」と呟《つぶや》くところの店で、六時ごろから世田谷区北沢周辺に住む父《とう》ちゃん、兄《あん》ちゃん、サラリイマンの諸兄で満員となる、冬になると薄赤い提灯《ちょうちん》が誘惑的な店である）との間に、どこへ行くのかわからない細い道があり（どこへ行くのかは今もってわからないが、そこをまがると「かたばみ荘」という、枕《まくら》が二つずつある寝台《ベッド》の部屋が幾つかあるメゾン・ドゥ・ゲテがある、ということは、この間おかしな偶然の機会から知ったのであるが）、焼鳥屋と対角の団子屋と石地蔵の祠《ほこら》のある角とで出来た、よじれたような四つ角が、下北沢商店街の終りであって、そこでマリアの帰り道の風景が一区切りになっているためらしい。

さて買い忘れた氷というのは、ダイヤ氷と称する、大きな角砂糖位に切った、ポリエチレンの袋入りで一袋二十円のもので、電気冷蔵庫の中の氷よりも形もいいし、味も昔からの氷の味なのである。その塩煎餅屋のケエス造りの家まで来て、氷を忘れたことに気がつくと、引返す足がいやがる。重くなる。マリアの足は本来部屋に坐《すわ》っていることさえいやがり、一日長くねそべらせていたい欲求を持っている、歩くのも不器用、走るのも遅い、全く無能の足なのである。マリアはその足がいやがるので、屡々《しばしば》胡椒《こしょう》無しの冷しトマトを喰ったり、胡椒とパセリ無しの粉《こ》ふき馬鈴薯《じゃがいも》も、余儀なくたべる。マリアはいやがる足をだまし、だまし、ブリア・サヴァランと同じ味覚を持つ舌のために奔走するのである。マリアはダイヤ氷なしでは夜が越せない。夜中の冷紅茶用の氷だからだ。半分よりは幾分下までたて襞《ひだ》が入った、酒屋の立ち飲み用のコップをマリアの好きなように直したような洋杯《コップ》に、大型ジャーの中に岩屋の氷室さながらの涼風をさざめかせているダイヤ氷を充分に入れた上から、熱い紅茶を注ぐ即製冷紅茶のための氷である。それが一時間おき、三時間おきに必要である。夜中の冷紅茶というと、マリアは毎晩徹夜で原稿を書いているようにみえるが、大抵の夜は睡《ねむ》っては目醒《めざ》めて冷紅茶をのみ、満四つの子供が書いたような字を三つ位書いて又睡り、又目を醒まして冷紅茶、という、電燈《でんとう》も、冷紅茶も、何のためかわからない夜であって、それでは昼間は原稿をどうやら書くのかというと、昼間も大同小異である。ただ昼間だと、シャルル・アズナヴウルの、律義《りちぎ》で粋《いき》で、寂しげな歌、et pourtant, pourtant, que je n'aime que toi が突然鳴り出して、睡り獣の目が醒めて、犀星《さいせい》が何かを書こうと勢いづいて、青い眼ん玉の、鋭い歯を生やした魚の如《ごと》き顔となった時のような頭の冴《さ》えになることがある。夜中はラジオを低くしているので、レイ・チャアルズの歌もシルヴィ・ヴァルタン、ジョニ・アリディの歌もすべてことごとく子守唄《うた》となり果てる。それでも書かなくては大変、と思っているから、冬は温紅茶、夏は冷紅茶が、何がなんでも必要なのである。四つの子供の字でも、書ける時は年に何十日しかない幸福な日々であって、書けないことに絶望して、絶望に疲れて多くの時睡っているのがマリアの文筆生活である。紅茶と睡眠との、絶えまのないくり返しのために紅茶がアッという間に無くなり、買い出しの品目には紅茶が、三日おきに入っている。

紅茶はリプトン・ティー・バッグというので、それを二袋急須《きゅうす》に入れ、薬罐《やかん》の口から湯が縄のようになって迸《ほとばし》り、辺りに跳び散る位の熱湯を注ぐ。薬罐をかけておいてポカンとしていたり、睡っていたりするので、薬罐の湯は半分以上蒸発するか、全部無くなって、薬罐は全体に白っぽくなって、蓋《ふた》に塗った塗料の匂《にお》いがしている時も稀《まれ》ではない。首尾よくすごい熱湯を注いだとしても、バッグの引きあげ刻《どき》が気むずかしい。渋みが出るほど濃くてはいけないが、一寸《ちょっと》でも薄すぎてはいけない。そういう苦心の末淹《い》れた紅茶を、例の洋杯に氷を入れた上から注ぐと、英国製の紅茶はハヴァナの薫香《くんこう》か、ナポレオン・ブランディの香気か、というような香《にお》いを発する。大きな眼を二つ開いていて、ぼろ部屋の光景がはっきり見えていても、英国貴族の、地紋のある白い卓子《テエブル》掛けをかけた卓子の上が明瞭《はっきり》と浮び上るから、マリアはとたんにぷらちなの掌をした萩原朔太郎《はぎわらさくたろう》以上に高貴となる。すると瞬間にせよ眼が醒めて、心身ともに楽しくなるから従ってマリアの心は本来の天井抜けの無為無想に還元して、ピイタア・オトゥールの王様のように、なってくる。ピイタア・オトゥールの王様が悪魔のような食いしん坊を発揮して、馬鹿《ばか》のようなだらけた顔で匙《さじ》の上の料理に向って口を開いたところのような顔になってくる。マリアにはピイタア・オトゥールの持っているような大人《おとな》もないし、すごい悪魔もないから、鏡を見ればおしまいだが、そういう顔になった気がしてくるのである。底の方に薄気味悪さと、神が許して遣《や》らせてくれている、幼児的な意地悪と、絶対の我儘《わがまま》とを潜めている、ピイタア・オトゥールという役者の顔が、アラビアの被衣《かずき》を被《かぶ》って方々に出始めた時には、その顔が自分の心の中で、ジャン・クロオド・ブリアリの影を幾らかでも薄れさせることになろうとはゆめにも、思わなかった。つきあいにくい顔だと思ったきりだったその顔は、無感情と無関心の美を持つ、この世にもう一つあるとは思われない顔だったのだ。ベレをおでこにぴっちり嵌《は》め、タブリエにバンド、膝小僧《ひざ》を風に吹きさらしたゴスの姿が彼の後ろにみえてくる、そうして、神様のように慈悲深い金持ちの男に雇われているお気に入りの園丁か、牧師か、ノオトゥル・ダムの門番のような顔でいながら、巴里《パリ》のいなせが靴の爪先《つまさき》まで滲《し》み徹《とお》っている、シャルル・アズナヴウル。目下マリアはこの二人の役者に毎日幻の花束を送っている。(マリアの幻は、現実以上の現実なのだ)団子坂上の邸町《やしきまち》にある薔薇園《ばらえん》の薔薇である。この明治、大正に東京にあったハイカラな植木屋、薔薇園。明治、大正の文展に並んでいた洋画の中だけにあった、薄さびた、煙色が漂っていた本郷、動坂《どうざか》の薔薇園が、英国のヨオクや、ランカスタアの純血種の薔薇を育てて、王宮に入れていた、昔《いにしえ》の英国の薔薇造りの庭よりも、より以上に素晴らしい薔薇の庭だったことを、どうやって説明したら現代の人にわからせることが出来るだろうか。話がピイタア・オトゥールから薔薇園に来てしまってだんだん横道に外《そ》れて行く不安があるが、もともとマリアの書くことははじめから終りまですべて横道なのである。さて薔薇園であるが、薔薇園に限らず、明治、大正の東京の風景はすべて、薄い煙の色を被っていて、桜の中から出ている五重塔も、山本森之助の「老樹青《せい》苔《たい》」のような樹《き》のある秋の動物園裏のあたりも、原田直次郎の描いた田端辺の雪景色も、蓮池のある朝の田圃道《たんぼみち》も、すべての風景は薄藍色《うすあいいろ》のもやを被っていた。夕日の紅《あか》さが遠景の屋根の上を焦《こ》がしている時刻には、もはや紅を含んで薄紫に烟《けぶ》っていた。明治になってから工場というものが出来はじめて、大正になると「女工哀史」なぞという言葉も出て来たが、それらの工場の煙突から出る煙のために、もの寂びた、だが無数の甍《いらか》の下の幸福が燻《くゆ》り出したような色が、東京やその周辺の風景には漂い纏《まつ》わっていた。その燻《くすぶ》ったような薄藍紫が、冬の巴里《パリ》や、シャアロック・ホオムズのいた霧の中の倫敦《ロンドン》のような、シックな街を現出していたわけで、マリアの頭には薄紫にくすんだ上野の山が、哀《かな》しみのように甘い桜餅《もち》の味や、桜や楢《なら》の炭火の匂いと一しょに残っていて、それは夕日で焦げた森のような、紅《あか》い、幸福のかがやきだったのだ。マリアはそういう観点から、明治、大正の、本郷動坂の薔薇園の風景が、倫敦の、ゲインズボロの描いた王女や貴婦人のリボンの襞のようなヨオクの薔薇や、エディンバラの薔薇を造っていた英国の薔薇屋より素晴らしいというのである。マリアは現在の、排気瓦斯《ガス》や、ストロンチウム、セシウム（これらは原爆時代のものであって、今のはそんな生やさしいものではないのである）。芥子《けし》の花の白い粉。マラカイド・グリーン、ビスマルク・ブラウン、オーラミン、ローダミン（これらは有毒着色剤の名である）なぞが浮遊していて、人間、猫、犬、鳥類、虫の死が日々にふえている東京を恐怖しているのでいよいよ、ブリア・サヴァランの舌を満足させるために必要な氷を得るためには淡島と下北沢との間を東奔西走、惨憺《さんたん》たる努力の日々を送っているわけである。

とにかく、マリアは氷があって、気に入ったものを気に入ったようにして口に入れないと、この世のゆかいの中でも最もゆかいなものが無くなって、忽《たちま》ちムウディな気分の中に陥るのである。ムウディというのは、ムウドのある（ムウドという言葉がマリアはきらいで、みると顫《ふる》えがくるので使わないようにしていたが、とうとう使わなくてはならない日が来てしまった）いい気分のことでもあるらしいが、マリアは英語がわからないのでよくはわからないが、アメリカの兵隊なぞは、まるで反対の意味に使うらしい。どうにもこうにもならない、不条理の限りを言いたくなるような、どうやっても直らない、ムーッとたてこめたような不機嫌のことらしいのである。どこから湧《わ》いて来たかわからない気分だが、そばにいた人間に不機嫌をおしつけないではいられないような、困った気分である。マリアの場合、現在、家にいる人間といえば自分しかいないから、あたるのは自分自身だから、人畜無害だが、それだけマリアのムウディな気分は、ひどくなる。いくら紅茶と絶望して睡るのとのくり返しの生活だといっても、或《あ》る日は書きはじめることが出来て、それが小説のようになってくることも年に一、二度はあるから、朝は素晴らしいものを、充分満足しながらたべて、好きなラジオを忘れないようにかけ、四種類の新聞をバラバラにしていつも読む順に折って重ねてよまないと、世の中が楽しくないし、うまく行かないような気がする。まず今なら、ジャーの蓋《ふた》を開けて、北極を空想するような角砂糖氷の堆積《たいせき》の中から（角砂糖氷だから犀星の詩の氷のようにみしみし張りつめてはいない）――われはジャーに満ちた氷を愛す――マヨネエズの壜《びん》を出し、鎌倉ハムを出し、牛酪《バタ》を出し、固茹《かたう》で卵を出し、薔薇色《ばらいろ》がかった朱色の玲瓏珠《れいろうたま》の如きトマト（les tomates vermeilles）を二つ出し（赤いこしまきの如き赤のはきらいである）、頭の半分は捨てた、胡瓜《きゅうり》の太ったしっぽを出して、ボオルに入れて部屋に入り、玉葱《たまねぎ》を薄切り（偉い主婦が速間《はやま》の音をたてて薄打ちにしたように、透徹《すきとお》るように切るためにはかなりの時間と根気を要する。〈根気〉というものが全くない手が、一心同体の貧乏サヴァランを満足させるためには涙の出るような根気を出すのである。美談にはならない努力であるが、それだから素晴らしい努力なのである）にして切ったトマトの上に散らし、胡瓜の薄切りと両方に塩、胡椒《こしょう》をふりかけ、ハムの鑵《かん》を開け、それらを白い皿にのせ、（白磁のような気取りのない、ただの瀬戸物である。白磁も瀬戸物なのかも知れないが、よっぽど複雑な焼きかたをしたものなのだろう。陶器と、磁器とのちがいがよくわからないが、白磁そのものは多分綺麗《きれい》だろうが、ひねった人々が礼讃《らいさん》するのが気に入らないのである。白磁はまだまだいいが、青磁にいたっては、へんなお爺《じい》ちゃんや、おばさんの部屋にある急須や茶のみ茶碗《ぢゃわん》とか、薄気味の悪い宿屋や料理屋の手洗いにある下駄《げた》を連想するので一層きらいである）固くなったマヨネエズに辛子《からし》をまぜて卵と、一つだけ塩がかけてないトマトにつけて口に入れたあと、特製サンドウィッチパン（この麵麭《パン》はビニイルの袋に黄金色《きんいろ》に輝いた線が入っていて、薄いのが六枚入って二十五円。なかなか上等だが、この頃急に質が低下して二十円になった。マリアが発見したお菓子や、パンの類は或る日忽《たちま》ち姿を消したり、質が落ちたりするので、哀《かな》しみである。それは世田谷の、マリアのいる辺りの裏には立派な邸宅が林立していて、マリアのような貧乏サヴァランは一人も無いし、あらゆる不味《まず》い菓子パンをお三時にたべ、おかずパンか、積んであるパンの中から安いわりに厚くて量の多いパンを買って、支那紅のような色の馬か鯨のハムとキャベツのあらとネギをいためて、のっけておひるを済ます人々は、量の少ないわりに高いパンは買わないからである）に牛酪を塗って、さておもむろに漫画から身の上相談、小説、記事の順に重ねた新聞をよみながら、トマトと胡瓜とハムを代り代りに口に入れないと、一日がうまく始まらないのである。新聞と朝食とを並行させる傍ら、トランジスタア・ラジオを聴くが、ラジオを黙らせたり、喋《しゃべ》らせたりする右手は大変な忙しさである。あらゆる好きな番組の途中に、体中の皮膚がそうけ立つような歌や、頭がカッとなるようなのや、又はぞっと顫《ふる》えのくるようなコマアシャルがのべつまくなしにせまるからである。そうけ立つ歌というのは、若い女が、猫がどうかした時のような声で、恋愛の歌を歌うのと、一時代前の、任俠《にんきょう》の徒というような男の浪花節《なにわぶし》的な歌を、声高々と歌うのとの二つが主である。なかんずく困るのは猫の恋愛の声で、猫なら猫で、あれは人に聴かせているわけではないし、まして金を取っているわけではない。猫にも多少は甘ったれているという意識はあるかもしれないが多分殆《ほとん》ど無意識で、本能でああいう声を出すようになっているのである。私はビイトルズというのを好きだった。写真をみるとどれも気に入り、とくに「ヤア、ヤア、ヤア」のスチイルをみると、シャアロック・ホオムズの初版本の挿絵にある、ホオムズとワトスンのような、(それはホオムズとワトスンが歩いていると、馬車の中から黒髭《くろひげ》の男がこっちを窺《うかが》っているところなぞである) ひどく古風な格好で四人のマッシュルウム頭が駆け出していたりするのがひどく味があって、どんな頭のいい人間が考えたのかと感嘆した。歌もいかしたし、ことにミッシェルや、イエスタデイは気に入っていて、貧乏サヴァランであり、一面躁病《そうびょう》の気味のあるマリアは、ヴァルタンや、アズナヴウルの歌の間々にはよく歌ったが、彼らがいよいよやって来て、グラフや画報でラプスタインの大写しの顔を見、又四人の若者の、私生活の匂いのする写真を見ると、とたんにマリアはぞっとした。ことにジョン・レノンが裸の足に短い洋袴《ズボン》で部屋へ入るところと、同じく彼が窓の中で、腰を中腰に曲げるようにしてファンに手を振っている写真が、すごかった。彼らが日本へ来て動物園の猛獣のように閉じこめられたことを、大抵の人が同情していたが、彼らはとうに、ラプスタインというあの無気味な、ラスプウチンのような (名まで似ている) 毒蛇によって囹圄《れいご》の人間になっていたのである。もう一人、洋服を造っている女の怪物もいるらしいのだ。彼らは絶対にラスプウチンに反抗出来ない、彼ら同士喧嘩《けんか》出来ない、他の髪形は出来ない、何億の貯金と、何にも知らない新婚の細君と、たべ放題以外には一つの自由もない四人である。マリアは、たべ荒らされたプリンス（？）ホテルの豪華な料理の皿、或《ある》いは綺麗な、何ものってない皿や、冷えた紅茶の入った紅茶茶碗、上等な紙巻がにじり消されているホテルの灰皿、等が写っている、妙に青白いカラア写真を見た。四人のマッシュルウム頭の若者たちは毒蛇の吐く息にあてられて、ただ言う通りに歌い、話し、ふるまい、一人一人の個人の心臓は冷たい毒蛇の息の鎖でがんじがらめになっている。それがわかってから彼らの歌をきくと、彼らの歌の中にはきれいな、エロティシズムや陶酔とはちがう、無気味で不快なささやきがあるのに気づいた。巴里《パリ》だけがあの四人の若者を拒否したのは当然である。巴里は本もののエロティシズムと陶酔を持っているから、彼らの麻薬は不必要なのである。非人間的な甘さを持った彼らの歌は異様であって、魅力というより、妙な薬の反応のようなものである。彼らのファンの少女たちは、ただ絶叫したり暴れたりするのではなくて、一種の麻薬患者の陶酔状態である。それにしてもブライアン・ラプスタインというロシア人らしい男は、役者になる積りだったらしいが、彼に役者の素質がなかったことは映画界の損失だったかも知れない。スタンダアルやバルザックがいい男だったらこんな顔だろうというような、すごい面構《つらがま》えである。そういうようなわけで、マリアがたべたり、読んだりしながら聴くラジオは、止り通しに止っている。

さてマリアがいやがる足で、下北沢の裏通りの、氷室のあるぼろ家に辿《たど》りつくと、まだ残り惜しそうになめているクリイムと称する黄色いものを挟んだパンの、そのクリイムだけをなめつくして、また残り惜しそうになめている痩《や》せた男の子が、氷を出してくるのだ。大体マリアが塩煎餅《せんべい》屋のケエス造りの店から、いやがる足で引返さなくてはならないのは、近所の馬込屋が早々とダイヤ氷を売ることを止めたからで、マリアはそのことで、毎年のことなのに今日は朝から怒っていた。ブリア・サヴァランの怒りは大きいのだ。裏通りのぼろ店がダイヤ氷を止めたらもう、終りである。マリアはこれらの吝臭《けちくさ》い店の親爺《おやじ》や婆《ばば》あに反抗して、(電気冷蔵庫を買ってやれ)と、何度も思ったが、あの白くて大きく、つるつるした、よその家や、店で一寸見るのも不愉快な化け物を自分の部屋に運び入れることは、どうしたって出来ないのだ。総電気時代、宇宙時代になってから出て来たものはすべてなめくじか、のっぺらぼうのような代物《しろもの》ばかりである。グッド・デザインの花瓶や茶碗、椅子《いす》。提灯《ちょうちん》型の電気スタンドが白くポッカリ浮んでいる、へんにガランとした部屋は、マリアには化け物の部屋としか思われないのである。あの提灯は、お岩の提灯よりマリアを恐怖させる。ビイトルズの非人間的なエロティシズムに対して、こっちは非人間的な化け物提灯である。マリアはそんなもろもろのいやなもののない部屋で紅茶を喫《の》み、或る日は上等の煎茶《せんちゃ》を喫むのである。煎茶は、夏は水、冬は夏の水位に冷《さ》ました湯で淹《い》れて、夏は氷を一、二片入れる。冬は幾らか濃く淹れて湯を少量差すのである。煎茶は水で淹れるのに限る。氷茶と言って、氷で淹れるやり方もあるがまだやってみない。紅茶の相手は乳児用カルケットで、煎茶用は下北沢の青柳の剝《む》き栗《ぐり》の形の淡黄色の半生《はんなま》か、芥子《けし》粒をまぶした薄紅色の牛皮《ぎゅうひ》で白あんをくるんだ梅の花型の半生。近所で買うのは紅白の鳥の子餅か、薄紅色の洲浜《すあま》である。紅茶の時には特製サンドウィッチパンに薄く牛酪を塗ることもある。戦前は団子坂上の伊勢屋という店にマリイ・ビスケットというのと、イタリアン・ウエファースというう（これはぎざぎざのある長方形のもの）のとがあって、英国製に劣らない上等品だった。戦後は米国製のぐじゃぐじゃか、日本製の粘土の混ざったようなのばかりである。黒岩涙香の翻案小説〈英国種《だね》〉の中に、冤罪《えんざい》で牢《ろう》に入れられた貴族の娘の父親が彼女が普段たべているビスケットを差入れたというところがあって、どんなビスケットだろうと感動したことがあるが、現在の日本ではカルケットよりない。乳児用と銘打っているだけあって、さすがに粘土の気はないし、ミルクの味もするのである。歯ざわりもいい。

貧乏サヴァランのマリアは平目の刺身が好きだが、このごろは鯛《たい》はあっても平目は少ない。昔、冬の雪の朝なぞに、魚屋から経木《きょうぎ》の書き出し板を受けとり、第一番に〈平目〉又は〈ひらめ〉と書き出してある時のうれしさをしみじみと想い出して、マリアは感動している。そのころ女中が平目の刺身を運んでくると、（私は台所に出て行って、魚屋のへんな皿から白い西洋皿に刺身を移して、上品に並べ直していた。魚屋の皿というものは、或るものは紙の一端がめくれたていになっており、模様はというと、蛇籠《じゃかご》と葦《あし》の葉とか、宝珠の珠《たま》から煙が出たようなのとか、流水に鮎《あゆ》が泳いでいる模様、なぞである。夏は得体のしれない氷の上にのっていて、いよいよいやみである。氷の上の刺身が半分冷たくて、半分温《あった》かいのもいやだし、水っぽくなっていて、しかも包丁のしかたが悪いために、皮と身の間の薄紅いところなんかが外れて、ぶら下っているのも悲観である。そうかといって現代の高級料亭で行われているらしい大仰な、一旦《いったん》包丁してから又魚の抜け殻の中に嵌《は》め込んだ盛り方のは、完全に冷えていても大嫌いである。つまも、昔は近所の魚屋でも、生きのいい防風と、新鮮な大根のかつらむき、もずくなんかだったが、今の代沢の魚屋のとくると、なまぐさいパセリと、干乾《ひから》びた大根で造ったかつらむきに人参が混っていて、恐るべきものである）白い皿の上に平目はどこか透明に、表面に薄い薔薇色と、薄い緑の鈍い艶《つや》を浮べてい、家でつけた清潔な大根おろしが、尖《とが》らせずに盛られていた。萩原葉子というのはおかしな人物で、（実際はこっちがおかしいのだ）マリアがしんみりしない人間なのを物足りながっていて、彼女は女流作家の中の姉さん的な、懐《なつ》かしい感じの女《ひと》に憧《あこが》れたりしているが、マリアは昔の平目の色艶（犀星流の表現である）や、雪の朝の雪のついた魚屋の経木にしんみりしているのである。全く気の毒の至りである。だが人間はしんみりする価値がないのだ。現在でも、冬の日に平目の刺身にありついて、白い皿に大根おろしの山と一緒に盛る時もないではないが、注文通りの皿が卓子《テエブル》の上に出現しても、醤油《しょうゆ》がつきすぎてもいけないし、つかなすぎても不機嫌である。おろしのつけ具合も難かしい。しかもその平目の刺身の皿が卓の上に出現するまでが大変なのだ。昔は魚屋の経木をみて、「平目のおさしみ」と、一言いえば、刺身の皿の方でひとりで歩いて来たようなものであるが、現在《いま》ではみぞれや氷雨《ひさめ》の降る中を、ゴム長なしのサンダルばきでぴしゃぴしゃ魚屋へ行き、もし無い場合は下北沢のマアケットまで遠征である。マリアの歩き方で歩くとサンダルは匙《さじ》のようになるから、一足毎に泥と水とをしゃくい上げる。半町（何メエトル何センチであるか、わからない）も行かない内に、惨憺《さんたん》たる心境になるのだ。それにゴム長というものを三百六十五日、買うのを忘れる。忘れるのも事実だが、大体仲々足が入らないのが気に入らない。昔の支那の女のように小さすぎるマリアの足が、ギュウギュウやっても入らないというのはどういう構造の靴なのだろうか。日本というところは、バストの小さいマリアが、大鵬《たいほう》が女の人のスリップを着るところのように、銭湯の板の間で少間《しばらく》の間ラオコオンの親のような格好で踊を踊らなくては着られないスリップを売り、(それが九十何センチとかいう普通より大きめのものだというのである)小柄な支那の娼婦《しょうふ》の足のようなマリアの足が閊《つか》えて入らない長靴を売っている国である。

さて平目の刺身が白い皿にのって出現して、いよいよ、黒塗りの長い丸形の箸《はし》(マリアは一膳十円の、黒塗りのとり箸が一番上等の感じがあって好きである。七十円もする女箸は、螺鈿《らでん》の出来そこないかなんかで、田舎大尽《だいじん》の奥様用の箸のようで、その家が東北だとすれば小豆南瓜《あずきかぼちゃ》か枝豆数の子でも突っつく感じで、手にとる気もしないのである。象牙《ぞうげ》のは、新しいと舌が痛そうだし、古くなると尖端《さき》が茶色になるのがいやである)で摘《つま》み上げて口に運ぶのは天国である。マリアは「ご苦労様」と自分に挨《あい》拶《さつ》し、やおら箸で刺身を挟み、醤油とおろしを気に入る位つけて、それで黒と赤との黄金で縁どりした小さな菊の模様の茶碗に盛った白い飯を丸く包んで口に入れる。その瞬間が、マリアの艱難《かんなん》辛苦の大団円である。時にはおろしをつけずに、平目が真赤になるほど醬油にひたしつけて、三つ切り位にちぎって飯の上にのっけることがある。この方法はマリアの幼児の時にそうやって喰わせられた、郷愁的なたべかたであって、それが口に入る時は、過去の或る午《ひる》の時間が、現在の時間の中に再生する刻《とき》である。おお、小春陽《び》うららかな、失われたお刺身の刻よ。

貧乏サヴァランの部屋の中の状態は、大体右のようなもので、美味な料理や菓子を喰って上機嫌になっているか、それらの美味《うま》いものが寝台の周辺に出現するに至るまでの過程で、不機嫌の極限に達しているか、睡《ねむ》っているかの、そのどれかであるが、ともかく口に入れるものは最上の美味なのである。

夢を買う話

源氏と幼女

私は今度この文章を書く必要で生れて初めて源氏物語を読んだが、ほんとうに、驚いた。私は本を読むにしろ何にしろ、努力というものを母親の胎内に置き忘れて来た人間であるが、ことに『源氏』は、「いつのよのおんことにか女御更衣《にょうごこうい》、あまた……」という書き出しを（虫のくった原本で）昔ちらとみて忽《たちま》ち恐れをなした。素晴らしい文学者の書き出し方であるとは思った。谷崎氏の訳文は氏の小説のようには感心しなかったが、私が妹からきいた醜い老女に仕かける、源氏と頭中将《とうのちゅうじょう》の、残酷な、だがいきなたわむれを思い出してそのところが出ている全集の中の一冊をお借りし、その醜い老女が典侍《ないしのすけ》と知り、その二、三頁《ページ》前から読んでみて、おどろいたのである。

紫の女王、と書いてあるが、これも昔きいた紫の上のことだろう。源氏がなにかの悩みのために、じっとして寝ていることにたえられなくて西の対《たい》の紫のところに行くところから読み、又その前の頁をめくって紫を尼の家からつれてくるところから全部読んだが、女の人の美しさも醜さも、こまかなあたりまで、くまなく視《み》、経験もしている男である源氏の、紫という幼い女の子への、子供を愛するようでいて、その底には女を視る品定めがある、きれいでいきな愛情と、又紫の、まるきりあどけないのに、きれいな女になってゆく素質のある可哀《かわい》らしさと、甘えたり、すねたりするさまなどが、なんともいえない「文学の花」ともいえるものである。

私は「こんなものがあるのでは私なぞにはとうていなにもかけはしない」と手がペンを持つ力を無くして、だらりとなるのを恐れて、すべて傑作は化けもののように恐れて、出来るだけ読まないようにしていたので、「しまった」と思った。ことに私は今、幼い女の子の小説を書いており、次の小説もそれにきめているからで、（いかにも書き足りないからだ）全く困った。だが文学は、自分の今書いているものが一番い、と思って書くべきで、又そう思わずに、書けるはずがない。一寸《ちょっと》した事件や人間（いくらたのもしい男のことでも、どんな事件でも、小説としては一寸したことの場合もある）に力の限り取り組んでほめられたり、何々賞を貰っても、しんからうれしい筈《はず》はないのである。

ともかく紫と源氏との恋愛に似た父と娘的な愛情、それだけをあげても源氏物語は『クレエヴの奥方』より上であるから、全巻をひっさげて、西暦十一世紀のものとして世界の文学の中に登場すれば、西欧の大文学は大抵のものは顔色を失うだろう。谷崎氏の『細雪《ささめゆき》』は初めの方を読んで、大変いいと思ったが、たしかに『源氏』の影響である（舟橋氏のものは『源氏』とは別の次元のものである）。

紫の上を攫《さら》って行くところも絶えてみたことのない文学の中の情景だが、ここでは、典侍の出てくる少し前のところについて書きたい。源氏が髪も少し乱れたまま、部屋着の袿姿《うちぎすがた》で笛をなつかしげな音に吹きながら部屋をのぞくと、紫は撫子《なでしこ》が露にぬれたような様子で横になっている。大変に美しく、源氏が邸《やしき》に帰った気配がしてからも直《す》ぐには来なかったのを恨んで、滾《こぼ》れるように可哀らしさのある顔は向うに向けられている。源氏が「こちらにいらっしゃい」と言い、柔《やさ》しく、美しい女の人にするようなとりなしで近づき、やがて紫は琴を弾く。又どこかに出て行くらしく、伴の男の「雨がふりそうでございます」という声がするので又紫は心細く、滅入《めい》って、絵を見さして俯向《うつむ》いているが、こまごまと言いきかせる。「あなたは小さいからあたしは安心しているのだよ。あたしが行かないといろいろ意地悪をいっておこるひとがいますからね。今にあなたが大人になったら、もうほかへはいかない」と幼い紫に男の心を話し、女というもののとりなしを教えるように言いきかせるのだ。女に言うようにしてものを言っているのである。

勿論《もちろん》「女と男との情事」的な影はないのだが、柔《やさ》しい兄のようないいきかせの中に、粋《いき》でもあり、情のある、稀《まれ》なドン・ファン的な男のつやがどうやっても滲《にじ》み出ないわけにはいかないところが、なんともいいようがない。紫が滅入ったまま源氏の膝《ひざ》に睡《ねむ》ってしまうのをみて、出るのを止《や》め、それを言って紫を起すと、慰まれて源氏と一緒に晩餉《ゆうげ》をたべはしたが、まだはかなげで、ろくろくたべない。そうして「もうおやすみなさいな」と、出かけないというのは嘘《うそ》ではないかと、あやうがっていうのである。こんな可憐《かれん》な人をおいて行くことは、どんなに恋しい女があっても行くことは出来ない、と、源氏はおもうのである。恋人たちのような源氏と紫のいる灯の淡いゆらめきも、部屋や几帳《きちょう》の陰の暗さも、女房が運んでくるのだろう、晩餉のさまも、そうして源氏の、底に悩ましいくるしみのある、だが幸福げなようすも、幼い、美しい童女の寝入るようす、又、少なくなにかたべるようすも、読む人の胸の中にはっきりと、映ってくる。源氏物語の中の紫の女王との、この件《くだり》は、文学として至上といっていいものだ。

やさしい泡の愛撫《あいぶ》

想《おも》い出は明治時代、競馬石鹸《せっけん》の香《にお》いである。

いくらか肉桂《にっけい》の香いがする。色も肉桂の色、不透明な、角の滑らかな角型。白い、細かな泡も微《かす》かに肉桂色をおびた、独逸《ドイツ》の麦酒《ビイル》の泡の色、珈琲《コオヒイ》を滴《したた》らせた牛乳の泡。青い、細長い母の掌《てのひら》が仏像の掌のようにすり合わされると、泡は虹《にじ》の輝きに盛り上って、小さな背中や胸に薄い泡の膜を張る。琺瑯《ほうろう》引きの洗面器の中に起《た》った裸の子供は、ふと羞恥《しゅうち》をおぼえて、傍で見ている父親の顔を窺《うかが》う。父親の顔には羞《はず》かしがらせるようなものは何もない。この上ない、柔《やさ》しい微笑が浮んでいる。だが子供は不安である。辺りの空気の中に自身の体が溶けて消えるような想い、母の胎内の記憶が、まだのこっている、不思議な不安。

現在の私の使う石鹸は又別のものである。私の父親の石鹸も、いくらかはそれもあったろうが、父親のえらびかたは私のように、莫迦《ばか》莫迦《ばか》しく楽しむためではなかったらしい。私の父親の生活はもう少し、でもない、大分ストイックなものだった。私は年齢としてはもう少しストイックな色を生活に、まといつけていなくてはならないわけであるが、何故《なぜ》か、ストイックなものは全く欠如している。私は明治の中で生れたのに、現代のハイ・ティーンの愛の不在を持ち、アントニオーニの空漠があり、ベルイマンの映画の主題だという、〝神の不在〟なぞに、興味を持っている、という怪物である。

石鹼をえらぶのにも、底ぬけの楽しさ、幼い子供の歓喜のようなよろこびのためにえらぶのである。

まず色である。檸檬色《レモンいろ》が第一、本物の檸檬を詰めて輸出する白い、瀟洒《しょうしゃ》な木箱（横文字や、何瓦《グラム》入りという数字やがチャーコオル・グレイの判で押されているのも、ひどく気に入る）の、ミニアチュアに入った、英国製の檸檬石鹼の色である。一つ二百五十円のもので私にも購入可能の石鹼である。形も、凸凹も、果物と同じである。フランス的けち精神をもっている私は、その石鹼を二つとか、三つとかを、私が上げるものを歓《よろこ》んでくれる、無邪気な人物に進呈するのである。次が橄欖色《オリイヴいろ》、菫色《すみれいろ》（菫色は、ロジェ・ギャレ――フランスの石鹼――のヴィオレ）、濃い薔薇色《ばらいろ》、白、薄緑、香料は本ものの紫の匂《にお》い菫が理想であるが、科学によって造られた香いでも恍惚《うっとり》するようなのがある。私は菫の花と恋人のようなものであって、菫の香いのするポンジイのベビイ石鹼が消失したことに無限の恨みをのこしている。甘く、柔らかい、だがどこか感覚の深いところに繫《つな》がっている、倦《ものう》いような、深い香いであった。私は母の掌で石鹼の泡をぬられてからというもの、石鹼の泡というものに恋していた。

不思議な硝子《ガラス》

生来、硝子好きである。好きより狂に近い。水晶は硝子より高級なものだが、私の好きな曇りが足りない。水晶の板をおいて水晶越しに何かを見ても、むろん対象物ははっきりとは見えないが、水晶は硝子より明澄《めいちょう》で、明晰《めいせき》な頭脳の如《ごと》くであって、なんとなく朦朧《もうろう》とした魔ものの性がない。硝子には不透明な美がある。不透明な魔がある。硝子でも高級品は魅力がいくぶん足りない。ボヘミア硝子とかヴェネツィア硝子とかがそれである。今はなくなったが、ラムネの青いびん、水泡がはいっている、ぶ厚い、酒屋の立ち飲み用のコップ、氷屋のコップ、それから幼い私が病気の時にながめた薬のびん。夕方の色や、冬枯れの庭を映し出していた、ピカピカに磨いてない硝子戸などの、誘惑的な曇り。私は幼い時に、硝子戸のこっち側から空や庭をじっと見ていることが日課のようなものだった。

私は長女で、兄とは親子ぐらい年がちがい、妹との間に弟が一人、赤子の内に死んでいるので、妹が生れるまでの六年間は全くの一人っ子だった。また、どういう理由か幼稚園に入れられなかったし、近所の子供と遊ぶことも禁じられていた。又、女中と遊ぶことも、いけないことになっていた。近所の子供たちには悪いが、たしかにその頃から近所の子供たちは、家が狭いとか、いろいろの事情で現代のテレビっ子以上にませていたのは事実だったようだ。夫婦げんか（傍で子供がきいていることを度外視した赤裸々の）も現実のナマ放送で見学していただろうし、テレビっ子のような、愛敬《あいきょう》のある、可愛《かわい》らしいませ方ではなかっただろう。

そんなわけで、年がら年中一人ぼっちだったから、家の中を曲っては続く長廊下を駆けて歩き、端まで行くと、また同じコオスを最初出発したところまで走る。それをあきずにくり返すのだけが活動的な遊びで、あとは絵を描いて塗るか、硝子戸にぴったりくっついて庭という唯一《ゆいいつ》の外界を見ていたのである。

そのころから硝子の、なんとなくものうい、薄い曇りのある魅力にとりつかれていたような気がしている。なんとなく不快《いや》で、不自由な、楽しむことを禁ぜられたような境遇を経て、現在、ボロ部屋といえども一つの部屋の城主となり、天上天下唯我独尊の、夢のような生活に入るや、私は再び幼時の硝子を見て暮す生活にはいった。あるかなきかの薄青を、そこはかとなく含んでいるアニゼットのあきびん、ペナン付近の海か、ボッティチェリの「ヴィーナスの誕生」の海のような色のコオラのあきびん、幼い日々の硝子のように、鈍く重くて、やるせないような透明をもっている無色のびんを、窓際《まどぎわ》や、そこらに置いて、硝子の中の魔に陶酔しているわけである。曇りのある硝子の色はどこまで私をひき入れて行くかわからないが、その恍惚《こうこつ》の世界の中で、ふと、現代のあらゆる世界の、私にはどこまでも不可解な黒い靄《もや》の無気味さの中にも、反対の意味でだが同じ質の、むしろ陶酔させるほどのいやな、いやな薄曇りのあることを考えて、おどろき、すぐにそれを打ち消して、私は自分のこれから書こうとする小説にもつながる、単なる硝子の陶酔の中に再びはいりこむのである。

タオルの話

ない。

私の年齢《とし》を知っている人は、これを読んで信じられない、という顔をするかもしれない。

だが、下北沢の商店街を歩く私を、（私だということを知って）見たことのある人は、すぐに信ずるだろう。《生きているということはなんて楽しいことなんだろう》そう言いながら歩いているような、十代の女にも一寸《ちょっと》ないような顔をして、ふらりふらりと、漂っている私を見たなら、それはむろん信ずる。人生には人間関係というむつかしいものがあるが、独りで部屋にいる時、独りで歩いている時には、生れたばかりの赤ん坊の心境である。

《何故《なぜ》こんな人間が出来上ったのか？》それをここで書くわけにはいかないが、私は未婚の娘のように無限の歓《よろこ》びを抱いている。そんな底ぬけの楽しさが選ばせる私の夕オルは、先ず、橙《オレンジ》の色を一寸燻《くす》ませた色（これは父の埃及《エジプト》葉巻の箱についていたリボンの色で、私はそれを煙草色《たばこいろ》と言っていて、最も楽しくなる色である）、柔らかな、ミルクを混ぜたような濃い薔薇色《ばらいろ》、淡い檸檬色《レモンいろ》、淡い青竹色（全然黄色みのない、冴《さ》えた清々《すがすが》しい薄緑である）、白地に、カリフォルニアの橙の果汁を濃縮したような色の濃淡のぼやけた太い縞《しま》のあるもの、卵の黄味のような、楽しい黄色に明るい緑の濃淡で西洋蘭《らん》が大きく出たもの、白で、端に薔薇色の線の入ったもの、等である。煙草色のは浴用タオルである。

これらのタオルを寝台《ベッド》の背に調和のいい順に、少しずつずらせてかけてある。ミルク入りの薔薇色を左の端に、それから順に橙の果汁の濃淡の縞の、檸檬色の、卵の黄味の色に薄緑の西洋蘭の花のタオル、薄い青竹色、白無地、白で端に薔薇色の線のあるもの。次が煙草色の浴用タオルである。使った後は汚れていなくても好きな香《にお》いの石鹼《せっけん》で洗うので、それらの色はみんな冴え冴えしていて、私の朝の寝ざめを歓ばせる。

或《あ》る朝、目がさめると、もの凄《すご》い朝やけであった。硝子《ガラス》戸の向うの空は橙色を含んで紅《あか》く、灼《や》けるような陽の色を一面に流して、柿《かき》の木の枝と葉とを切りぬき絵のように黒く浮び上らせている。その紅い、明るい光は私の寝台のタオルたちの上に流れこんでいて、一瞬何ごとが起ったのかと、胸がどきどきした位だったが、すぐに朝やけだとわかった。私は半身を起し、眼を見張った。

《なんという幸福な朝だろう!!!》

私は大正十五年の或る日を、想い出した。どういう気象現象か、空が薔薇色になり、庭一面、薔薇色の硝子を透《とお》して見たように染まっていた。戸外《そと》に出てみると、道も空も見える限り、世界は薔薇色であった。この二つは私の奇妙な薔薇色の人生が、一種の気象現象によって不思議な光をあてられた記憶である。

恋がなくても人生は薔薇色になりうる。

私は恋をしていなくても、恋をしている人のような楽しさを持っているということは、大変に素晴らしいことだと、思っている。

想《おも》い出の着物

私が覚えている最初の着物。それはメリンスで、紅地《あか》に薄紅と白の暈《ぼか》しの大きな牡丹《ぼたん》のあるメリンスの元禄袖《げんろくそで》である。それを着た私を膝にのせ、柱時計の下に坐《すわ》った祖母が「もういくつ寝ると、お正月」とうたう。その声の内にひそむ、祖母の心の中にあった針を、ふきも紅いその牡丹の着物の繊維の肌目《きめ》が、私と一緒に、吸いこんでいた。

紅と白とに染め分け、紅いところには白、白へは紅で、燕《つばめ》の列がうねっている鬱金《うこん》（濃い黄色）の裾《すそ》廻しをつけた縮緬《ちりめん》の着物は、帯解き（三歳の祝い）の祝い着である。四つ花菱《はなびし》の地紋の紋羽二重《はぶたえ》で、白、鶸色《ひわいろ》、褪紅色《たいこうしょく》（ロオズがかった薄樺色《うすかばいろ》）の三色に、氷割《ひわれ》型に区切られ、そこへ焦茶《こげちゃ》で絞り風に桜の花を染めたのは、七つの時の祝い着で（こっちの方は古来の名称を知らない。知った風をしてみても忽《たちま》ち化の皮の剝《は》がれる、インチキ明治人である）、淡彩で、優雅なこの着物は私の気に入り、それを着た私は一生の内で最も素敵に見えた。

十六になった時、父親が三越に注文した、大振袖は、紅葉と桜の地紋の黒の紋羽二重に、紅葉、桜、菊なぞの模様の裾模様で、油絵のような色といって染めさせた、ブルウ・マリイヌ（濃い納戸色《なんどいろ》）、濃紅、胡粉《ごふん》をまぜた鴇色《ときいろ》、白等の糸で、ところどころ刺繡《ししゅう》がしてあった。

この振袖を着て日本髪で写真を撮ると、あら不思議!!　もの凄く可愛らしく、ジャン・ヴァルジャンのコゼットのような顔に写った。見た人はみんな、本ものより綺麗《きれい》だと言ったが、父親だけは生《なま》の私の顔の方にも自惚《うぬぼ》れを持っていて、「お茉莉はお雛妓《しゃく》よ」と言っては、にこにこして、母を苦笑させた。

或る日、紺地へ薄い挽茶《ひきちゃ》と薄い白茶で雲形をおき、その中に細い花模様を染めた友禅縮緬の羽織を着て、お客の前に出た時のことだ。活花《いけばな》の師匠だった老婦人は羽織をほめてくれたが、羽織を着た本人をほめなかったのが、父の気に入らなかった。「羽織をほめて、お茉莉をほめない」父は不機嫌な顔で、言った。

結婚式の時、色変りに染めた、濃紫に松の芽生えを二つ三つと散らした裾模様は、緋紋《ひもん》羽二重の下着がついていて素晴らしかったが、どういうわけか私は十六、七から膨れはじめて、色は黒くなり、頬は紅くなって、顔の丸く太った、実に大きな花嫁となってしまった。それから以後私の器量は下落する一方である。

東京駅で父を最後に見た時の私は（兄と一緒に、夫のいる欧羅巴《ヨオロッパ》へ発《た》ったその時が、私と父とのこの世での最後の別離だった）父の眼に可哀《かわい》らしく映ったらしく、私はそれを父への何よりの手向けだったと、思っている。又私の恋人だった父の眼に映った自分の最後の顔が、醜くなかったことも、真実《ほんとう》にうれしい。

頸飾《くびかざ》りと私

この世に生れて最初に、私の頸をとり巻いたのは父が与えたモザイクの頸飾り。伯林《ベルリン》のどこかの店から、シベリアの曠野《こうや》を渡って Herr Rintarō Mori の名宛《あ》てで、千駄木《せんだぎ》町の家に到着した、その頸飾りは、黄金《きん》の鎖に、白、薔薇色《ばらいろ》やブルウの濃淡、濃い紅色なぞのモザイクの飾りが五つほどさがっていた。私はその頸飾りを着物の時にもかけていた。それをみて、洋妾《ラシャメン》のようだなぞという人もあったが、（事実私は後になって、着物の襟《えり》を胸を開けるように着て、頸飾りをし、額の髪を截《き》って下げた洋髪に結った、そういう女の絵をみた。考えてみるとモオパッサン時代の外国の髪型である）それは私の父親の特別の好みで、彼は着物の色や柄を、その頃から洋服の感覚で選んでいたので、そういう着物と頸飾りと、独逸《ドイツ》の子供のように髪を長く垂らして、前髪にリボンをかけた私の髪型とはよく調和していた。

次に伯林から来たのはアメリカ経由で、海を渡って来た黄金の薄い丸型に、聖《サン》ポオル派の紋章に似た形が彫られ、そこにダイヤモンドが嵌《は》めこまれている、やはり長い黄金の鎖のついたもので、私の稚《おさな》い虚栄心をすごく満足させたものだった。

その頃私は、家の近くの野原で友だちと遊んでいて、馬肥やしの花で頸飾りを造《こしら》えた（これは、頸飾りというより、レイといった方がいいかもしれない）。その花の頸飾りは頸にかけると野原の草の香《にお》いがし、花蕊《かずい》に近いところが薄く緑色に翳《かげ》っている白い野の花には、かすかに薬の香いの含まれた、清潔《きれい》な香いが、あった。馬肥やしの頸飾りは、薄緑に翳った白い花と、柔らかな浅緑の茎とが絡《から》み合って、色も、形も素晴らしく、私は今でも、白や薔薇色の夏服の少女の頸には、この頸飾りをさせたいと思う位だ。

次は十八の夏、巴里《パリ》で夫が購《か》った貝を加工した飾りを七つ八つ、銀の鎖で繋いだものだ。大きな、肉の厚い貝をくり抜いて削ったものらしく、それぞれ変った、面白い形になっている薄い薔薇色の貝は、仄《ほの》かに光を出していて、私の頸に冷たく、滑らかに、纏《まと》いついた。だがこの薔薇色の貝たちは、私の頸よりも、ヴィーナスの頸にまきつきたいと思っていたかも知れない。フランス語を覚えてからは Vénus（ヴェニュス）と呼ぶようになった女神の名と一緒に、薔薇色の貝の頸飾りは、私の記憶の奥に埋《うず》められている。何故《なぜ》なら私はその頸飾りをツォオの駅で汽車の座席に落して来てしまったからだ。モザイクのも、黄金の丸型のも、私は失《な》くした。私の持っているものはすべて、いつか、どこかに、消え失《う》せて、それらの綺麗なものが今何処《どこ》にあるのか、私にはわかることが出来ない……。

貝殻の頸飾りは、生れた海の底に、帰って行ったのだろうか？　その方が、伯林の太った女の首に巻きついているのより、私には口惜《くや》しくないのだ。

靴の話

想《おも》い出は Pinet《ピネ》 靴店の靴である。

年が十九で、巴里で、春だった。泉鏡花の「春で、朧《おぼろ》で、御縁日」ではないが、そのころの私はなんだか訳わからずに浮かれていた。自分の着ている洋服は、ギャルリイ・ラファイエット（三越のような百貨店）のぶら下りであり、一緒に歩いている夫は、ポオランド人の薄汚ない爺《じい》さんの縫った背広を着ているというのに、私は Pinet という靴屋で、（一寸《ちょっと》した女靴の専門店）その店で一番の靴を買った。その靴は Pinet で、「うちにもこれ位の靴は有ります」という積りで、飾り窓《まど》に出してあった、標本的な靴で、それを店員が飾り窓の台から外しているのを、巴里の BG が羨《うらや》ましげに見ていたのである。黒のエナメルで、燻《いぶ》し銀色の鉱《かね》の飾りがついていて、値段は百法《フラン》だった。一法がそのころ二十銭だから二十円である。山羊皮《キッド》の紳士靴が二十円の時代である。

それというのが、私はおみあしの先がご自慢で、頭でっかちの変なプロポオションのことなぞは念頭にない。都合の悪いことは考えない性分である。そのころ巴里の高級クルチザンヌ（商売女）が、痛みを我慢して履き馴《な》らし、温泉の水滑らかにして凝脂を洗った後《あと》の楊貴妃《ようきひ》のように、なよなよ、そそ、として甃《いしだたみ》を踏み、腰つきと脚の美を誇っていたが、そういう女の履く靴を買ったのである。

薔薇《ばら》の花によくある、紫を含んだ深い臙脂《えんじ》のドゥミ・デコルテ（百貨店のぶら下り）に、Pinetの黒靴、白い皮の、二の腕の辺りまでの長手袋で、最初の舞踏会《バル》に臨む娘の如《ごと》く歓《よろこ》びに溢《あふ》れ、オペラ座の階段を上る私を、巴里の人々は不思議さと、おかしさと、異なった種類の顔と皮膚への、微《かす》かに戸惑った関心とで見送った。

ピネの店員は、どこかの国の、娘のような奥さんが既製品のブラウスにスカアトで来て、自分の店で最高の靴を買って行くのを、にっこり、見送った。

丸善書店

私が日本橋の「丸善」という店を認識したのは昭和の初期、つまり（戦前の昭和）という時期である。無論一流の店として、認識したのである。丸善に行き始めたのは明治年間だが、明治、大正という時代には私は文章を書かない人間だったので、感想を抱かなかったわけではないが、たとえば花について、雨について、文学について、いち赤道下の透明な海の色について、硝子《ガラス》について、美しいもののすべてについて、いちいち深い感想を持ったわけではなかった。従って私たちの国日本が、明治期から持っていた、秀《すぐ》れたデザインを持つ商品、たとえば、日本橋丸善の商品や、銀座資生堂の商品、はいばらの商品なぞについて（他にもあるが）、確固とした認識が無かった。そういう訳で、それらのもろもろの美を、はっきり頭に留めたのはすべて〈戦前の昭和〉という、時期だった。私は戦後の昭和、つまり〈戦後の日本〉という時代はいろいろの、数多い美しいものを失ったと、思っている。あらゆる出来合いのものが、本物を凌《しの》いで隆盛を誇っている。成上りの階級、人間、商品に、満ちている。だがこの趨勢《すうせい》はだんだん変ってくるだろう。文学、芝居、映画、美人、デザイン、商品、すべてが国際市場に持って行かれる時代が来ていて、真実《ほんとう》に賢い商人なら、金を得る点からも、本物を、美しいものを造る筈《はず》だからだ。

そこで、私が丸善を梶井基次郎《かじいもとじろう》の『檸檬《れもん》』に出てくるような、書棚の辺りに午前《ひるまえ》の薄明が差し込んでいる、といった情景の中で捉《とら》えたのは大正の末期ではあったが、明瞭《はっきり》と、文章を書こうとする眼で認識したのは昭和の初期である。その頃は丸善で外国の書物を二、三冊と、その頃あった丸善独特の、灰色地に濃灰色の斜格子《ごうし》の便箋《びんせん》、封筒を買い、近くの三共の喫茶部なぞで珈琲《コオヒイ》を飲み、ゴオルデンバットを一服して家に帰る学者なぞの、その家の書斎も丸善の如《ごと》くに薄明の中に沈んでいて、紅茶の受け皿に載った檸檬は、アマルフィ（伊太利《イタリア》の海岸）の Limone の薄黄を光らせ、玄関で杖《ステッキ》を受け取る奥さんは、地味な絣《かすり》の銘仙などに草花模様などの普段帯、明治以来の束髪が西欧的に変化した髪で、現代の洋服の奥さんよりも、もっと西欧の雰囲気を身につけていたのである。そうして奥さんの鏡台には資生堂の白薔薇水白粉《おしろい》があり、洗面所には主人の使う丸善ベエラムがある、といった具合。これは大正から昭和初期に、よく見られた家庭風景だった。三十代の男たちは黒地の絣銘仙に、黒無地（メリンス）などの兵児帯《へこおび》をぐるぐる巻きつけていたが、今のカルダン・モオドの男たちよりもフランスに密着していた。詰り、バルザックやリラダンに、書物の上で親交があり、弊帽に黒羅紗《らしゃ》のマントオ、朴歯《ほおば》の下駄《げた》で地球を蹴《け》り、ハイネやカントに憧《あこが》れていた一高生は、今のIVYルック族よりシックであり、彼らは、丸善の二階と緊密な繋《つな》がりを持っていた。それらの知識階級の男たちと、丸善の書棚との関係は、現代のオバQや、おはなはんと、現代家庭との関係よりももっと奥へ入った、たしかに奥行きのある、深い、密接な関係だったのである（但《ただ》し、樫山文枝《かしやまふみえ》という人の個性を私は高く買っていて、彼女は悲劇の出来る女優だと思っている。明治の新劇の女優で、魅力のあった、衣川孔雀《きぬがわくじゃく》に似ている）。結局戦前のハイカラは本物だったのだ。

勢いその頃の東京で、（丸善好み）という、一種の日本近代の生み出した趣味が存在し、その趣味は日に日に変って行く流行の底辺に、確かな存在を続けているわけで、巴里のコティのデザインのように、それはクラシックと、最近のデザインとの中間にある近代の優秀な商品の美の一つである。コティ王は、ジョゼフィーヌ・バアケル（ジョゼフィン・ベエカア）を愛しただけあって斬新《ざんしん》な趣味の人で、あの頃のフォリ・ベルジェールやオランピアに横溢《おういつ》した黒人女の美は巴里の美に複雑な味を加え、黒い美人を描いた化粧品のラベルやポスタアは、巴里をたしかに生き生きとさせた。

私は二、三日前に丸善に行き、現代化した中に、もとの面影を留《とど》めている地球儀を置いた書棚の隅で、ゴヤの画集を楽しみ、この頃中々見つからない、ロオリエ（月桂《げっけい》樹《じゅ》）の葉の鮮やかな緑が斜めに突切っている白地のラベルの影に、ベエラムの液体が檸檬の色に揺れる、懐《なつ》かしい丸善ベエラムの罎《びん》を発見し、又化粧品なぞの売場に、まだ確固として健在している、わが丸善の飾り付け、飾り窓《まど》などの美を鑑賞したり、の、数十分を過した。

夢を買う話

「羅馬《ロオマ》にゆきしことある人は、ピアッツァ・バルベリイニを知りたるべし」

この『即興詩人』の文章が頭に浮んで来て、石畳の上を軽く蹴《け》る、馬車の蹄《ひづめ》の音が聴えてくるような電気スタンドを、私は持っている。十年前に近所の店で安い値段で買ったもので、店にあった時から大分古びていた。伊太利の古い銅版画のように黒くなった、鈍く光る銅製（銅かどうかあやしいが）で、十六、七の男と女の天使が手をつないで踊っている彫刻がある。

私は何か買う時、品物そのものを買うというよりも、〝夢〟を買ってくるような、奇妙な場合が多い。だから常識人は首をかしげるような損な買いものをする結果になることが多いのは当然の成りゆきというものである。

私の頭の中にはいつも、昔見た伊太利の空、ボッティチェリの「春」の画面にある空、女神の羅《うすもの》の微《かす》かな橄欖色《オリイヴいろ》、同じく「ヴィーナスの誕生」の海の薄い透明な緑、その画面に散っていた花々、明るい空の下の、澱《よど》み腐敗したような運河《キャナアル》の鈍い緑。又はシンガポオルやペナンの明るい透《すきとお》った海の薄緑、アマルフィの海岸の檸檬《レモン》の黄色、僧院を改造したレストランの、白い円柱や廻廊に落ちていた野薔薇《のばら》の影の薄紫、巴里のキャフェの、フランボワアズ入りのアイスクリイムの、牛乳《ミルク》をまぜたような薔薇色。きりがないのでやめておくが、それらの色があって、そういう色をみつけるとやみくもに、欲しくなる。

同じ薄緑色の紅茶茶碗《ぢやわん》が並んでいる場合、どうかした具合で特に薄く、鈍い色に上っているのを、わざわざ選んで、はっきり鮮明に上っているのと同じ値段で嬉々《きき》として買いとる。

硝子《ガラス》が安もののために、硝子特有の不可解な透明の中に、かすかに橄欖色が入っている厚手の洋杯《コップ》を私は本郷の、米軍家族の払下げた家具什器《じゆうき》を売っている店で買った。笑ってはいけない。その微かな、あるかないかの橄欖色は、ボッティチェリの女神の羅の色なのである。向う側にあるものが見えるような、見えないような、あの、曇りのある硝子の透明は、安ものの硝子にしかない。

私は又道玄坂の或《あ》る店で、ヴェルサイユ王宮のゴブラン織りを発見した。その小さな壁かけは三年位前からそこの壁に止めてあった形跡歴然としていたが、そのために伊太利の運河や橋、岸の風景、すべてが古び薄れていて、確実にヴェルサイユ王宮のゴブランの色を呈していた。その色調は美術鑑定家がみても本物に酷似していることを認めるにちがいないが、色の褪《さ》めた壁かけを値切りもせずに買った私の、欣然《きんぜん》とした顔色を見た商人は妙な顔をしたのである。

ヴェルサイユ宮の森と、猪《いのしし》の背に跳びかかる猟人を彫った彫刻を織り出した本物のゴブランがあったら私は魂を奪われるだろうが、買うことはないだろう。大金を投じて購《あがな》うということはただの贅沢《ぜいたく》であって、そこには夢がないし、愉《たの》しさがないからである。

横浜南京《ナンキン》街

生れてはじめて見た横浜南京街というのは全く不思議な町である。その町に夕闇《ゆうやみ》が忍びより、その濃い影の中に封じこめようとする夕暮れ刻《どき》、その小路に入って行った私は、不思議な国に迷いこんだような気がした。

小料理店は、赤茶色に焙《あぶ》った丸焼きの鶏や、これも焙った、太い紐《ひも》のような豚の腸なぞを飾窓《まど》にぶら下げ、香ばしい油の匂《にお》いと煙とを、電燈《でんとう》の洩《も》れる硝子《ガラス》戸の中に閉じこめている。紅、象牙色《ぞうげいろ》、青なぞの繻子《しゅす》地に金糸、銀糸、南京玉で刺繍《ししゅう》のある中国服を飾った窓がある。濃い橙色《オレンジいろ》の光の中に、なにかの秘密をひそめているようなキャバレ、酒場、Club、高級料理店がある。これらの歓楽の家の濃い、澱んだ光は、東京には勿論《もちろん》、巴里にもみられない、深い、歓楽の色だ。海鼠《なまこ》、皮蛋《ピイタン》、木耳《きくらげ》、又は棗《なつめ》、内紫《ザボン》の砂糖漬なぞを詰めた硝子壜《びん》、茉莉香片茶《ジャスミン・ティ》、燻豚《ハム》なぞの鑵《かん》が、押し合う材料店がある。

それらの店の間々に、奇妙な家が二軒、挟まっていた。一軒は、板戸と、寸詰りな扉との間に、訪問者の顔をたしかめる為《ため》のような小窗があって、汚れた白レエスのカアテンがかかっている。扉と窗のほかは全部板張りで、どう見ても普通の家とは見えない。見ている内にペイ、コカイン、マリファナ、等の、見たこともない白い粉や結晶が、頭に浮んでくる。もう一軒は、これも奇妙な家である。開け放しの玄関の上り框《かまち》で、華やかな色彩の上靴の散らかった中に蹲《しゃが》んで靴を磨いているのは、綺麗《きれい》な顔の若い女で、白眼勝ちの細い眼がチラと私を射るが、ゆっくりした動作はやめない。玄関の奥の長椅子《いす》には病人とも、老衰者とも、判《わか》らない老婆《ろうば》が、毛布を被《かぶ》って寝ている。女の足もとには布を敷いた上に大きな猫が、でんと居坐り、女と気を合わせて私の方をキラリと睨《にら》むのだ。あまり東京では見ない光景である。

電燈の点《とも》った小料理店も、紅、青、黄、紫の、五色《ごしき》の色彩をふり撒《ま》いている土産物店も、二階をみると空屋のようで、枠には鍵《かぎ》のとれた跡の釘穴《くぎあな》がそのままの硝子戸が半分開いて、薄汚れた白タオルや、色の褪《さ》めつくした襯衣《シャツ》なんかが下っている。たまに二階も燈の点った店があっても、店の裏や、階段の下、調理場の上のコック部屋なんかは、陰惨として暗いのだろうという気がする。材料店の中は、狭い通路を残して木箱が重なり合い、なにものとも得体のしれない乾物の類が、白い黴《かび》を被り、まるで押しこめられた小さな化けものの群のようだ。

要するに、これらの家々はどれもこれも、どこか化けものじみているのだ。料理店も、歓楽の家も、声も、音もなく、黙りこんで、料理店に入っている日本人までがどういうわけか無言である。華やかな色彩が一杯なのに、この街は暗い。

だが、その暗い色は決して衰微の兆《きざし》ではない。怠け者で、掃除嫌いで、どこか茫洋《ぼうよう》として大陸的な、それでいて徹底的な勘定高さ、吝嗇《りんしょく》を通りこした合理性を持っていて精力的な、支那《シナ》の大衆の一部が、この南京街の暗い硝子戸の中に強靱《きょうじん》に生きているのを、私は感じないではいられなかった。そうしてその大衆の後ろには「支那」という、私が尊敬と恐怖とを抱いている大国が坐っていた。

事実、この南京街の中でも相当の店らしい家の主人は、苦みの利《き》いた商人だったが、間口も狭い店をごたついたままにして、外観を飾らず、応対は垢《あか》ぬけていて、一枚の皿の値段をきくと二百六十三円、という徹底した商人魂である。元町通りに大店《おおだな》を張り、壁に英国の古い風俗画と並べて秩父宮《ちちぶのみや》の来られた時の写真を掲げ、店員全部英国羅紗《らしゃ》を着用して、慇懃《いんぎん》無礼な薄笑いを漂わせている、わが日本の高級商人の子供っぽさとは雲泥《うんでい》の差である。

困ったのは、両側の硝子戸の中や、家々の廂間《ひあわい》から光る、幾つかの小さな、支那の男の目があって、それらの目の光の中には、もし私が若かったら、何かの罪悪の中にひきこまれそうな気配があって、「支那」という大国の一面の可怕《こわ》さを現わしていることだった。

臆病《おくびょう》な私は理由もなく怖《おそ》れ、彼らを怒らせまいとして、内心では中華民国なんていう新出来の国名は、大国支那を安っぽくすると、考えているにも係わらず、「中国の人は……」などとことさらに彼らの耳に届くように、伴《つ》れの青年に囁《ささや》き、ウロウロした眼を辺りにさまよわせたのだった。

巴里《パリ》の珈琲店《キャフェ》と東京の喫茶店

私と巴里に同行した夫と、その友人たちとの間に、(巴里の真髄にふれるのには裏街に住むべきである)という意見が交わされたかどうか、当時、殆《ほとん》ど子供として過されていた私のあずかり知るところではないが、彼らがソルボンヌのある巴里鍵《かぎ》通り（リュ・ドゥ・ラ・クレ）のホテル・ジャンヌ・ダルクに棲息《せいそく》することになったのは、彼らが用のあるソルボンヌに近い、という理由だけではなかったようである。彼らは芝居やオペラ、本屋を廻る時間以外は朝も昼も、又夜も、ホテル・ジャンヌ・ダルクの周辺をうろつき、角のキャフェ・ラヴィラントゥに入り浸って、ラシイヌを論じ、コルネイユを論じ、バルザックを論じ、その頃の新進のヴィルドゥラック、ジロォドゥーを論じ、又はエドゥモンドゥ・ロスタンの『シラノ』の舞台や、モリエエルの『タルチュフ』から、ヴィルドゥラックの『商船テナシティ』に至る舞台を論じ、又はマダァム・ピエラに首ったけの夫（画家）が描いた、彼女の素顔の素描について、可愛《かわい》らしいユゲットゥ・デュフロ（女優）について語って倦《う》まなかったからだ。私は贅沢《ぜいたく》にも、それらの談論を肴《さかな》に、杏《あんず》（アップリコ）のタルトゥ（パイ）やクレエム（牛乳とチイズの中間の美味などろどろである）、薔薇色《ばらいろ》のジャンボン（ハム）を挟んだ大型コッペに、コルニッション（胡瓜《きゅうり》の酢漬け）の付いたのをパクつき、壁に掛っている「グラッス・ドゥ・ジュウル」（一週間毎に変るアイスクリイムの書き出し）を横眼で睨《にら》んでは注文してなめた。そうかと思うと、十二月三十一日の午後十二時と一月一日の午前零時とのつぎ目の時刻（この時刻は巴里では若い男と女にとって素晴らしい時刻である）には、そのキャフェで牛乳色の美男の接吻《せっぷん》をうけ、「フォ・ランドゥル」（返さなくっちゃ）と催促されて、この世の終りのような大困惑に陥ったり（注――残念ながら、その接吻はその時間に初めて会った女の人にだけ出来るという、巴里の粋《いき》な風習であって、恋人であったわけではない）、あぶれた商売女《プウル》たちがアプサンの洋杯を前に、マキヤアジュをした顔で、まだ諦《あきら》めずに物色しているのを見たり（彼女たちは大変に美から遠かった。何故《なぜ》ならラヴィラントゥは美ならざる若者や中老男で一杯であるのに、彼らからも顧みられなかったわけだからである。彼女たちは私が美男と演じた、下手な接吻場面に沸いた客たちや給仕〔ギャルソン〕と一緒になって喜んで拍手をしたが、東京の女たちとは全く種族を異にした、感動的にいきな女である）、又、エドゥモンという人気者の老給仕が、自分の名ばかり呼ばれるので、「おっ」と応《こた》えて走り廻りながら、エミイル・ヴェルハアレンのような顔であっちへうろうろ、こっちへうろうろしているのを見たり、又彼がエミイル・ファゲに愛された話を聴いたり（ファゲは愛していた娼婦に財産を遣《や》るために、死の床で結婚式を挙げたが、エドゥモンはその式に立ち会ったのである）、彼の体の弱い女房が夕方になると客になってやって来て、お腹《なか》を突き出して、葡萄酒《ぶどうしゅ》を夫に注文し、エドゥモンが「おっ」と言って運ぶのを見たり、そういう面白い時間を過した。

詰るところ、かくの如《ごと》き光景が、私の夫であった人物や、その友人たちにとっては第二の青春であり、又、少女のまま結婚に突入してしまった私の、はじめての青春でもあったのである。キャフェ・ラヴィラントゥに限らず、グラン・ブゥルヴァールの目抜き通りの、キャフェ・ドゥ・パリでも、巴里のキャフェはしんから気楽になれた。わが愛したくても愛し得ぬ東京の喫茶店とくると、飲むものをストロオで吸い上げ（このストロオというのが不粋《ぶいき》極まるお子様向きのものである）、最後のところに来て、ぶくぶくっと言ったら早く帰れ、といわぬばかりの忙しさである。しかも、飲むものは大変不味《まず》く、トオストの牛酪《バタ》はさっと掠《かす》っただけで、サンドウィッチには馬肉色のハムと日ましの胡瓜が挟んである。又銀の皿に載っていて、あらゆる形にそれが切断され、積み木の一番小さな三角のようなのもあって、ハムの端《は》ぎれを入れるようになっているのも癪《しゃく》に障《さわ》るのである。ウェートレスなる女たちの粗暴にして且《か》つ、冷笑的な態度は、私の楽しい人生を、みるみる暗黒に塗り潰《つぶ》して、『悲しみの酒場のバラアド』の舞台面のように、荒廃させてしまうのである（注——『悲しみの酒場のバラアド』はアメリカの南部らしい場面に設定された、陰鬱《ムウディ》な芝居である）。

人々は楽しくなりたければ巴里のキャフェに入って薔薇色のハムをたべ、タルトゥをたべ、不機嫌になりたかったら、東京の喫茶店に入場して、舌が曲りそうに甘いアイスコオヒイなるものを、ストロオで吸い上げるべきである。

きらいな会話

人と話をする時、または人の話をきいている時、素直にしていられなくて、うるさく神経を使うのは日本人のいやな癖である。自分と話をしている人間を、なんということなく自分より優れていると思い、相手のいうことにたいしていちいち、自分もそれを知っているという思い入れをしたり（そうですよ。もちろん知っていますよ）とでもいうように「ええ、ええ」と重ね返事を、うるさく挿入する。

大体、無学の人が偉い学者と話している場合でも、無学の人がその偉い学者のいうことの全部を知らない、ということはあり得ない。それは解《わか》り切っていることであって、素直に「ああ、そうですか」といい、あるいは黙って耳を傾けていたからといって、相手の人物も、二人の話すのをきいている傍の人間も、その無学の人が、学者のいうことを全部知らないだろうなどと思うはずはないのである。

ラジオで話をしているかなり偉い人たちにもこのおかしな癖があって、自分が話す番がくるまで素直に相手の人物の話すことをきいていることが出来ないらしくて、大ていの人は（それは私も知っています）といわぬばかりに大きな声で重ね返事をするのである。

医者とか、または何かの学者に、話を引き出す役になった人が「これこれですね」と意見をはさむ時、素直に「そうです」という人物は少ない。大てい、その相手の言ったことを、同じことでも表現を変えて、ちょっと難かしい言い方をする。私はそういう会話をきくと、子供のようだなあと思うし、また、自分と話を交わしている人がいちいちそういう神経の使いかたをすると（困ることに私の場合は、相手が自分より私の方を偉いとみとめている場合は殆《ほとん》どないのだ。私の小説を大変すきな、十代位の若いお嬢さんなんかだけは、私が何を言おうが黙って素直に、きいてくれるのであるが、ばかげたところのある私はそんな時には、夢中になって、談論風発、何を言い出すかわからない次第となるのである）、その神経が小うるさくて、大変疲れる。

私の考えていること、私の書いていること、なぞを知らない人と、私の不得手な会話をする時はいつもそういう感じになって、くたくたになる。アナウンサアなぞ（ことに女の人）が、しかるべき人物の話のききかたに廻っている時に、それがひどい。料理の指導をする人が、香辛料を使う話になる、と思うと「ショウガを入れるのですね」なぞと先廻りをすると、ショウガではなくて辛子《からし》だったりするのだ。

また、しかるべき人物がある説をのべると、最後にへんにずれた、まとめを付け足して（これこれだということでございますね）とやる。これがまた、私はきらいである。大ていの人物は世なれていて、そのずれたまとめを莞爾《かんじ》として受け入れるが、私の尊敬しているある女の人は不機嫌そうに無言だった。

上野水族館の魚族たち

地球が或《あ》る時ところどころ陥没して、そこが海になったと言うが、それはいつの話だろう？　根拠のある学者の話ではあっても、そういう現実的な話を容易に信じようとしない心持が、私の中には潜んでいる。それなら、全身鱗《うろこ》に包まれた魚族たちは、陸地にいた蛇が変化したのであるか？　それとも魚たちは、蒼黒《あおぐろ》い水から生れた奇怪なVénusだというのであるか？　私は或る日鳥族《とりぞく》の脚に、蛇の鱗と全く同じの紋様が刻まれているということについて抱いていた疑問を、中西悟堂《なかにしごどう》という、虞美人草《ぐびじんそう》（漱石《そうせき》の）の井上孤堂のような明治名の鳥類学者にぶつけてみると、不思議!!!　鳥類はもとは蛇だったのである。このでんで行くと棘《とげ》のある甲羅を被《かぶ》って触角を動かし、腰で跳ねているあの伊勢海老《いせえび》は、太古のコリトサウルスやブロントサウルスが微小化したものかも知れない。私はそう思いながら、人生の大半を深山で暮して、鳥を見つめ続けていられるためか、眼が鋭い鳥類の眼に似ている悟堂氏を見ている内に中西悟堂氏はひょっとすると、もとは鳥であったのかと、あらぬ空想を抱いたのである。こんなことを書く私を変っている人だと、思ってはいけない。それは冤罪《えんざい》である。宇宙の方が変なのである。

ともかく海は私にとっては、無限の月日の向うから蒼を湛《たた》え、同じ響きをくりかえしている魔ものであって、その海の底に凝《じっ》と動くでもなく、動かぬのでもなく浮いていたり、ゆっくりと鰭《ひれ》を動かし、全身の鱗を動かして遊泳し、身を翻《ひるがえ》している魚族たちは私が幼い時から不思議に思っているものであり、又不思議であるために興味のあるものでもあった。幼い時私は動物園に行くと、白熊《しろくま》と、紅雀《べにすずめ》と、山椒魚《さんしょううお》の前に立ち止った。石段を下りて暗く狭い、洞窟《どうくつ》に入って行くと、入口の近くに山椒魚の水槽があった。黒くて、細かな突起のある山椒魚は、水垢《みずあか》で青く染まった水のために、苔《こけ》でも生えたように蒼ざめていた。白熊と紅雀とは可愛らしいので好きだったのだが、山椒魚は不思議だったのである。

上野の水族館に向う車の中で、私の心は深海の魚族を見る期待で膨らんでいた。むろん鯛《たい》や鰤《ぶり》、かながしら（それらもいたが）なんていう魚だけだったら、海の中に硝子《ガラス》張りの楼閣を築いて、そこから見せてくれる仕掛けだといっても興味はなかったろう。彼らはあまりに白日の下に晒《さら》され、たべる魚として現実化し、俗化してしまった。彼らの名からは魚屋の店先と、値段と、味しか浮んでこない。行ってみると、昔の暗く狭い洞窟で、わずかの明りに青ずんだ、小さな水槽にいた魚たちの、覗《のぞ》き眼鏡を覗いたような光景とはちがって三階建ての、博物館のような中に、昔の水族館からみると、巨大といっていい水槽がぎっしりと並び、殆《ほとん》ど透明な、薄灰色に光る水の中にあらゆる種を網羅している。だが山椒魚は種類が異《ちが》うのか赤茶けていて斑紋《はんもん》があり、不様《ぶざま》な足で仲間の上に攀《よ》じ登っていて、山椒の木の幹のような、黒い、蒼みを被った、幼い夢の山椒魚ではなかったし、映画の話できいたピラニアも、水槽に飼われているのをみたのでは牛や人間を瞬《また》く間に骨にする魚の恐ろしさはない。

たった一つ、私の空想を満たした魚がいた。（大規模の水族館を造って、魚の学名、羅典《ラテン》名もいちいちつけて展覧に供しても、空想に浸りにくる人間がいるから厄介である）それはアロワナ。羅典名でいうと *Osteoglossum bicirrhosum* という、鈍い銀白色の巨大な、深海魚である。体を折り曲げる時にも決して逆立つことのない、刀《とう》で彫ったようにぴったりと体に密着した、或る種の蛇の鱗のような横六角形の、大きな鱗に蔽《おお》われている（蛇の鱗は縦の六角形と横のとがある）。この魚は既に幾らか蛇に変化しつつあるのか、鰻《うなぎ》の形ほど長く、背鰭も尾鰭も、舌平目のように尾の際《きわ》まである。口は普通の魚と違って眼より上部、頭の天辺《てっぺん》についていて、口尻から下まで、人間が苦い顔をした時に寄るたて皺《じわ》のような太い筋が深く刻まれ、無表情な眼と一緒に何百代、何千代の前から、海の藻屑《もくず》になった人間の屍《しかばね》を喰ってきた魚の顔、とでもいうような悪相をしている。尾へ行くと平たいが頭の方は鯉の丸みと肉づきがある。最も大きな一つが、眼の前の硝子板に横腹を擦りつけて体を捻《ひね》った時、私は思わず体を退《ひ》いた。そうして思った。《魔の海の魔ものだ》と。

硝子《ガラス》工房の一室

ある午下《ひる》り、私は岩田工芸硝子の一室で、種々な形をした硝子の壺《つぼ》や容《い》れものの群に囲まれていた。

抽象画家の描いた巻き貝のような形、星の形、イソップ物語で、狐《きつね》が鶴《つる》に勧めた酒壺のように首が細く、下へいって膨らんだ形。皇帝ペンギンの胴のようにどこか間の抜けた面白い形の壺もある。色も、昔の支那《シナ》の陶器のような濃い藍《あい》、黄色。濃い杏色《あんずいろ》、紅茶の耀《かがや》きのような色、昔持っていたことのある（離婚というものをしたので、持っていたものが持っていないことになっているが、止《や》むを得ない不倖《ふしあわせ》というものである）ヴェネツィア硝子の花瓶と同じの葡萄紫《ぶどう》の、濃いのや薄いのもある。私がヴェネツィア硝子を見た海の傍の、ここと同じような木の棚は、もう四十年前の記憶の中に薄れているが、そこにあった壺たちは、純然たる工芸品であって、或《あ》る一人の工匠の作品ではない。だが、甲州葡萄の色の中にある色の精霊を抜き出して、その上に更に深みを与えたような葡萄紫の色付けは、（硝子の場合、色付けというのはおかしく、色入れとでも言った方がいいだろう）たしかに誰か名のある工匠の考案をひき継いだものにちがいないと、今でも思っている。私は甲州葡萄の色が好きで、その色の似合う女《ひと》も好きである。葡萄紫の甘い、柔らかい色の似合う女というのは、空想の中のグレエトヒェン（『ファウスト』の）である。欲の深い私は、匂菫《においすみれ》のような、柔らかな薄紫の硝子がどこかにないだろうかと考える。綺麗《きれい》なものだけではなく、美味《おい》しい料理を出されると、ここにもう一つ何々があればもっといいのにと言う癖があって、母親によく叱《しか》られた。

愛情というきれいなものにも、装身具や宝石にも、硝子にも貪婪《どんらん》な私は、だから決して現実の世界で愛情を手に入れようとしないし、むろん装身具や宝石、硝子も同じで探さない。偶然に出会うだけだ。そのせいか綺麗なものに出会うと忽《たちま》ち貪婪を現わしてくる。そうして「これもいいが、もっと別なのもあればいい」と、想《おも》いはじめる。昔見た写真集で瑞典《スウェーデン》のヌウド・モデルが、菫の花の大きな花束を手に、その中に横顔を埋めるようにしている写真が眼に浮んで来た。そのモデルは若《も》し処女ではなかったとしても、処女の心を失《な》くさずに持っていた女だったにちがいない。十八位にみえたそのモデルは、菫の花と、誰にもわからない秘密な話をしているように、私には思われた。そのモデルや、その菫の花のような薄紫の硝子を、私の貪婪な心が今日、欲しがっていた。

だがここまでに書いた、私の硝子への礼讃《らいさん》は、まだ序の口である。

私は生来、硝子というものの持つ不思議に憧《あこが》れている。硝子というものの持っている、曖昧《あいまい》なもの、底の知れないもの、に憧れている。ヴェルモットの空壜《あきびん》でもいい、コカコオラの壜でもいい。フランス製のアニゼットの壜なら一層いい。何か手近にある綺麗な壜を窗際《まどぎわ》に置いて、凝《じっ》と見ていてごらんなさい。ペナンやシンガポオル付近の海を見ているような、半透明な薄緑の中に、あなたは何かをみるでしょう。その壜の向うに何かがあるようでもあるし、無いようでもある、一種の不透明な混沌《こんとん》が、そこにあるのを覚えるでしょう。解《わか》らないところのある性格のような不透明。そういう魔のようなものが、私は好きである。その曇り空のような、一寸形容《ちょっと》が適当でないが、なまめかしさのようなものを持っている、硝子というものの本質を捉《とら》えている作品を、私は岩田藤七《いわたとうしち》氏の作品の中に見出《みいだ》した。私が憧れてやまないペナンの海の色や、ボッティチェリの「ヴィーナスの誕生」の絵の中の海の色、「プリマヴェーラ」（春）の空の色のような、半透明の瓶もあった。指で浅く圧《お》したような、微《かす》かな窪《くぼ》みのある、口の形が截《き》るように鋭い、一つの瓶が（先刻書いた皇帝ペンギンの胴のような形である）、煤《すす》けた硝子窓《まど》を背景に、私を誘惑するように、浮び上っていた。私はその部屋で何十分かの間、硝子たちの群と対《む》い合っている倖《しあわせ》な、そうして不思議な程落ちついた時刻《とき》を過した。

香水の話

《上等の石鹼《せっけん》で洗っている、清潔な皮膚の香《にお》いが一番いい。香水なぞはない方がい

い》

これは或《あ》る文学者の言葉である。私はこの言葉の通りだと思うし、大好きな言葉で、これは一流の香いのお洒落《しゃれ》だろう。これなら、フランスのマダァム・ラ・プランセス(公爵《こうしゃく》夫人)でなくても出来る。

だが私の好きなお洒落はそこまで徹底的ではない。喩《たと》えばeau de Cologne《オオ・ド・コロオニュ》で、入浴の後の体を拭《ふ》き、清潔な下着にも少量振りかけ、手巾《ハンカチ》だけにCypre de Coty《シイプル・ド・コティ》のような、鉱物性でも淡泊な香水を少しつける位の所が好きである。

たしかに白無地の麻の手巾は、極上の趣味だが、その縁《へり》か片隅に、ほんの少しのドロンワアクか刺繍《ししゅう》があればやさしい感じがするだろう。皆さんはどうお思いですか?

巴里《パリ》の香水専門店の記憶。リュ・ド・リヴォリの或る店。名は覚えていない。今の巴里はどうか知らないが、蜂蜜色《はちみついろ》の女の皮膚が、ほんの微かな何かの痕《あと》まで見られてしまうような、月を映写する為《ため》のような電燈《でんとう》の光はなくて、奥の方は殆《ほとん》ど暗い。辺りの壁面は黒の天鵞絨《ヴェルウル》で張られ、処々《ところどころ》中へひっこんだ飾り棚があって、淡い褐色《ちゃいろ》や薄緑の香水が、大きな男の手で掴《つか》んだら壊れてしまいそうに薄い、華奢《きゃしゃ》な硝子の壜の中に入って、黒天鵞絨の深い艶《つや》の中に湖のように静かだ。綺麗な、フランス語が聴える。フランス語という国語は怒鳴ったり、怒ったりするための言葉ではなくて、愛したり、香水の話をするための言葉だ。

パルファンは香水。パルフュムリィは香水の店である。だが世の中には香水以上の香いがある。大体、琥珀色《こはくいろ》をした美しい女の皮膚を見ると、橙《オレンジ》の花の匂いがするし、太陽に灼《や》けた、たくましい、香油《においあぶら》を塗った男を見てアマルフィの海の匂いがすることもあるだろう。

黒のタイユウルの巴里の女が、撓《しな》やかな腰と細い踵《かかと》で調子をとって歩いて行くのを見ると、その足もとから一足ごとに菫《すみれ》の花や薔薇《ばら》の花が咲きでて来はしないかと、疑われる。

あのギリシアのナルシスの話ほど綺麗な話はない。

前にも書いたスウェーデンのモデルのヌウドの写真。

十八か？　十九か？　位の年頃の、多い髪を肩から背中に垂らした女が、顔だけを横むけ、沢山の花を束ねた菫の花束で口もとを蔽《おお》い、顔も半ば隠している。豊かなマイヨオル（フランスの彫刻家）の彫刻のような体だが、女というより少女の感じがあって、体全体に煙のように纏《まつわ》っている含羞《はにかみ》がある。その少女は菫の花と恋人同士で、花と秘密な話をしていたのではないだろうか？

私は、この世にはないような美しい、酒神《バッカス》が追って来たら足の先からみるみる桂《かつら》の木に化《な》ってしまうような少女同士で、それが小説か、写真か、又は画であるなら、レスビアニスムも認めよう。恋人が菫の花なら尚更《なおさら》のことだ。

花市場

花というものは大抵の場合、ただ（花）である。Ha, na, と発音する、一つの物体……その花は、時には水仙であり、或《あ》る日は薔薇《ばら》であり、又或る時は菫、であったりするだけだ。結局のところ（花）という、乾いた名詞の実物にすぎない。小説の中にある、（花）という活字の方が、或《ある》いは画家の描いた花の方が、よっぽど新鮮な時がある。

或る日ふと、白い椿《つばき》の花を見て、その雪か、砂糖の表面をみるような、脂肪があって煌々《きらきら》する、湿った、嫩《わか》くてきれいな女の皮膚のような花片《はなびら》——薔薇油というものがあるのだから、生《き》の薔薇香水の中には脂肪があるのではないだろうか？　ココアの上に脂肪が煌々光って浮くように。私は或る日、Kという綺麗な女の人から、まだ精製しない花から摂《と》ったばかりの薔薇香水を香《か》がせてもらったことがある。私はその小さな薬壜《びん》を手にとって栓を抜き、顔を近づけてみて、陶酔《うっとり》した。私にはその時、コティだろうと、ウビガンだろうと世界中の香水というものが鉱物質で人工的なひどく不粋なもののように思われた。その女の人は次にくる日まで一週間、その壜を私の部屋に置いていってくれた。本棚の上にその壜があった間一週間、私は幸福だった――に、見入っている時、花はただの（花）ではなくて、花を見ている私は全く素晴らしい、一つの幸福を持っていることになる。そうしてその花は、小説を書かなくてはならないという固い義務しか、頭に浮べることを禁ぜられた人のような、苦しい日々を送っている私の中に、一瞬歓《よろこ》びを満たして、そこから小説のためのなにかを、ひき出してくれることだってある。

私たちはどうして、花を見て、ただ（水仙だ）と思ったり、（薔薇だ）と思ったりするような、乾いた状態の中に、日常いるのだろう？　熱さも、冷たさもない、空洞の中に、どうしているのだろう？

私はいつも愕《おどろ》いていたい。

花市に行く途《みち》で私は「薔薇があるだろうか？」と英国産の、薔薇の女王といわれる、ランカスタアの薔薇や、ヨオクの薔薇を空想した。ゲインズボロが描いた王女や貴婦人たちのような薔薇。王女たちの衣《きぬ》の襞《ひだ》のような薔薇。

花市という名称から私は又、昔読んだフランスの詩の一節を想《おも》い出した。

ポン・トォ・シャンジュ、花市の晩
風のまにまに、ふわふわと、夏水仙の香《にお》い、土の香い。

その風薫る橋の上、ゆきつもどりつ人波の、中に混って見ていると、
撫子《なでしこ》の花、薔薇の花、欄下にあふれ人道の外まで滝と流れ出る。

花はゆかしや道ゆく人の、裾に巻きつく脚にも絡《から》む、さては車の輪に絡む。

花市に着いて板囲いの中に入って行くと、今朝截《き》られた花々が、どこかで香をたてた。花の香いは微《かす》かである。花たちは藁《わら》やこもの陰に深く、体をひそめているからだ。

市場の真中に円陣を作って、競《せ》りをはじめている商人たちの前に運ばれる時も、値をつけられて、若者たちの手で店の名や、何かの記号の立札の下に積まれてゆく時にも、花は藁に包まれている。

花々は藁の中で、秘密のように香り、紅や薄紅色の細かな襞を幾重にも重ねて、ひとかたまりにかたまり、はにかんだ恋人のようだ。

新鮮な香いのような白水仙、黄水仙。薄紅色のカアネエション、紅薔薇なぞのかたまりは、自分たちの体から滲《にじ》む香いの中で息苦しそうに体をよせ合い、昨夜の睡《ねむ》りからまだ充分に醒《さ》めていないようにみえる。

ふと、空気を截ってくるような香いがしたかと思うと、消えた。黄菊や白菊の束だ。日本の秋の中にある清冽《せいれつ》な薫香が、瞬間、二月の寒冷の中で鋭く迸《ほとばし》って、たちまち凍ったのだろうか？

商人たちの競りの声は調子が出て、烈《はげ》しくなって来て、花々は投げ下ろされ、投げ上げられて、薔薇や水仙、白百合《しらゆり》、なぞの混合した香いはいよいよ藁の粉と一しょに、辺りの寒冷の中に散り、春の新しい、冷たい薫香をひそやかにたてる。

私は薔薇や水仙の花を腕一杯に抱えて持って帰りたい誘惑を密《ひそ》かに胸にかくして、立ち尽していた。

整形美容の恐怖

整形美容というのはたしか昭和にはいってからできたもので、昔は整形医学というのがあったきりだった。火傷《やけど》をした場合、生れつきの軽い不具の子供ができた場合なんかのためのものである。

火傷もせず、不具でもない人が、顔やからだの形を変えようというのが、このごろの女の人の大変な欲望で、その女の人たちの欲望の火は整形美容の看板を掲げて開業する医者の数がふえるのと正比例して、まるでそれと駆けっこをする勢いでますます燃え広がって際限がない。ひどいのになると、エリザベス・テエラアの目に、モナコ王妃の鼻、というように、注文を出すらしい。

そういう人たちはだいたい、人間の顔というものがまるでわかっていない人々であって、自分の顔の感じのよさはどこにあるのか、かわいらしさはどこにあるのか、それが毎日鏡を見ていながらわかっていない。不美人は不美人なりに、その人の顔の中にはその人らしさがあるのであって、にわかに顔のひとところだけ変ると、その自然な、その人らしいものは失われて、調和の破れた、どこかおかしな顔が出現する。

顔を変えたい欲望と同じくらい強烈な欲望が、恋人を持つことであって、顔を変えるのは、恋人を得るための手段に他《ほか》ならないらしいが、頭を冷やして考えてもらいたい。目の細い、丸く太った顔はそのままでかわいらしくて、りっぱな男の子はその顔を愛してくれるのだ。顔にしろ、頭の内容にしろ、自分以上に見せようとするバカげた根性は、頭のいい、優秀な男の子が嘔吐《おうと》しそうになるほどいやに感じるものなのだ。

顔を美人にし、得体の知れないものを詰めて胸をふくらませ、恋人を得、家つき、カアつき、ばばぬきの結婚しようという、何か変なものにとりつかれた人間のような、のぼせ上った若い女の子たちよ。頭をどうか、冷やしてもらいたい。悪いことは言わない。かわいらしく太っていたほおが、変にこけてしまったり、とにかくその人の持っていたその人らしさがどこかへ行ってしまうのが、整形美容である。整形美容の恐ろしいのは、一たん変えてしまったら、永遠にその顔で生きなくてはならないところにある。ちゃんとした、頭のある、魅力のある男は、鋭敏な虫の触角のようなものを持っていて、女の子の顔の中から、姿の中から、その女の子自身が知らないかわいらしさ、その人らしさを発見する。ただ自然にしていて、どこかで自分を見ている男の子にまかせておくのだ。(自分自身も顔を変え、クリイムを塗っている、低能な男の子を恋人に持ったって仕方がないではないか)。

むろん世の中にはすごい美人もあるし、恐ろしい魅力を持っている女もいる。そういう女の子を愛する男もある。素晴らしい、恐ろしい恋もある。だが、そういうカップルのことは別の世界のことだ。それに美も魅力も、生れつきでなくては価値がない。整形美容の恐ろしさはそれだけではない。著名な大病院以外の、女の弱点につけこんで、確かな技術もなしに開院する医者たちは、医者の良心も、人間の良心も、持っていない。一度やり損うと、不自然な顔になるだけではすまない。化けものになるのだ。

府中の東京競馬場

低い鉄柵《てつさく》に似た門を入る。競技場に近づくと、私の想像とは全くちがった群集が私を取り巻いた。私が想像していた、一攫千金《いっかくせんきん》を狙《ねら》う殺気立った欲望の亡者の群はいない。静かである。しかも気《き》の利いた服装《なり》の男達である。洒落《しゃれ》ることを今日一日切り捨てて来ている彼らは、その為《ため》に却《かえ》って変な洒落気がなく、すっきりしている。小気の利いた、仕事着といった感じの服装で、殆《ほとん》どが競馬の玄人《くろうと》、又は半玄人である為に、一種のいなせを身につけている。私は彼らの服装の特徴をつかんだので、今後は彼らを町の中で見分けることが出来るだろう。

遠い昔は、英国紳士の遊びであった競馬という気品のある賭事《ギャンブル》の伝統が、現代日本の東京競馬場にもその香気のようなものを微《かす》かに残しているのだろうか? そっけない建物にも趣があり、厩舎《きゅうしゃ》にはシャアロック・ホオムズの小説、「白銀号」の匂《にお》いがある。私の前後左右を囲んで右往左往、静かに動く賭《か》ける人たちは、次第に私の胸に或《あ》るぞくぞくしてくるようなもの、一種の射倖心《しゃこうしん》の静電気をつたえ、私は賭事というものの持つひそかな麻酔の中に、誘いこまれはじめた。

椅子《いす》席につくと、賭ける人々は少しずつ数をまして、目の下の、低い柵を距《へだ》てて競技場を囲む石畳の観覧席は、既に人の頭で埋まり、その一人一人が底に湛《たた》えている情熱が、同じ起伏を繰返す川波のように、群集の底に波立ってくるのが感じられる。呟《つぶや》くような彼らの話し声が、窃《ひそ》かな風のようにざわめき、群集の中に低い、沈んだ欲望が膨らんでくるのがわかる。そのひそかな呟きの潮騒《しおさい》は、群集の抑えた昂奮《こうふん》が音になって出たもので、劇場での幕開きのざわめきに似ている。

食堂へ行くために階段を下りると、不意にブザアが高く鳴った。それは馬券売場の窓《まど》口を閉める合図だと、伴《つ》れの青年が言った。私の脳裡《のうり》にふと、海際《ぎわ》に立つモナコの賭博場《とばくじょう》が浮び、《リヤン・ヌ・ヴァ・プリュ》（もう賭けるな）の声が響いた。続いてバルザックの、『ラ・ポオ・ドゥ・シャグラン』（日本訳は『鮫《さめ》の皮』）の中の、その言葉の書かれた頁《ページ》が浮んだ。

《フェットゥ・ル・ジュウ!!》（賭けろ）

《リヤン・ヌ・ヴァ・プリュ!!》

私の胸に再び、そそられるような、誘惑的なものが、伝わった。だがその誘惑も、私にその日たった二百円を失わせただけだったとは、吝《けち》な話である。

私は馬が好きである。今日この競馬場にくる時、私の胸は馬を見ることが出来る、というよろこびで静かに躍っていた。幼い時家に、馬が二頭いたからだ。赤茶の方はおとなしく、黒い方は精悍《せいかん》で、二頭とも光る毛並みをしていた。私は朝の眼醒めに、彼らの嘶《いなな》きを聴き、懶《ものう》い午《ひる》、遊びの合間に彼らの板戸を蹴る蹄《ひづめ》の音を聴いた。馬丁に抱き上げられては、西洋人参《にんじん》も与えた。それで彼らの大きな、哀《かな》しいほどおとなしい眼を、私は今も覚えている。

私の家にいた馬は日本馬であるが、東京競馬の馬はアラブ、サラブレッドも混った、優秀な馬たちである。

私の愛する馬たちは騎手を乗せて列になり、何度か私の目の下の競技場を、尾を水平に靡《なび》かせて走ってみせてくれた。

気をつけて見ると、竹の節のように、一箇所で曲る（膝《ひざ》と踝《くるぶし》とが折れ曲るのである）彼らの脚は、撓《しな》やかに、軽やかに、一定のリズムを持って動く。彼らの繊《ほそ》い脚が疾走をする時の律動的な美は、典雅な宮廷の舞踏のようである。競技を終って疾走から、ながし、並足にと、移り、やがて止る。その脚の微妙な動きは、優雅な古典舞踏の終りに似ている。「まあ……可愛《かわい》らしい……」

私は思わず声に出して言った。

廐舎に寄ってみた私は、幼い時毎日聴いていた、彼らの藁《わら》を踏む音、嘶く声を聴き、逞《たくま》しく強いのに、やさしい、なめらかな毛並みの体を見た。三歳のサラブレッド、はやぶさは、人参を与え、蹄鉄《ていてつ》を削る男の肩や腰に鼻面《づら》をおしつけては甘えていた。馬は賭事に関係なく、無心である。

私は馬たちの蹄鉄の型が無数に凹《へこ》んだ砂地を踏んで、再び低い鉄柵の門を潜った。

人民芸術家と熊《くま》

東京競馬に行く途で、馬たちに会うことに静かな歓《よろこ》びを覚えていたように、私にとってボリショイ・サアカスに行くことは熊や犬たち、ライオンを見ることでもあった。銀の匙《さじ》のようなものを投げ合う曲技に感心しながら、鸚鵡《おうむ》、白い鳩《はと》の群、犬たちの可愛《かわい》らしさに、それ以上の熱心な拍手を惜しまなかったが、熊が（陽気な運転手を演じた）その焦茶色《こげちゃいろ》の巨《おお》きな体をよたよたと現わした時から、私の心はボリショイ・サアカスから離れて、私の心の中にあるCircus《サアカス》というものの映像《イメエジ》の中に沈みこんでしまった。私の心の中にあるCircus。それはロオトレックの、痩《や》せて腰の尖《とが》った踊子を乗せて走る馬。又、ピカソの初期の画《え》にある、アルルカン（陽気なピエロとは反対の、哀《かな》しみの道化）の夫婦と子供。である。アルルカンの妻は栄養が悪くて、乳も出ないようにみえる。サアカスというものには、哀しみと貧困、そうして動物たちが、昔からつき纏《まと》っているものだが、ロオトレックも、ピカソも絵画である。ロオトレックの踊子たちは瘦せた腰をしているが、エロティシズムの美を持っていてそのエロティシズムの美は一種の重さを持ったもののように私にのしかかって来た。ピカソのアルルカンの親子の画からは（哀しみの美）というようなものが滲《にじ》み出ていて、それを見た人々はその親子の姿を無意識に心の壁に刻みつけ、その薄水色の淡彩の親子は、青ざめた花のように、記憶の襞《ひだ》の間に残る。フェデリコ・フェリイニの「道」は、白痴の女の哀しみを、サアカスという貧困の世界に置いて、団長をザンパアノのような獣じみた男に設定した特殊の映画だが、あの残酷なサアカスの世界の中で、白痴の女のジェルソミイナの哀しみは一つの美を造り出していて、リチャアド・ベイスハアトの嫩《わか》い曲芸師とジェルソミイナとの、恋愛にまでいかない、そのためにひどく聖浄な愛の場面は特に素晴らしかった。嫩い曲芸師は小さな石を拾って、記念にジェルソミイナに遣《や》るが、私にはその小石が、いつからかそこに落ちていた天《そら》の星のように、思われた。その曲芸師をザンパアノは、愛してもいない、大切に扱ってもいないジェルソミイナへの獣のような嫉妬《しっと》で、殴り殺してしまう。二、三日より止《とど》まらない土地に、トマトの苗を植えている、ジェルソミイナをザンパアノが突き飛ばすようにして車に乗せる場面の哀しみも深く、ジェルソミイナの稚《おさな》い心がきれいな夢のように、私の胸の中に残った。私はフェリイニの「道」の中に、哀しみの底に光る幸福を見た。そうしてそれはピカソのアルルカンの画のように、哀しみの美で、私の心の中を飾った。母親と、赤子とを恋人のために殺して発狂した、『ファウスト』のグレエトヒェンが牢獄《ろうごく》に救いに来たファウストに、（青葉の飾りはもう、破られてしまいましたの）と、夢うつつのように言う場面があるが、歌を歌い、花を撒《ま》きながら川に落ちて死ぬオフィーリアの発狂の場面とそれは似ていて、私は残酷さと一しょに、その残酷さを上越すような哀しみの美を受けとる。

マルセル・プルウストの書いた『失われし時』の中に出てくるシャルリュス男爵《だんしゃく》は、プルウストの創造した地獄の登場人物の中でも最も陰惨な頽廃《たいはい》と倒錯を具《そな》えた人物だったらしいが、そういう人物からさえ、私は貴族の傲岸《ごうがん》と冷徹との美を感じとる。読者の眼から隠されていたプルウストの日常を知っても、私はそこから、世紀末の倦怠《けんたい》の空気の中にあった美を、甘い酒の雫《しずく》のように唇にうけることが出来る。精神は大人の経験をあまさず味わっていながら、魂は十歳の子供であったといわれるプルウストは、一種の怪物的な子供であって、動物に加えた残虐《ざんぎゃく》なぞには恐ろしい話もあるが、私たちは、その残酷な場面を眼でみるわけではない。

それらは絵画や映画、又は文学の中のものである。私はボリショイ・サアカスの、老いて、衰え果てた熊の、熊の形をした芯棒《しんぼう》に毛皮を被《かぶ》せたような、全身の皮と肉とがだぶついている体の懶《だる》そうな動きと、光のない、うつろな眼を見た瞬間、ソ連の科学者のパヴロフが、〈「条件反射」理論を応用して、動物たちと話を交わすことが出来るほどの愛情をもって馴染《なじ》んだ者だけが許される状態で仕込んだ〉という、パンフレットにある言葉に疑いを抱いた。この言葉の中の、動物たちと話を交わすことが出来るほどの愛情を持って仕込んだ、ということに、疑いを抱いた。ほんとうにそれほどの愛情を「人民の芸術家」という称号を持ったこのサアカスの団長は熊に注いでいるのだろうか？　現在のこの熊の状態は、一刻も早く、「サアカスの芸術家」の勲章でも首にかけて遣り、故郷《ふるさと》の山の葡萄《ぶどう》と木の実を十分に与えて、引退させてやるべき状態である。

タロー、インディラ、ジャンボー

南極越冬隊の人々が帰って来て、新聞には出迎えの家族との対面風景が大きく載っていた。私は困ったことに社会のすべてに知識が無いので、何のために越冬するのかよくわからないが、大変な困難に耐えてやっている大仕事なのはわかった。だが越冬隊はずっと前に「タロー」という黒犬を一年間雪氷の中に置き去りにしたことがある。その時の説明を読むと、あの隊には、飛行機に乗せる人間や荷物の重量が制限量を越えたら、その越えた量だけ、荷物なり、人間なりを残して来るという規定があるからだと、いうことだった。だが残るのが隊員の場合は、彼らはその規則を隊に入った時から熟知しているのだから、納得して残るのであるが、犬はそんなことは知らない。かわいがってくれる主人を信じてついて行き、無意識にそりを引いたのである。そうして犬たちが居なかったら隊員は仕事は出来なかったのだ。

タローはその後も時折り、だいぶ年取って来たかわいい姿を新聞紙上に現わしたが、私はその事件以後、エットータイがきらいになったのだ。私はアパアトに住んでいるのでなかったら頼んで引き取りたい気がしたが、大変かわいがるわりに世話の方は無能力だから、あきらめていた。

或《あ》る時、上野動物園のインディラとジャンボーとが、かわいがって、病気の時には夜なか中ついていてくれた飼育係の落合さんが、胃ガンを患《わずら》って長いこと顔を見せないので寂しさと不平不満が重なって、とうとうけんかをし、みぞに突き落されたインディラの方がさくを越えて家出をしてしまった事件があった。捕り物の光景を見ると、大勢の飼育係や園の使用人に混って、黒えりつきのたんぜんを着流しの、髪の薄い痩《そう》身《しん》の人がいて、洋服の人々の中で悠然と歩いているのが、撮影所の風景のように見え、ちょっと不思議に思っていたが、後の新聞で、その着流しの人物は病気が重くなって、近くの自宅に寝ていた落合さんであったことがわかった。落合さんは責任感と同時に、寂しくてすねてしまったインディラが哀れでたまらない気持で飛んで来たのにちがいない。インディラとジャンボーにはさまれ、自分の背よりも高く太い二匹の鼻を、愛情こめた両手で抱くようにして笑っているまだ元気なころの写真だという、落合さんの顔もすでにほおがやせているのを見て、私は涙を感じた。落合さんに両方からからだを寄せ、顔をくっつけて、哀しくなるような優しい眼をしているインディラとジャンボーもかわいかったが、まだすねかえっていながら、落合さんが来たのでもう機嫌は直りかかっているインディラの格好も、なんともいえない感じである。
インディラとジャンボーがもう一度幸福になる日は、もう多分無いだろう。

蛇の学者、高田栄一氏

自分の棲家《すみか》を、綺亀喜亀窓《ききききそう》と言っている高田栄一氏は、私が会見してみたところでは有数の「蛇の学者」であるが、人間世界の掟《おきて》に従う限り、私は高田栄一氏を、動物学者で爬虫類《はちゅうるい》の権威である、とは、言うことが出来ない。私自身も、この綺亀喜亀窓のような、どうかするともう一字位、奇の字がよけいに入った名を、自分の部屋につけてもよさそうな、変った人間ではあるが、この世の掟に従っているよりほかには存在のしようがない。

このごろは月とか、火星とか、地球以外の星々が、人間の科学的頭脳の触手によって、何億年前からあったのかわからない混沌《こんとん》とした宇宙の中にその隠然たる姿を茫洋《ぼうよう》として見せはじめていて、やがては日曜を除いた、月火水木金土の全部の曜日の星の形が、白日のもとに現われないとも限らなくて、（そんなことよりも人間の病気や貧困や天災の脅威をなんとかする方に科学的頭脳を使用すべきであることはまあ別として、であるが）地球以外のどこかの星の世界には、或いはもっと自由な、囲いのない社会がないとも限らないだろうが、現在《いま》のところ、この地球の上では、哺乳類《ほにゅうるい》であって、四つ脚のある動物の中で異常な発達と進化をとげて、他の動物たちを制覇するようになった人間という種族は、（私たち人間が手と称しているものは脚が進化したものであることは言うまでもないのである）いつの世からか、権威というものを作り、その権威というものを何より彼より愛するようになり、頑として曲げることを許さない、「掟」を作って、その権威を護《まも》っている。そこで、わが綺亀喜亀窓の住人を、この人間族の世界では動物学者で、爬虫類の権威、と、呼ぶことは出来ないわけである。そこで私は、いかにも子供っぽい「蛇の学者」という称号で呼ぶのである。だが真実《ほんとう》に何かを愛し、何かを研究し、究める人々は虚栄心なんていうものの持ち合せがないから、子供たちとか、女学校だけの教育で、へんな文章を書いている私なぞから、「へびの学者」と呼ばれても怒らないだろう。綺亀喜亀窓が自分に権威があったらと若《も》し思うとすれば権威をふりまわしたいからではなくて、金をもう少し多く得て、蛇たち、亀《かめ》たちや、二羽のとんび、おお木《こ》の葉ずく、鼻熊《はなぐま》、やきもちやきの犬なぞに広い棲家と、充分な食物を与えてやりたいためだろう。そうして彼ら愛する動物たちの檻《おり》の前で、独り麦酒《ビイル》を飲む楽しみを、もっと広い、動物御殿の中でやれることのためだろう。

全くのところ、いやしくも動物学者であると称するからには、フランス語好きな人間が、一揃《ひとそろ》いは家に置きたいと思うにちがいないフランスの大辞典、ラルウスの中の一部を、何十頁《ページ》にもわたって拡大したような、知識を頭に入れていて、箱にぎっしり詰った分類カアドを机辺に備えていなくてはならなくて、（むろん動物学者の中にはその調べている動物の棲息《せいそく》する原地に行っては、困難の中の楽しみを味わっている、真に動物学者の名に価する人もいるし、机の上の研鑽《けんさん》だけで禿鷹《はげたか》の羽のような権威を学界に拡《ひろ》げている人もいるが）学者系統の家に生れて、若い時から机上の研鑽もやっていれば得られただろう、動物学者の権威を持たない、綺亀喜亀窓は、理解しない人々からは単なる奇人と見られていて、蛇たちを養うためには、テレビなぞで忙しすぎる日々を送っているようだ。

綺亀喜亀窓が、インドにしきへびを愕《おどろ》かさないように楽に抱えると、彼（彼女？）は蛇独特の、女にも、猫にもない、なまめかしい美しさでくねる頸《くび》（どこからどこまでが頸だかはよくわからないが）を、氏の苔緑色の背広の肩に匍《は》わせる。綺亀喜亀窓は蛇の部屋の周囲の壁に塗っている緑と全く同じ色の背広を着用しているが、或《ある》いは蛇たちを刺激しない色であるのかも知れない。高田氏には悪いが、一緒に住むことや、撫《な》でてやることは一寸《ちょっと》困るが、その鱗《うろこ》の色、紋様の美しさには感嘆し、空想の世界の中では蛇を好きといえる私は、音というものをたてることのない、常に宇宙のように静かな蛇たち、蜥蜴《とかげ》、亀、なぞが、辺りの空気をさえ、静寂に変え、アンリ・ルッソオの水際《ぎわ》の画のような場所を現出している、蛇の部屋の中を見入った。綺亀喜亀窓の住人、高田栄一氏は、一緒に住んで得た該博な知識と、愛情とで、彼の蛇たち、鳥たちを愛し、護っている。

猛獣が飼いたい

私はフランスのジイプという女の小説家の描いた、世界一かわいらしい少女（ルゥルゥ）に同感している。彼女は動物を人間より好きだといい、黄色の大猫ジュシィを愛していて、ジュシィが大きな犬に片方の耳を食いとられた時、姉さんのボオイフレンドが「もう片っぽも切っちゃったらどうです？　そろっていいでしょう」と、バカげたことを言った時、国の為《ため》に憤《いきどお》る憂国の志士のように激怒し、「あら、そいじゃもしあんたが片っぽの目が見えなくなった時、だれかが、もう片っぽも見えなくした方がそろっていいって言ったらどうするの？」とやり返した。私は犬と猫しか飼ったことがないが（犬はポンコ、メフィ、黒チビ、茶《ちゃあ》ちび、ポア、キャピ、クマ。猫は部屋を借りていた家の女主人に捨てさせられた黒猫イチと、霊のように賢い、これも真黒のジュリエット）理想をいうとライオンや豹《ひょう》が飼いたい。それは切実な希《ねが》いだ。私が若かったとして、だれかがおむこさんを紹介してくれるよりも、一匹のライオンの仔《こ》か、黒豹の仔（両方ならなお満足）をくれた方がうれしい。動物はたいていのがかわいいが、大きい方が一層魅力である。私は愛するルゥルゥと全く同じ考えだ。飛び切り上等の男の子ならともかくであるが、ライオンや豹と比較してみて、それ以上の魅力を持っている男なんて本当の話、殆《ほとん》どないといっていいのである。

その私は或《あ》る時、英国のレスリイ・クルウズ家の居間の写真を見ておどろき、うらやましさにどうかなりそうであった。赤ん坊から育てた雌のライオン、豹、豹の仔、犬、猫、黒山羊《やぎ》たちが長いすやひじ掛けいすの上に思い思いに乗っかり、お嬢さんの頭の毛をかんでいる豹もある。巨大なライオンも、豹も、猫のようにのそのそ歩き回り、ひじ掛けいすの腕木に横つらをこすりつけたりしている。退屈の極致の状態になって薄目を開いている動物園の動物たちの姿は彼らのどこにもない。動物園の動物たちは園長や飼育係の人たちに愛されてはいるが、動物園というものが人間の娯楽のために出来ている以上、園長も、飼育係もあれ以上には彼らを幸福にしてやることが不可能なのだ。

犬を抱えながら新聞を読んだり、黒山羊にミルクを飲ませたり、豹に髪の毛をかまれて首をすくめている十六歳のシャアリイさんの幸福さに私は羨望《せんぼう》のよだれを流した。シャ豹が頭の毛をくわえているこっち側ではライオンのやつが豹に負けまいとして、シャアリイさんのいすの腕木に首をすりつけている。ライオンの方は豹を見て、あとから来てやったとみえて、ひどく苦しそうな、無理な格好をしているのだ。いすといすとの腕木に両手をかけてつかまり立ちをして、彼らの共有の大皿のミルクをなめている犬を見ている仔豹。もっとも愛されているために栄養がよすぎるらしくて、どれもいくらか肥満児になってい、動作が鈍くなっているようすで、ライオンなぞは彼の特徴の、下腹が弓なりに削《そ》げたように細まっている肢体美がなくなっている。だが全く垂《すい》涎《えん》の光景である。

悪魔と黒猫

《今日はなんとよい日でございましょう。神様、あなたのお恵みです》私は心の中に呟《つぶや》いてから、ペンをとった。動物について書けという依頼ははじめてである。こっちから無理に書いたことはあるが。

わが愛する猫たち、犬たち、そうして一度は寝台《ベッド》の上で一緒にいてみたい豹《ひょう》（ことに黒豹）、ライオン……《若《も》し私にお婿《むこ》さんか恋人をつれて来てくれるという人があったら、それよりもむくむくとした黒豹の仔《こ》をつれて来てくれるべきである》こんなことをいうと私の年齢を知っている人は笑うだろうが、喩話《たとえばなし》である。豹か、ライオンと寝台に横たわり、或《あ》る時は睡《ねむ》ったり、目が醒《さ》めて亜麻色《あまいろ》や、黄色茶に焦茶《こげちゃ》の斑点《はんてん》、黒に黄色の紋様なぞのぬれ光る毛なみの手の先や肩、肱《ひじ》、胸、後首の、少し高くなったところを撫《な》で、クウルな、それでいて感情のある眼よりも素敵な二つの眼と見詰め合い、（向うの眼は無感動。彼らは親しみは体の動きと声で現わすのである）又は顎《あご》をぐいぐい上向けて、いつまでもそうしていて、止《や》むなく忍従の眼をしているのを見たりすることを空想するともう楽しさとうれしさが体中にしみわたり、青葉の飾りが豹と私とをとり巻き、天《そら》がそっくり被《かぶ》さってくるのだ。全身毛皮に包まれているところからくるらしい彼らの清潔感、ｓｅｘについて罪の意識が皆無であって、清らかで純粋であることはどうだろう。（誤解のないように言っておくが私はレダでない）レダではないが、私は豹の仔や、自分の育てた豹（ライオンもいいなあ）を一匹以上飼いたくない。私は豹と暮すことになったら、門から玄関まで小一里はあって、鬱蒼《うっそう》とした樹々《きぎ》が家を囲んでいる家を購《か》うだろう。清潔と汚れとの区別のつかない人々の噂《うわさ》を防ぐため、というよりも無上の楽しさの生活が辺りの雑駁《ざっぱく》な世界の中に溶け散って行かないためである。

或る朝天《そら》から降って、私を待っていたように井戸端に、毛玉のように丸くなっていたジュリエットは、十三年と四カ月私と暮したが、彼女は足の裏まで黒い黒猫で、柔らかで滑らかな毛皮の中に、濃藍色の目玉を薄緑色が囲んでいる、大きな眼が嵌《は》まっていて、猫を最も厭《いや》らしくするところの、あのニャーゴという声を、生れてから死ぬまで決して発しなかった。彼女は嗄《かす》れた声で「エッ」というだけだ。頭がよくて、他《ほか》のバカ猫どものように、動物を（畜生）と呼んで、人間より下の生き物だとしている女の部屋の扉口《とぐち》で、もの欲しそうに坐《すわ》っているどころか、近づこうともしなかった。

猫族の中でも特に誇りが高く、腹が減ると鰹節飯《めし》や魚をおく新聞紙のところに、私に背を向けて坐った。一時間待たせると、ついに誇りを捨てて振り向き、「エッ」と言うのだ。箪笥《たんす》の上に蹲《うずくま》り、薄眼を開いているジュリに私は言った。「ジュリ。悪魔の国の悪魔たちが、人間に報《しら》せることを禁じている魔の国の秘密を、お前は知っているんだね。でも私は知ってるんだよ。私の夢の中でお前は脚が鳥で頭が猫の怪物と一緒に空を飛んでいた。あの一緒にいたのはなんだい？　私の横に睡っていると、私にはみせておいて、お前は毎晩どこへ行ってくるのだ？」と。

死ぬ日の午後、寝台の下から私を見て、一声啼《な》いたお前の声は今でも私の胸を掻《か》き搒《むし》る。それは母親の死んだ時の記憶よりも切ない。何故《なぜ》ならお前は自分が猫であることも知らず、死というものも知らずにいて、そのために幸福だった。それが最後の日になって、やっぱり何かを感じたらしかったからだ……。

あなたのイノサン、あなたの悪魔

切り抜き魔

私は新聞、雑誌の中から気に入った写真を切りぬくのが、生活の中の大きな楽しみになっている。西欧の男の顔。すてきな髪型のパリ美人。泣きたくなるほどかわいい姿や顔の犬、猫。たくましいライオン。美しい蛇や魚。またはまじめな人間、悪魔人間、等々、種々雑多であるが、なんだってそう切り抜くかというと、私は自分の住んでいるこの世界にきれいなもの、魅力あるものがあまりに皆無で、みるのもいやな、醜いものばかり、といってもいい位なので、それらの切り抜きを見ていると一刻《ひととき》ほっとするからだ。動物は実にかわいいが、黒猫のジュリが死んでから猫を飼う気がしないし、ジャングルに旅行するのも不可能である。西欧の美男、美女にはお目にかかる機会がない。毎日の散歩の道筋にいる犬の中には魅力のあるのは一匹しかいない。

またそれとは別の目的でやる切り抜きもある。それは自分の書く小説のイメエジにするためのもので、こっちの方は林の向うに見える朦朧《もうろう》とした家とか、いかにも悲劇の起る家の食卓といった感じの出ている食卓、堅気な、寂しさのあるちょっと依怙地《いこじ》な男の顔、恐ろしい顔、狡猾《こうかつ》な顔、哀れな病児、凄《すご》みのある場面がその中で現出しそうな温室、等々である。

そんなわけだから私の切り抜きの数は大変なものである。海でも、波打ち際《ぎわ》でも、ほんものをながめるよりも、版の悪い新聞雑誌の方が、ぼやけているために、暗い情緒が出ていたりして、たとえば恋を失った青年の眼に映る海に適した海辺の写真を感じとることができて、素晴らしいイメエジを得ることができるというわけである。

当面の目的に合ったものだけではなく、今は必要がなくても、いつかは何かに使えそうな場面も人の顔も切りぬくのだから、大変な忙しさである。小説を書くのは苦しいが、空想を浮べていろいろな絵を切り抜いている間は楽しいので（実際に書く小説よりも、ずっと情緒の溢《あふ》れた小説が書けそうな気がするからだ）、はさみを持っている時の私はきげんがいい。

フランス人のネクタイ

映画雑誌の頁《ページ》を開けて、フランスの役者の襟元《えりもと》に注意を集めていただきたい。

無論、牧師みたいな顔の役者ではなくて、恋愛三昧《ざんまい》に日を送る役者たちである。フランスの男の顔はどういうわけか、悪魔的な、凄《すご》い美しさを持った顔か、坊主《ぼうず》然とした顔との二種類に分れている。基督《キリスト》教の根深い国で、そのせいで抵抗的に悪魔の連中も発達して来たのだと思うが、へんな国である。

恋愛三昧の人たちの話もアメリカのなぞは、私には獣の国の出来事だとしか思えない。それがフランスになると、獣は獣でも、十七、八世紀の半獣神《フォーヌ》や、酒神《バッカス》、両性をそなえた美青年の彫像なんかが浮んで来たり、森のナンフ（妖精《ようせい》）のような王宮の美女が浮んだりするのである。

ほんとうの贅沢《ぜいたく》な人間は、贅沢をしているという意識を持っていないのと同じで、フランスの伊達《だて》男たちの襟元を見ると、ネクタイをしている意識さえないようである。ソフトな白い、襯衣《シャツ》のカラの下には、なんとなく結んだネクタイがある。大抵は無地で、結び方も、なんということもない。強く締《きつ》めるのがお洒落《しゃれ》とばかりギュウギュウな細い瘤《こぶ》をこしらえてもいないし、とくにゆるめに（日本でもよく結婚式のお婿《むこ》さんがやっている、アルフォンス・ドオデや、ロティそっくりの、十九世紀風の結び方である）結びもしない。

ネクタイというものを全く気にしていない男の人の様子というものは、例えば見せかけだけでわざとそうやっているのではなくて、深い間柄の女がいるか、仕事に憑《つ》かれているかの理由で、女を意識外においている男が素敵なように、素晴らしいものである。

つまり、流行の型の背広を着ていても、彼らはそれをぐにゃぐにゃに崩した感じで着ているし、背広は英国生地の何々、帽子はボルサリイノ、ネクタイはイタリア製、というような、人に見せつける感じではない。たまに一寸《ちょっと》洒落たところを見ると、灰色の背広に黒のヴェスト、黒のネクタイ。又は灰色の背広に黒のネクタイ。若い人だと紺の背広に、背広よりも濃い無地のネクタイ。というような取合せである。色や模様を多く使わないで、色も変った色にしない方が、悪魔のような美しさを一層深めるということを知っているのである。

日本の男の人が、フランス人の真似《まね》をする必要はないが、ネクタイというものをする時、素敵なネクタイをしようとか、洒落て結ぼうとか、そういう〝ネクタイ意識〟を持たない方がいいようである。

黄金と真珠

ネクタイピンとカフス釦《ボタン》。これはもともと前世紀（黄金と宝石とレエスとに満ちていた十九世紀以前）の、お洒落《しゃれ》というものが絢爛《けんらん》とした、装飾的なものだった時代の名残りが男の服飾に残ったものである。

豪華な燭台《しょくだい》や洋燈《ランプ》の光の中の黄金《おうごん》製の置時計、ゴブラン織の、これも縁と脚が黄金《きん》の長椅子《いす》、脚台。プゥドゥレした（金粉や銀粉をふりかけた）女の髪、駝鳥《だちょう》の羽の扇。マダム・レカミエ、ゴヤのマヤ夫人、オペラの桟敷《さじき》の奥深いくらがりから椿《つばき》の花束を手に浮び上っていたマルグリットゥ・ゴオチエ、マリィ・アントワネットなぞの、白鳥のような首や、ヴィーナスのような胸の上に輝く黄金、宝石。そういう世界の流れを汲《く》んだネクタイピンとカフス釦が、リヴァイヴァルのせいで帽子、リボン、女の髪の金粉銀粉なぞと一緒に現代に復活した。

そういうわけだから、現代の人がするとしても、やっぱり黄金か宝石を使ったものがいいので、その意味では、真珠の粒一つだけで他によけいな飾りのない、銀製のピンは綺麗《きれい》だと思う。（真珠やダイヤモンドなぞの無色のものは別として、色の濃い宝石類は、あまり古風すぎる感じだ）ただ、そういう古典的な気分を生かしながら近代化したものなら、他の材料でもいいと思う。

巴里《パリ》の映画館で、シュルプリィズ（お楽しみ）といって売っていたボンボンの箱があって、中から何かしら面白い玩具《がんぐ》が出て来たが、その中に、サボ（木靴）の形のネクタイピン（黄金色のと銀色の）があまり素敵なので持って帰り、弟が一寸《ちょっと》した他所《よそ》ゆきに挿していたが、ひどくシックだった。

その中にはノオトゥル・ダムの欄干に肱《ひじ》をついて巴里を見下ろし、気味の悪い薄笑いを浮べているシメエル（石で出来た怪物）や、メフィスト（ワグナアのファウストの中に出てくる悪魔）、珠《たま》を捧《ささ》げている埃及《エジプト》の奴隷《どれい》なぞのデザインのブロオチもあったが、どれも面白かった。ギャトオ・アルジャンテ（クリスマスケエキの上の銀の粒）をしゃぶったあとのような練りものの真珠の頸飾りや、ガラス製のエメラルドのネクタイピンなぞの、知恵のないものも中にはあったが。

よく銀座や日本橋辺の店で見る、貝、銀、白金、鋼鉄、なぞを使った、あまり飾りのない単純なデザインのピンやカフス釦も好きである。昔、「御木本」に誂《あつら》えたカフス釦で、細く白金で縁どった丸い形の真珠色に光る貝の真中に一つ、小粒の真珠をつけたのをしていた人があって綺麗《きれい》だった。私だけの趣味でいうと、メフィストとか、シメエル、林檎《りんご》（アダムとエヴァの林檎の意味を利《き》かせた）なぞの形の白金のネクタイピン、橄欖色《オリイヴいろ》か黄色をおびたダイヤモンドのピンなぞを、黒、銀灰色、水灰色等の無地のネクタイに挿したら素晴らしいと思う。ネクタイピンをする場合はネクタイはいうまでもなく無地か、地紋のある無地、一寸無地に見えるような細かい柄に限る。

絹のマフラア

私は日本のも外国のも、定式《じょうしき》とか、しきたりとか、いうものをよく知っている方ではないが、エシャアル・ド・ソワ（絹のマフラア）は昔は本式にしろ略式にしろ、あらたまった時のためのものだったようだ。たしか正式の時は白の絹で略式の時には黒地に灰色、銀灰色又は白の縞《しま》である。模様ものはもっとくだけた他所《よそ》ゆき用である。勿論《もちろん》現代では欧羅巴《ヨオロッパ》のような伝統のある国でも、スウェタアに絹のマフラアもすれば、女ものや男ものの街着用のネッカチイフにも白無地を使っているようで、私はそれが好きである。いつだったか欧羅巴の音楽家かなにかの奥さんが白黒ツウィードの丸襟の街着に、ハンカチ位の白のネッカチイフを無造作に結び放しにしていたのがとてもよかった。

男の白絹のマフラアでは忘れられない思い出がある。巴里でオペラに行った時、（オペラは、オペラだけを上演する劇場で、そのあたりにはリュ・ド・ロペラ、リュ・ド・リボリ、なぞの贅沢《ぜいたく》街があって、灰色の建物の奥に、天鵞絨《びろうど》を敷きつめた装置《デコオル》が、明るすぎない照明のなかに浮び出ていて、そこに宝石、香水、頸《くび》飾り、耳飾り、指環《ゆびわ》、なぞが置かれている、豪奢《ごうしゃ》な店が軒を並べていた）たしか「リゴレット」を演《や》っていた時だ。そのとき幕合いに、白のエシャアルを首から垂らし、華奢《きゃしゃ》な細身の洋杖《ステッキ》を肱《ひじ》にかけ、手に白い手袋を軽く持った燕尾《えんび》服《ふく》の男が、礼装用のマントの片側を後ろへ跳ね、舞台の真下に観客の方へ向いて立ち、いい女でもいないかというような不敵な眼《まな》ざしを、二階の正面、バルコン・ベエニョワアルあたりに投げていたのを見た。よほどの自信がなくてはあそこに突っ立つのは難かしいねと、一緒にいた夫が言った。今の私だったら素敵だと思ったかもしれないが、十八の私にはいやに図々《ずうずう》しい男に見えた。

そんなことは言ったって仕方がなかったとはいえ、そういう金ピカの（金ピカといっても巴里の建物の内部の金は古びて、薄れた金である。仏蘭西《フランス》人はとても金がすきで、その使い方が又ひどく優美である。プティ・パレの鉄の槍《やり》を並べたような塀の頭にも金が塗ってあるのだ）オペラへ、テクラ（養殖真珠専門店）の頸飾りに、ラファイエット百貨店のぶら下りの服でひょろひょろと乗り込むのには、一寸《ちょっと》勇気を要した。

ジレの話

ジレ（チョッキ）というものはご存じのように、防寒用というより昔からお洒落《しゃれ》用に男が着るものである。

フランスの仮綴《かりと》じの本なんかで挿絵入りの小説を開けると、男たちが黒い背広の下に白地に黒でぽつぽつの、ドット風の小模様のあるジレを着ている。今見るとおかしいがあれも当時ではいきなパリジャンのなりだった。防寒用でないことはないが、お洒落用だったのである。顔にはたいてい髭《ひげ》があって、尖《とが》って上を向いている、一種のスタイルである。一八〇〇年代のアラン・ドゥロンである、モオパッサンの『ベラミ（美貌《びぼう》の友）』の主人公もそのなりだったのである。儀礼用には白無地のジレもある。

今思いついたのだが、巴里の伊達《だて》男が、たとえばジャン・クロオド・ブリアリなんかが白の蝶《ちょう》ネクタイにやや固いカラ、黒の燕尾服《えんびふく》（燕尾服というものはどんな美男が着ても私はきらいだが白の蝶ネクタイをさせる必要上止《や》むを得ない）の下に薄い灰色のジレを着たら、すごいだろう。無論儀式的にも洒落着用にも嵌《はま》らないへんな服装だが。私は小説の中の男に、黒の背広に濃紺と暗紅の斜め縞《じま》のネクタイと薄い灰色のジレをさせて、酒場の止り木にかけさせたことがあった。私は昔の巴里を見ただけの人間で、男子専科を熟読するわけでもないし、このごろ男物のデザインを始めたというピエール・カルダンに問い合せるわけでもないから、最新の流行に委《くわ》しい筈はないが、なんとなく昆虫でいえば触角のようなものを頭の上に延ばしながら、映画雑誌なぞを見ていて、一種のカンのようなもので最近の巴里の服装をかぎあてるのである。ジレというものは、奥さんが編んだ茶色のを背広の下にもそもそと着込んでいる助教授や下駄《げた》屋のオッサンののびたような毛糸のチョッキは別として、たしかに洒落たものである。

私は黒のジレが好きだが、黒のウールのジレを着るなら同じ黒の上着に灰色無地のタフタのネクタイで、灰色と黒の細い縞のズボンはどうだろう。四十そこそこの人なら、ネクタイは濃紺と灰色の斜め縞に強い紅《あか》の線の入ったもの位。普段着なら目のつんだ毛糸の黒いジレに、外出着を下ろした白黒杉綾《すぎあや》の上着（又は黒）、灰色のデニムか、職工のはくような木綿のズボン。どれも私の好きな仏蘭西の役者にいいと思うとり合せだから独特すぎるかも知れない。

手袋の話

昔巴里で手袋専門の店に行くと、綺麗《きれい》な売り子が出て来て、華奢《きやしや》な肱《ひじ》台に肱をつくと、まずタルカンをたっぷり擦りこむようにしてから、選んだ手袋を取り上げ、一本一本指を撫《な》で下ろすようにして嵌《は》めてくれた。その優しい手つきは恋人に対してするようである。栗色《くりいろ》や焦茶《こげちゃ》の手袋の嵌った自分の手が、王女の手になったような感じである。巴里の売り子はカンボジアから来たのか南京《ナンキン》から来たのかわけの判《わか》らない私をお姫様のように扱う。早く選んでお金を払って立ち去らないと機嫌の悪い東京の売り子と比べて感無量である。売り子の話はとにかく、手袋というものは難かしいものである。巴里のように専門の店があるようでなくてはいい手袋はのぞめないだろう。

フランスでは自分に似合った奥さんや恋人のことを、誂《あつら》えた手袋のようだと言う。手袋というものが、ネクタイやマフラアなどより以上に難かしいものだということが、この比喩《ひゆ》に現われている。

　又、手袋をきれいに嵌めた手も仲々ない。労働する人が裏に毛皮のついた皮手袋や、軍手などを、一秒間も惜しそうに嵌めてトラックに飛び乗るところなぞは一種の美であり、魅力があるが、仕事以外の外出らしい男の人の手袋を嵌めた手が、防寒用とか、実用の感じしかないのは、見ていて面白味がなく、こっちの人生まで詰らなくされるというものである。

お洒落《しゃれ》のつもりで嵌めた手袋が、何故《なぜ》防寒用や、実用的に見えるかというと、手袋の出来にもよるが、嵌め方のせいである。手袋というものは皮の質も、縫い方も、色の選び方もあるが、第一は嵌め方のものである。安い皮のでも、少し馴《な》れればそうぎこちなくはない筈《はず》だから、嵌め方さえ知っていればいいのである。

嵌め方といったって、手に五本指があって、そこへ五つ指のある袋を嵌めるだけの話だろう、なぞと言う人には関係ないお話である。説明が難かしいが要するに、お洒落用のものだということを知っている人が嵌めると、なんとなくきれいになるのである。優美な気持で、優美に嵌めるのである。ということは、西洋人が手袋を嵌めた手のように見える、ということでもある。洋服全般がそうであるが、日本では昔は手袋を嵌める習慣がなかった。雪の中を歩く武士も手は素手である。馬に乗る時とか、戦場では、桜の花や、菖蒲皮《しょうぶがわ》の小紋の皮手袋なんかを嵌めたらしいが。死んだ左団次が素晴らしく表現した、文に秀《ひい》でた、いきな武士も、素手の美であった。つまり手袋の歴史が浅いので、それでまだ嵌め方が、下手なのかも知れない。

ふだんの手巾《ハンカチ》

殆《ほとん》どダンテル（レエス）で出来上っていて、真中にほんの一寸《ちょっと》布紙のところがある、というような、雪か泡沫《あわ》のような手巾を、大したお招《よ》ばれでなくても普段人が持っていて、男の人の手巾にもダンテルのがあった。フランスでいえばルイ王朝の頃には、手巾も、豪華な装身具の一つだった。

その伝統がまだ少し残っていた十九世紀から二十世紀のはじめにかけての時代には、男の人の手巾は社交や恋愛のための一種の小道具の観を呈していたが、もし現代の男の人が、女の顔を覗《のぞ》いて話しながら、贅沢《ぜいたく》な手巾で洋杖《ステッキ》の銀の握りを軽く磨くようにしたり、女の手を手巾の上から弄《もてあそ》んだり、そんなことをしたら全くきざで――たとえばピクニックなぞで、つれの女の腰かける椅子《いす》を手巾で払うような時には、ただ実用的に、気取りなしに払う方が素敵なのはいうまでもない——もし現代で、手巾というものを多少とも前世紀的な感覚で扱うとすれば、それはフランスの男、それも生粋のフランスのきざ、生えぬきのきざで、妙にそれがいかす、恋愛にはヴェテランである、というような、特殊の存在の特権であって、もっさりしたのの多い伊太利《イタリア》人の、それもロッサアノ・ブラッツィなんかがやったら、鼻もちがならないだろう。

現代では、男の人の手巾というものは胸の隠しにのぞかせるだけで、絶対に使うことがない装飾用のと、全くの実用のためのものとの二種類に、判然と分れてしまった。第一胸の隠しにのぞかせるのも、この頃では一寸きまった場所でないとしなくなった。現代はすべてじゃらじゃらしたものは排斥の時代で、瘤《こぶ》のある樹《き》のような、のっぽで直線的なアンソニイ・パアキンスが恋愛映画の主人公になって、それがどこかフランス的で、(それは彼がフランスを好きだからだ)希臘《ギリシャ》的で、ものすごくいかすのは皆さんもご存じの通りである。

胸の手巾も、略式のチェックになると、そう洒落《しゃれ》すぎた感じもなく、現代でも一寸した外出にも出来る。チェックの手巾は、地色が白でなければ薄茶か灰色、灰色をおびた水色か、せいぜい薄い橄欖色《オリイヴいろ》位で、あんまり目立つ色はフランスに委《まか》せておく方がいいだろう。きざは飛切り一流のきざでないとだめである。

略式の場合でも、白を持ってはいけないというわけもないし、三十代の人なら、とくに晩春なぞに胸の隠しに白がみえるのは、春の生温さに切りこんだ、ハッとするような白が、もうどこかに来ている夏の爽《さわ》やかさへの素早い触覚をもっていて、私はそのころのわずかな白がひどく好きである。今では二月からあるが、苺《いちご》や、桜桃の季節の白である。

麻の贅《ぜい》沢《たく》

麻のシャツは勿論《もちろん》、麻の下着、背広、手巾《ハンカチ》、着物、麻のものはすべて好きである。麻と言ってもいいし、英語でリネンと呼んでもいい。布の感じだけでなく、麻という字もいいし、アサ、と読む音も、リネンという言葉のひびきもいい。上等の麻の、どこかに珈琲色《コオヒイいろ》の糸の織り混ざったような、落ちついた白の色、染めた上布の深い藍色《あいいろ》、掛蒲団《ぶとん》などの渋い水色、どの色もいい。着ると冷たく、涼感があり、熱帯のような真夏の暑さを瞬間忘れさせる。手触りはしゃっきりしている。こういうように字から何からすべて気に入っているものに、他に胡桃《くるみ》、葡萄酒《ぶどうしゅ》、煙草《たばこ》、珈琲、などがある。

麻のシャツで煙草をすいながら、洋杯《コップ》の冷水を合の手にスコッチのストレエトをやっている時なんかは、男の人のいい、いかして見える機会だろう。麻のシャツに、背広も麻で、（どこかに珈琲色の匂《にお》いのある渋い白の極上の麻である）手に葉巻を持ち、その葉巻の尖端《せんたん》に、焼いた人骨の色のような灰色の灰が積っていて、焦茶《こげちゃ》（どこか緑の入った、泥のような鈍い色）の靴の脚を組んで腰かけている、とくれば最高である。（心の中が紳士なら、ぼろの洋服を着ていても紳士ではあるが、上等のものを着た紳士も又素晴らしいのは言うまでもないのである）麻の男の涼感。（着ている人が汗をかいても、疲れて黒い顔になっていても、麻のシャツには鋭い涼感があるのである）それは西洋菊の茎が濃い緑に透徹《すきとお》っている硝子壜《ガラスびん》、スコッチを注ぐと同時に、かすかに水蒸気の煙のたつ氷塊、鎧戸《よろいど》の隙間《すきま》から細い、黄金色の光の条《すじ》の差しこむ卓子《テエブル》の上におかれた冷水入れ、そんなものを連想させる。安いのでも麻なら、白の色がいいし、一寸《ちょっと》した外出用には安いのを拵《こしら》えて、使い分けて着ているとすれば、私の大好きなたちの贅沢である。

今、贅沢と言ったが、麻製のものは綺麗《きれい》で贅沢であると同時にいい意味で実用的である。デパアトのお徳用品でない、実用品である。麻のシャツは木綿に比べて保《も》ちが何倍もいいし、背広なら、極端な流行型に仕立てなければ一代ものである。第一着ている本人が涼しくて、見る人にも涼しさをわかつのである。麻が好きで、又麻の季節である真夏の風物に魅力をおぼえる私は、倫敦《ロンドン》、印度《インド》の英国租界、なぞの麻の男たちや、太陽が一杯の海岸の、砂の光、陽に焦げた裸の足にぶつかる火の粉のような砂なぞを連想しながら、この原稿を書いた。

背広の美

昔は男の人といえば背広が眼に浮んで来て、背広イコオル男、の感じだったが、今では、オーヴァーを着る季節でさえ、厚いスウェタアの人が街を闊歩《かっぽ》している。きまりきった背広よりは燻《くす》んだ灰色、煉瓦色《れんがいろ》、象牙色《ぞうげいろ》なぞのスウェタアの方がいいと思うのはわかるが、背広という、あのきまりきったものを、いかすようにして着ることは、全く素敵なことなのであって、それが出来る人でなくては、スウェタアを着たって大したことはないのである。

ところで背広を着て美を閃《ひらめ》かすのにはどうしたらいいかというと、第一に、あまり流行の型にこだわって、痩《やせ》っぽちの友だちのを一日借りたのかと思うように、胸や胴がきちきちだったり、大工のパッチのような洋袴《ズボン》だったり、襟が広く開いて、折り返しが胸一杯にひろがっていて、ゴリラが背広を着たようだったり、するようなのを拵《こしら》えないことである。第二に、むろんブカブカでは困るが、微《かす》かに、どこやらに余裕《ゆとり》をつけて仕立てること。第三に、深みのある、地味な色にすること。第四に、これが一番大切なのだが、背広を、ちっとも気にしないで着るのである。そうすれば、自分の持っている人柄や、内容、そこから出てくる、起ち上る時の癖や、足を組む時の組み方の癖、そういうものがごく自然に出る筈《はず》である。するとそこに、一人一人の背広姿の個性が出て、街中同じような背広が歩いているという、東京の街の珍風景は払拭《ふっしょく》されるにちがいない。

たとえば、英国女王の戴冠式《たいかんしき》に、ナポレオンのような帽子を小わきに、胸に勲章をつけて、列の中をエレガントに歩くことの出来る男が、首のあるスウェタアを着るところに、優美なラフさが漂うのである。金色の毛のぶつぶつ生えた、動物だか人間だか判然《はっきり》しないアメリカ男のラフではない、ラフである。

そういうわけだから、セミフォーマルの背広の時でも、気にしないで着ることが肝要である。色は、フランスでは若くても黒を着るし、普段でも上着だけ黒をよく着るが、日本ではきまりすぎる感じになるし、喪服かと思われたり、牧師じみる感じにもなるから、深い紺の背広に、ネクタイも同じ紺か、紺に斜め縞《じま》が一番いい。この定《き》まりきった、紺の背広に、紺に斜め縞のネクタイ、というような取り合せを、着る人の味で粋《いき》にしてしまうのが、背広の着方の本筋である。

男のスウェタア

今年死んで九年目になった故ジェームズ・ディーンの「キャル」(「エデンの東」の少年)の、腰に結えつけたスウェタアや、貨車の上で頭から被《かぶ》ったスウェタア。アンソニイ・パアキンスが瘤《こぶ》のある木のような、一寸哀《ちょっとかな》しそうな格好の体に被った黒のとっくりスウェタア。なぞは別格としても、男の人のスウェタアは自由で、性格もよく現われる服装《なり》で、その面白さは若者、年配の男の人を問わない。私はフランスの役者はスウェタアの話には登場させない。何故《なぜ》ならフランス役者はスウェタアより素肌に襯衣《シャツ》か、タキシイドに黒い蝶《ちょう》ネクタイの方が似合うからである。

スウェタアは緬羊《めんよう》の国英吉利《イギリス》か、又はアメリカの人間が発明したものではないかという臆測《おくそく》を私は持っている。フランスではスウェタアのことをたしかジャケットと言っていた。そうだとすると、ジャケットというのは西洋ならどこの国にでもある、気楽な上着のことであって、スウェタアなんていう言葉がないのでジャケットと言っていたのではないだろうか？　英吉利人というのが大体あの緬羊の地の色の似合う人種で、薔薇色《ばらいろ》の顔と亜麻色《あまいろ》の髪に、砂色のスウェタアなぞはスウェタア姿の白眉《はくび》である。スウェタアというものは本来があんまり粋なものではない。トロイ・ドナヒュウや、サンドラ・デイの、赤やひよこ色のスウェタアと来ては、坊っちゃん、お嬢さん、風邪をひかないように、と言いたくなる。だいたい、スウェタアという言葉は「汗をかかせる物」という意味なのだ。物知りの人の話によると、汗をかかせてデブの人の体重を減らすのに用いたなぞと言うが、そうだとすれば、いよいよ不粋なことである。唯《ただ》、日本のように背広や女の人のスウツが、銀座の一流の仕立屋でもないとふわりとは仕立て上らないというところでは、スウェタアは神の救いである。私なんかもフランス、フランス、と言っていても、ギャルリィ・ラファイエット（日本の三越本店なぞに当る百貨店）のぶら下り以上のものはドレスでも、スウツでも着たことがないので、銀座の一流仕立屋を訪問する勇気がないから、（そういう店はお門《かど》を通りかかったり、飾窓を覗《のぞ》いただけでも、巴里の商売人が夢にもしないような眼つきでジロリとやられる）、柔らかなジャアジイの出来合いツウピイスやスウェタアによって、ぎごちない（特に肩がいけない）洋服で、誰かに気兼ねしているような格好で歩く滑稽《こっけい》をまぬかれている次第である。そういう訳で、男の人も、下手な仕立ての背広よりもスウェタアの方がいかす場合が多い。スウェタア・ルックというアメリカ製らしい英語もあって、スウェタアがもの凄い勢いで蔓延《まんえん》して来たことは、右の点で祝福すべきである。

紺で、焦茶《こげちゃ》の皮の縁取り、などというのも悪くないが、ひと色のものもいいと思う。一寸駅まで友だちを送って行く男や、部屋で長椅子《いす》に長くなっていたり、パイプを燻《くゆ》らしている男が、ざっくり編んだ首のあるスウェタアを着たのや、サンダルばきで、洋袴《ズボン》の下から嫩《わか》い、一寸埃《ほこり》っぽい足首の出たかつての一高生の、手編みのとっくりスウェタアなぞは、全く憧《あこが》れである。

レインコオトの美

レインコオトは不思議なもので、大変職業人的なものであるのに、（それも多分に現場的な、飛び歩くことが仕事、というような職業人の、である。軽くて、丸めて持って歩け、寒くなっても雨が降っても、凌《しの》ぎがつくというのが、そういう人の着る理由だろう）同時に又ロマンティックな雰囲気も持っている。それは感じがなんとなく綺麗《きれい》だからで、俄雨《にわかあめ》が降って、恋人たちが二人で被《かぶ》って歩いても、レインコオトは素敵である。綺麗といっても、ちゃんとした外出的なものとは無縁で、だからあまり体に合い過ぎない、多少ぶわついていて、外套《がいとう》掛けからもぎ取るようにして取って着て来たというような、皺《しわ》になったままがいいのである。

何年か前、映画雑誌の菫色《すみれいろ》のペエジに、ジェラアル・フィリップが皺苦茶のレインコオトをぶわぶわに着て商店の扉によりかかっている写真があって、その菫色がフィリップのやさしい、少女の春愁のような感じも出していて、眼に残っている。そういう職場的なものだから、多少の汚れも、レインコオトのよさの一つに入ってはいるが、その汚れの美は、あくまでその日の汚れをその日着ているということが条件である。上等の揮発油で脱いだ度に拭《ふ》くことが必要で、男の人が拭いた場合、襟なら襟全体に暈《ぼか》して拭いてなくて、多少むらになっている、という程度は、綺麗の部類に入る。だがそれも着る時になって拭いたのでは、もしそれがランデヴウの場合、揮発油の匂《にお》いのする恋人になってしまう。

男のレインコオトには幸い、花模様や薔薇色《ばらいろ》、湯葉《ゆば》のような黄色はなく、紺、灰色の濃淡、水灰色、ベエジュ、栗茶、焦茶《こげちゃ》、カアキ色位で、どれも悪い色というのはない。裏地も大抵、燻《くす》んだ色の大柄のチェックがついていて、無造作に洋服箪笥《だんす》に掛けておき、揮発油でギュウギュウ拭いて、着ていれば、大抵の人が素敵になれるというものである。

濃紺のレインコオトに、それより濃い紺のネクタイか、水色のサテンの細いネクタイもいいが、カアキ色かベエジュのに、地味な伊太利模様のマフラアなぞは誰が着てもいい。或《あ》る日銀座の飾窓に、灰色をおびた水色の、曇った空のような色ので、釦《ボタン》が焦茶の木製の、短いコオトがあって、私は自分が美少年なら、もっている洋服を全部質に入れても買うだろうと思ったことがあるが、そんな美少年の歩く街は、今の東京にはないようである。

悪魔と嫩者《わかもの》

人々は現代の若者（現在の場合は嫩者ではなくて若者である。嫩い、というような、きれいな字を当て嵌《は》めるべき青年は現代には全く少ないからだ）の中に悪魔がいるというが、昔から嫩者も、嫩くない人間も、何かを持っている人間は悪魔を持っていた（現代の若者の悪は、悪魔なんというものではない。計算主義、保身、功利、なぞから出た、吝《けち》で小さな悪にすぎない）。

萩原朔美《はぎわらさくみ》は何かを持っている。この顔は何かを持っている顔である。それが何であるかは未《ま》だわからない。彼は演出家を志しているが、演出が、彼の〈何か〉になるか、戯れに書いたことのある詩が、彼の〈何か〉になるか、今演出の勉強のかたわらやっている舞台の演技が、それになるか、又そのどれでもない何かが出てくるか、今年二十歳の萩原朔美の将来はまだ未知の世界の中にある。萩原朔美という小宇宙はまだ混《こん》沌《とん》の中にいる。萩原葉子という母親の胎内からは、彼は既に生れ出た。だが彼は〈青少年の季節〉という、次の混沌の時期に入ったのである。

詩人、萩原朔《さく》太《た》郎《ろう》の魅力のある眼と、全く同じ眼を持った（注＝それは彼女が眼鏡を外した時の眼のことである。眼鏡をかけた眼は全く違ってしまうのだ）作家の萩原葉子の子供で、朔太郎の一字をとって名づけられた、嫩者というより、まだ少年といった方が似合っている萩原朔美は、どこかに悪魔を飼っているところも、ニヒリスティックなところも、感情よりは理性に傾いている性格も、外側からつけられたものではなくて、それらはみんな、彼の深いところから出て来ているものだ。その点を私はいいと、思っている。彼の存在を私が知ったのは、当然のことだが、私が葉子と友だちになったのと同時であった。六年位前である。ところが存在は知ったものの、私が彼と知合いになった、というより何より、親しく口を利《き》くようになったのは、最近のことである。私が存在を知った頃の彼は、母親とか祖母、母親の友だち、すべて肉親の、又は近くにいる人間というものにものを言いたがらない、少年の一時期に当っていたようで、私にとって彼は何ともつまらない人物であった。萩原葉子の家で私たち二、三の友だちが話していると、彼はその部屋の隅を、さっと斜めに横切って通るだけであった。私たちの話す部屋は台所に接していたので、猫のように台所から出入りする彼が、彼の部屋に行くのには、いやでも通らなくてはならない道すじに当っていた。私たちが訪れるのは大抵午後から夜にかけてであるから、彼が斜めに通過することは行く度に必ず一度はあり、彼がどこかへ出て行ったり、水を飲みに台所へ行ったりする場合は二度も三度も通ったが、彼は無言だった。富岡多恵子なぞは、彼が美貌《びぼう》なので〈甚だ残念である〉と、ふざけた。或《あ》る日葉子を訪れた進藤純孝《すみたか》という批評家が、道がわからないと言って駅から電話をして来た時のことである。葉子が、「マリさんと朔ちゃん、行って来てよ」と言った。マリさん一人では迷子になるかも知れぬからである。その夜のおかしさを、私は忘れることが出来ない。迎えに行った私と朔美とはまるで、近所が火事だというので全く見知らぬ人が往来を同じ方向に向って駆《か》け出して行くような具合で、顔を見合いもせずに、走ったのである。

萩原朔美が天井桟敷《さじき》という劇団に、役者として加わるようになったころから、少しずつ、私と話をするようになり、冗談さえ言うようになったのは大きな変化である。大人たちと口を利くことがなかった時期を過ぎた彼は、今度は青年の一時期にある、大人の愚かな点を揶揄《からか》う時期に差しかかった。七、八歳から二度目の、所謂《いわゆる》〈生意気〉の時期である。今の彼は母親の萩原葉子や私を揶揄い気味な目で見るようになった。私が或る日、北海道の新聞に「ロン」（私の議論は素人《しろうと》であるから、謙遜《けんそん》の徳を発揮して、「ロン」と言っておくのである）を書いている旨を言うと、彼の美貌の上に、薄い、揶揄い笑いが浮んだので、子供婆《ばあ》さんの私はむきになって、その「ロン」の中の一つを披露した。有りがたいことに、

「それならいいよ」

と、彼は言ったのである。

エノケン

二皮目の大きな眼、眉《まゆ》、高い鼻、口元、それらを囲む輪郭、これは面明《つらあか》りの焔《ほのお》の上に浮ばなくてはならない顔である。面明りとは、長い柄の先の四角い板の上に蠟燭《ろうそく》を立てたもので、電燈《でんとう》のなかった昔、仕処《しどころ》へ来て眼を剝《む》いたり見込んだりする役者の顔の前に、それを突き出したのである。花道のすっぽんからせり上り、一巻を口にくわえた仁木《にっき》の、印を結んだ指に両の眼玉を寄せた、眉間《みけん》に傷のある顔が、この頃の外国映画の名優の大写しのように、全体に暗い中へ浮び上るところをご想像願いたい。日生劇場が通し狂言の企画を一歩進めて、いい場面だけ拾って一度か二度、照明を暗くして面明りを使うようなことをしたら、腰のすごく重くなった歌舞伎《かぶき》好きも大分出掛けるだろう、というのは私の迷企画である。勘三郎《かんざぶろう》の仁木、歌右衛門《うたえもん》の八橋なんかはとくに照らし映えがするだろう。喜劇役者、喜劇を書く作者、滑稽《こっけい》小説、なぞが普通の芝居より何段も低いものになっていて、批評家も真剣に扱わず、賞の対象にもならない現代の日本の風潮の中では（エノケンの紫綬褒章《しじゅほうしょう》の理由は多分、大衆を喜ばせたという点にあって、演出もやるインテリ役者、チャップリンをも凌《しの》ぐ演劇に対してではなかったのではないか？）大真面目《まじめ》な礼讃《らいさん》は、滑稽に見えるかも知れないが、昭和初期に浅草の松竹座でエノケン時代を造っていたエノケンが、その頃演《や》った歌舞伎もの、落語種や講釈種を喜劇化した芝居の演技にあった優秀な歌舞伎味は老人や歌舞伎好きの観客を全く残念がらせたものだ。効果をねらったエノケンが、相当にたっぷり真面目に演ってみせては、急にガラリと崩したからだ。その頃、ピエール・ブリアントという一座を結成していた彼は歌舞伎や落語種のものと巴里の小芝居のような味をもつ、レヴュウのようなものとの二種類の喜歌劇を演っていて、そのどっちも、今のミュウジカルより面白かったのである。それらの出し物がどんなに面白かったかを文章で伝えることは不可能であるが、エノケンが「水族館」で演っていた頃、外国の大使館の車が常に表に止っていたことと、松竹座で彼の《珍カルメン》を見て歓び、席を立って来て、どこから入ったのか、いつのまにかオーケストラの囲いの中に入って、胸を波打たせて笑ったフランス人があったことを書いておこう。

「エノケンの」という五字を上へつけて、彼はいろいろな歌舞伎の世話物、落語、等を上演したが、私は彼の「居残り佐平次」なぞを見た時、江戸時代の、見たことのない脇役《わきやく》の名人役者（多分馬十《ばじゅう》とか亀助、とかいう名の）の姿が、おぼろげに立ち現われるのを見たような気がした。私は彼の蝙蝠安《こうもりやす》が見たいし、もう一度佐平次や、「駱《らく》駝《だ》の馬さん」の屑屋《くずや》を見て、うまい落語家の話と見比べて（或《ある》いは聴き比べて）みたいと思う。私は彼が麻布の商家に生れたというのに、巻き舌の白《せりふ》からいなせな科《しぐさ》、動きが、神田生れの明神っ子か、日本橋の魚屋か、というようであり、立廻りや院本物の形までが、歌舞伎の生えぬきの役者にも紛《まご》う位、板についているのを、長年不思議に思っていたが、今度会って話を聴いて、それが彼の天才だけではなかったのを知った。殺陣《たて》にしろ、六法にしろ、役が定まると彼はそれぞれの専門の人について、基本を習っていたのである。

もう一つ書き落せないのは、エノケンのレヴュウを、この上なく面白くしていた彼の西洋音楽へのカンである。私は彼がレヴュウの一景で、オーケストラの連中を舞台へ上げて、指揮者の役を演ったのを見たが、彼が指揮棒を振り始めると、エノケンの体全体は忽《たちま》ち音楽と化した。音は彼の肩から肱《ひじ》、肱から手先きへと痛みのように突き抜ける。音楽が終る時の強い音は、彼の全身を電流のように貫いて、指揮棒の尖端《さき》へ抜けたのである。私はアルフォンス・ドオデが「苦悩」という小説の中で、自分のリユウマチスの痛みを、《痛みは俺の肩から腕へ、腰から脚に、突き抜ける。それはまるで火の棒だ……》と、表現していたのを想《おも》い出していた。三十年前、母の死を看《み》とって戴《いただ》いた正木先生と彼を楽屋に訪ねた時には、紅《あか》く燃え踊る太陽のような眼がキラキラして笑っていたエノケンは、いまでは渋みが深まり、いよいよ歌舞伎の名脇役の顔になって来た。「芝浜」の長兵衛位の動きの楽な役でもう一度、彼の舞台を見たいものだ。

室生《むろう》犀星《さいせい》の死

室生犀星の胸の内側に、灰色の塊のあることを知った日から、マリは犀星を恐れて、暮した。塊のことを知らないで、いつものように坐《すわ》り、マリを見て微笑《わら》い、五反田《ごたんだ》から持ってこさせる鰻《うなぎ》と、はたはたの薄味煮と、築地の鮨屋《すしや》のまぐろと、金沢の味噌《みそ》で作った、豆腐の味噌汁とで、書物卓《かきものづくえ》の上に暮しの手帖《てちょう》のふきんを敷き、その上に盆をのせて、横を向いて箸《はし》を動かす犀星を見ることが、苦しかった。しゃんとして立って、障子を明ける、犀星を見ることが、苦しかった。

だが今まで行っていた回数は減らせない。マリはいやでも、大森の家へ行かないわけには、いかなかった。マリは大森へ行き、犀星の前に坐り、平気な顔で、微笑った。

犀星が冗談を言うと、マリは大きな声で笑い、いつものように、食事の饗応《きょうおう》を、うけた。

犀星の眼が、自分の眼と合う時、マリは体と心とに力を入れ、その苦しい瞬間を、やり過した。一回の訪問の間に、最低三度、犀星の眼はマリの眼を見たが、必死の努力で、マリはとうとう一度も、失敗をしなかった。

犀星は或《あ》る日、胸の中に塊のあることを、たしかに知っていてしたような、表情をした。人々の芝居を見抜いていて、それを嗤《わら》っているような、奇怪な苦笑いで、あった。次の瞬間その顔は消えて、仮面かもしれない、無邪気な顔が、それに替った。その瞬間の他は一貫して犀星は、肺炎がこじれたのだということを信じている人であった。

あの顔は何だったのだろう。マリを子供だと思うせいか、犀星はマリに向って皮肉な言葉を言ったり、皮肉な微笑いを微笑ったりしたことが、なかった。勿論《もちろん》、その時の嗤いは、マリに向けてやったものではなくて、ふと顔を俯《うつむ》向けざま、畳の上へ吐き落した、というような、独りわらいでは、あった。

私は時々その嗤い顔を頭に想《おも》い浮べ、その顔から見当をつけるようにして、犀星を見た。そうすると、犀星の機嫌のいい微笑いも、言葉も、ようすも、犀星の芝居に見える。その世界は恐ろしい世界である。

犀星はこんなことを、言っているのだ。

《朝子も、れい子も、セツ子も、正宗《まさむね》白鳥も、佐藤春夫《はるお》も、伊藤信も（犀星の家では伊藤信吉氏のことを伊藤信と、呼んでいるのである）、堀多恵子も、森秀男も、近藤信行も、小島喜久江《きくえ》も、松本道子も、栃折《とちおり》くみ子も、森マリも、俺を騙《だま》しているな。だが俺は知っている。俺を騙している奴《やつ》らは俺というものを知らぬ奴らだ。俺は死の面《つら》と真正面から向き合い、死の面にこの手をかけて、唾《つば》を吐きかけ、奴と刺し違えて討死をして見せてやろう。君たちにはそれをとっくりと見ておいて貰《もら》おう。それはいい見ものだろう。どこにも、そこにも、あるというものではない。頭の上に十五六本ほどの強《こわ》い毛が逆立っている、眼の鋭い、嘴《くちばし》の尖《とが》った禿鷹《はげたか》の俺は、皆の見ている前で、死をつかまえ、死と取り組んで、根かぎり、精かぎりこの羽をバタつかせて、俺の生命《いのち》を取り返すのだ。奴の方が強かったら、俺はきれいに、負けてやろう。俺の生命を死の手に、癌《がん》という名の灰色の顔をした奴の手に、この俺の手で、渡してやろう。

「さあ、これが俺の生命だ。欲しければ持って行け」

そう言って、渡してやろう。

俺を騙しおおせたと思っている奴等は、バカ面《づら》を並べて俺と死との闘いを、見物するがいい。そこへ行くまでは奴等にバカ面を見せておいてやるのだ。すっかり奴らの手に乗って、騙されている俺の面を、見せておいてやるのだ。もののわからぬ奴らは俺のバカ面をみて、

「ああこれでいいわ。お父様はご存じないのだわ。癌を知らせるなんて、そんなお気の毒なこと、ああ子（朝子は自分の名を、ああ子と、発音するのだ）には出来ない。そんなこと、どうしたって、出来ないわ」

或《ある》いは、こんなことを言う奴もいる。

「先生の、癌だと知らないお顔を見るのが、私は苦しい。でもそれをわかった先生のお顔を見るのもやっぱり、苦しい。だから私は我慢しよう。いつまでこの苦しい我慢が続くのだろう。先生のお眼と、私の眼とが合うのをよけているように思われてはいけない、何か先生の恐ろしい病名でも知っていて、それを隠していると思われてはいけない。とそう思って、先生と眼と眼が合うのをこわがっているせいか、このごろはお眼にかかる度に四五度か、もっと多く眼が合うのだ。その瞬間を切りぬける時の、顔には出さないでいる緊張は、ほんとうにひどいことだ。それかといって、先生の何も知らない、安心しきっている背中を見るのも、厭《いや》なのだ。あの青

い羽織を見るのも、私は厭だ。虎《とら》の門《もん》病院で、あの先生の、老人ではなくて『男』の先生の、翼の強さと、したたかさのある禿鷹の形を、いつも青く光らせていたような、あの青い羽織が、死んだ蟬《せみ》の、閉じた羽のように、しおたれて、寝台の足との柵《さく》に引っ掛っていたのを、私はどんな心持で見たろう。ああ、もう何も考えまい。二年も、三年も続くことではない。先生もいつかは、楽になって、あの青い羽織を羽にして、細く、白くなった身を横に流すようにして、楽しげに、病院の窓から、飛び立って行くだろう。癌からも、胸くその悪い、病人用の寝台からも、点滴からも、人工呼吸器《チェスト・モデル》という、バカでかい、そのくせ間の抜けた機械からも、離れて、そうして先生は微笑い、私たちを見下ろし、私たちの知らない国へ飛んで行くのだ。そこには堀辰雄《たつお》がいる。萩原朔太郎《はぎわらさくたろう》がいる。北原白秋が、いる。地上にある大森の家に集まり、哀《かな》しみと、愛情とを胸の底にひそめながら、高く笑い、いくらか先生をやっつける批評もしたりする、中野重治《しげはる》や、平木二六《にろく》や、三好《みよし》達治や、宮木喜久《きく》雄《お》や、伊藤信吉等の酒宴と、変らない楽しい、愉快な笑いの爆発する酒宴が、先生を待っているのだわ。先生はその国へ行く途中、大森の空を旋回し、少しは立止って、朝子が腫《は》れた眼をして、挨拶《あいさつ》をしているのや、私が間の抜けた顔でかしこまっているのや、栃折くみ子と広重知子とが、相変らずやきもちを焼き合い、洋服を見せ合い、そうして、その胸の底で『先生、死んでしまったの？』と、問いかけているのを、一寸《ちょっと》の間哀しげに見護《みまも》るだろう」

　こんなせりふをぬかすのだ。

　まあなんとでもぬかしたいだけ、ぬかすがいいさ。俺は渾身《こんしん》の力をふるって、この世の最後の戦いをやる準備に、なるたけ静かにしていなくてはいけない。ところが奴らをそれまで騙しておくのには、そうしてもいられまいて。元気そうに、歩いてみせなくてはいけない。微笑ってみせなくてはいけない。やれやれ全く芯《しん》の疲れる仕事だて》

　だが、このマリの空想を、明らかに裏切る犀星の様子は、千も万もあって、それが続いていて、マリの胸の中を鋭い棘《とげ》で突つくのだ。どうしたのだろう、どうしたのだろう、と思いながら、重くなった犀星は、可哀《かわい》そうな、子供のような横顔を見せて、ぐったりと枕《まくら》に片頬をつけていた。

　又或る日、犀星は大森の書斎に、いた。肩を四角く、首を立て、両膝《ひざ》をきっちりと揃《そろ》えて火鉢につけるようにして正坐《せいざ》し、火鉢の縁に両手を、これも揃えてかざして、軽く焙《あぶ》るように返しながら、犀星は機嫌のいい微笑い顔をマリにふり向けた。

「マリさん、今年は何かいいことがありますよ」と。

黝《くろず》んで、痩《や》せた、犀星の顔は、最上の機嫌を、現わしていた。マリはようようのことでその顔を見迎えて、微笑った。

食事の時なぞ、あれこれとお菜《かず》のことを言ったり、一寸ぶつぶつ言ったり、全く犀星は、自分の病状を、一寸手ごわい、肺炎のこじれだと信じている、我儘《わがまま》な男に、なっていた。

マリは或る日、思った。

《室生犀星に、癌をしらせるべきだ。自然にそれを察知するか、誰かの会話の中の不用意な言葉、又は誰かの文章で、それを知って、憤死しかねぬ程怒る犀星を、私は見たくない。その方がどんなに気の毒か、しれない。もし犀星に、あなたの病気は癌ですと、しらせた時、彼がどんな文章を書くか、それは誰一人にだってわかりはしない。予想の出来る文章なんかではない。この世に犀星が残す、最後の火花を、私たちは見なくてはならない。彼は自分の病名を知った時、愕《おど》きと、恐怖と、哀しみの真只中《まっただなか》で、それらの蛆虫《うじむし》たちを全部嚙《か》み潰《つぶ》し、火のような文章か、又は氷のような冷たいのか、どういう文章にしても、この世のものではない絶筆を、書くだろう。犀星は着物を脱ぎ捨て、駱駝《らくだ》の瘤《こぶ》のような、胸の塊を露《あら》わにして、禿鷹の眼を見開いて、書くだろう。瘤のある胸の底に、限りなくやさしい、母親の子守唄《うた》を、聴きながら。逼《せま》って来、遂に飛びかかった死の角を、両手で握って抑えつけながら、ペンを取り上げ、ペンの中のインクの青黒い滴《したた》りは、どんなに素晴らしい文章を、原稿紙の上に滴らすだろう。それを書かせて上げるのが、愛情だ。情《なさけ》を注いで下さった先生への、私たちの愛情なのだ。そんな厳しい、残酷な愛情を上げなくてはならなかったのは、犀星と私たちとの運命だったのだ》と。

だがマリは又、想った。

《自分が朝子であったとしても、夫人のとみ子で、あったとしても、それを敢行する勇気は、ない。私としては必死の、E・D・ウイルスの注射を勧めることをしたり、命がけの芝居をやりおおせたり、それが私の力の限界なのだ》

仕方がない。と、マリは想った。敬愛している犀星のために、犀星の一生の最終を、人々に目にもの見せる絶筆を書かせて、光り輝くものにしたかったとしても、それは出来なかったのだ。死と、がっちり嚙《か》み合って、燃えながら死ぬ犀星を、人々に見せてやりたかった、なぞといったって、もう何もかもが終ったのだ。

犀星は死んだ。せめて、最後の荒い呼吸《いき》づかいに、禿鷹の死の、烈《はげ》しい羽音を、聴かせて。

深沢七郎とクレエとおさよ

或《あ》る日、——それはまさに〈或る日〉であって、決して、何々という年号の何十何年、何月何日という、確実な〈日〉ではない。唯《ただ》、そこに在った、〈日〉である。そこに在った、漠然とした〈日〉である。深沢七郎という人物は室生犀星《むろうさいせい》に一面似ていて、或る面妖《めんよう》を持っていて、正体不明の人物であるから、その人を訪問する日は、〈或る日〉という、宇宙の中にふと見つけた、気紛《きまぐ》れな〈日〉なのである。——さてその或る日、私と編集者のK氏、カメラマンのO氏との三人は、大分遠出だからというので、途中で車を止め、とある町角の蕎麦屋《そばや》で、手打ちうどんを注文したところ、ひどく美味《うま》いので各々狸《たぬき》と狐《きつね》とを二杯宛《ずつ》手繰《たぐ》りこんだ。この蕎麦屋も又、白ちゃけた町角に忽然《こつぜん》として現われたような店であって、一寸《ちょっと》した有名店位の味である。私はいい狐に化かされたような気がしたのである。

さて各々二杯のうどんで腹一杯の三人が押しかけて行くと、見渡す限り畠《はたけ》の中に、明るいブルウの屋根を載せた一軒家が見え、尚《なお》も近づくとこれもブルウの、仏蘭西《フランス》の労働者のような、木綿の上着にブルウジンに、紅《あか》い罌粟《けし》の花のような色の更紗《さらさ》模様の、これも木綿の襯衣《シャツ》の深沢七郎が畠の中に立っている。赤い更紗の襯衣は、所謂《いわゆる》世間の観念からは、もう五十年配の深沢氏には不似合いの筈《はず》であるが、それが大変に面白く調和している。かねてから、深沢七郎の「綴《つづ》り方」(氏は自分の小説を綴り方と言っているのである)の中には深い紅の色があるように感じている私にはとくに似合って見えた。

深沢七郎は露西亜《ロシア》の若者の襯衣のような紅い襯衣と、アラン・ドゥロンの履くようなブルウジンの上に百姓の着る黒っぽいたて縞《じま》木綿の半纏《はんてん》を着て三段歩の畠を耕し、大豆、落花生、白菜、大根等を栽培して、自給自足をやり、牛乳は農家と特約して毎朝絞りたてのを貰《もら》いに行き、誰かが送ってくれるらしい北海道の小豆を甘く煮るかと思うと、遊びに来たり、宿《とま》ったりしている若者たちの中の一人に、帝国ホテルのコックだったのがいて、それに檸檬《レモン》の隠し味をしてある平日のソテ、辛子《からし》の利《き》いたサラドゥ・ロメエヌを造らせ、東側は全部硝子《ガラス》張りの部屋で、雷が一軒家を包囲して鳴りはためくと、戸棚の中から覗《のぞ》き見したり、気が向くと綴り方を書いて、森マリさんとは桁《けた》ちがいの収入を得、といったような、天国の暮しをやっているらしい。

又もう一つの深沢七郎の大きな楽しみは、ボクサア(犬)のクレエと一緒に駆け出したり、飛んだりすることであるが、丁度私たちが押しかけた日に出入りの若者の一人が又もう一匹、雌のボクサアを連れて来た。

「今日はいい日だなあ、女の犬が来た」と、世間の常識からいけば一寸調子の外れた喜びの声を上げて、（森さんという「女の婆《ばあ》さん」も来た日だった）飛び出して行ったが、やがて同じ種類とはいいながら、クレエと色も形もそっくりの、ひと廻り小型の雌のボクサアが庭先（畠先？）に廻って来た。女のボクサアは、クレエと同じに狐色で背中だけが背筋から香ばしく焦《こ》がしたような栗茶《くりちゃ》の暈《ぼか》しになっているが、その焦げ色の暈しがクレエよりも濃く、顔もひき締って精悍《せいかん》、口から鼻へかけての黒い色も、一層鮮明で、素晴らしい犬柄であったので深沢七郎は大いに喜び、女ボクサアの首の真後ろに真白く、鮮やかに三日月形が出ているのを指でなぞったりしている。一方、女友だちが来たクレエも、手の舞い足の踏むところを知らずといった有様だが、新しく来たおさよ（私が冗談に三日月おさよと仮に名をつけた）はまだ子供なのでキャンキャンと言ってクレエを引掻《ひっか》くばかりである。

私はかねて、深沢七郎が書いた、小説を書く上での考えを読んだことがあって、その理論的な短文と、氏の小説や、雑誌などで知る氏の人柄の、理論なぞというキラキラしたものを決してうけつけない、曇った硝子のような、茫漠《ぼうばく》とした魅力とを比べて、そこに繋《つな》がりが感じられないのを不思議に思っていたが、今日氏を目の前に見ても、その文章を書いた氏と、空漠とした顔をしている氏との二つのものは全く関係ない顔をして各々そっぽを向いているのである。

深沢七郎は、〈朦朧《もうろう》として厚い、曇り硝子を被《かぶ》った理論の言える小説家〉という、信じられない一人の人物であって、そこから氏の面妖が、又、正体不明が、出ているらしい。而《しか》して氏を訪ねる日というものは、暈《ぼんや》りとした、消えかかった月のような、〈或る日〉なのである。

上等の庶民芸術家イケダ・マスオ

〈庶民は庶民ではないか。庶民に上等、中等、下等なんて、「坊っちゃん」時代の松山の汽車みたいな等級があるのか？〉と、変な顔をする人には、私の話は無縁の話である。

「上等」というのは私の生家の人々の口癖であって、私たちが上等、というのは、人物にせよ、茶碗《ちゃわん》にせよ、衣《きもの》にせよ、飛びきりの人物、或《ある》いは茶碗ということであって、又本物である。品がいい、優美である、又は色《い》彩《ろ》が綺《き》麗《れい》だ、質がいい、大らかである、等々の意味も含んでいる。つまり、かいなででないことであり、全く、何処《どこ》にも、吝《けち》くささがないということである。

池田満寿夫《ますお》氏の描く版画は、私の頭では覚え切れない、いろいろな名の国際的な賞を、たしか七つ位受けた。私は池田満寿夫氏が、私の小説をわかって呉《く》れる、全く数少ない人々の中の一人であるのに、私の方では彼の画《え》をわかるとは言えないのが、大変困ることであるが、私の頭なりに、感じたことを言って見ると、彼の画は、天才的な鋭い線が、女、猫、なんだか訳のわからない動物の群、値段の札のついた洋服、林《りん》檎《ご》、チョコレエト、皿、卓子《テエブル》、羅馬字《ロオマじ》の外国の作家の名、なぞが、無秩序に描かれているようでいて、それが一種の模様のような、面白さを表わしている、といったような画である。彼の画のジャンルの一つに卓子とか、皿とかの、家の中のものばかり描いたのがあるが、そういうものを描くと、画でも、小説でも、詩でも、貧乏臭くなるものであるが、池田満寿夫の画にはそれがない。池田満寿夫が、これも上等、飛びきりの詩人の富岡多恵子と二人で仲よく、或いは喧嘩《けんか》も遣《や》って住んでいるアトリエを、私は二年ぶりで訪ねたが、あらゆる賞を貰《もら》ったのであるから、お金がその家の中の何処かにはあるのだろうと、思うが（銀行が代りに保管していたとしても同じである）、家も、二人も、全く前と同じである。大きな葉をつけた、化けもののような樹《き》が、にょきにょき、窓硝子《ガラス》の上部までとどいていて、雨風に晒《さら》されて黒ずんだ籐椅子《とういす》は、前と同じ場所に曲っている。狭い、飛び石のあるところから、南洋の畳のような、厚い敷物が汚れている玄関を入ると、前に住んでいた画家の油絵具がこびりついた床、卓子、椅子、彼と一緒にアメリカへ行って、帰って来た版画の道具、彼の描いた画や、ポスタア、絵具、巻いた紙、食器、ストオヴ、等々が、混然としているのも、前と同じである。

この部屋は池田満寿夫が、彼の頭の中から、彼と親しいもの、或いは幻、例えば家の中のもの、食べ物、富岡多恵子の脚（彼は印象で描くので、トミオカタエコはモデルになって、肩や脚を現わして顫《ふる》えながら、何時間も佇立《ちょりつ》している必要がないのは幸福である）、化けもの、奇妙な獣、水溜《みずたま》りのようなもの、そういう、もろもろのものの象《かたち》を、吸い上げて、絶妙な線でもって描き出す、という、彼の魔法を行う部屋である。

又この部屋は、何度か、楽しいパアティが開かれた、部屋であって、そんな夜はこの部屋には多過ぎる人が集まり、あぐらをかき、椅子にかけ、又は卓子の上に乗っている人々の間々に、大変においしい水母《くらげ》や、肉の、タエコの料理が散在し、麦酒《ビイル》が林立する。エレキ・ギタアのレコオドが鳴り響き、誰かが麦酒を倒すと、麦酒は流れる場所がなくて、あぐらをかいている人の膝《ひざ》の下に流れこむ。するとその人は起ち上り、オシッコをしたようだといって怒り出すのである。人々の中にはタエコの親友の、これも又上等詩人の白石かずこ、黒人の青年たちもいて、わずかな空地で踊り出す、ニュウヨオクのヒッピイ族のパアティもかくや、という光景である。そのただなかで、私は我を忘れて、坐《すわ》っている。大変に愉快だからだ。鷗外の翻訳の中に出てくる嫩者《わかもの》（奥さんのお産の始まっている夜、川に落ちた人を救け出しに飛んで行く嫩者である）のようなイケダマスオはその間々を渡って歩き、踊り、時々私の傍に来て、（疲れましたか）と訊《き》くと、それは（隣のお婆《ばあ》ちゃん疲れたかい？）というように聴え、私が鍵《かぎ》が確かに入っているだろうかと、不安になってハンドバッグを見に行くと、傍へ来て横から覗《のぞ》く。それは又親切な少年が、まだハナをたらし、口の廻りをクワン、クワンにして、〈隣のメリちゃん何出すの？〉と言っているような顔である。彼は老年の私を、労《いた》わると同時に、小さな娘のような人物として、愛して呉れる。そういう素敵な嫩者が、同時に素敵な画家であることに、私は感動する。そうして天《そら》から降って来たような、彼の賞を素直に歓《よろこ》び、そうして私も貰いたいと、素直に思うのである。

生活と密着した、上等の庶民（じめじめした日本の或《あ》る種の庶民ではない）の画家、池田満寿夫は私のアイドルである。

ル・オルラと武満徹《たけみつとおる》

この武満徹という、長曾禰虎徹《ながそねこてつ》とか、飛騨匠《ひだのたくみ》、などの如《ごと》きニュアンスのある名を持つ一人の音楽家の創造した音楽が、何を現わしたものであるかについて、かねて私は脳細胞をなやましていた。或《あ》る日彼の音楽の中の一つを聴いた時、私は想《おも》った。〈これは何かの化けものの出る前の音である〉と。そうして更に聴いていると、化けものも、又別の何ものも、出て来なくて、とうとう終《しま》いまで、化けものの出る前のもやもやだけだったのである。画《え》の方でいう抽象のようであるが、具象のところもあるようなのだ。もともと人間が造るものであるから抽象といったって何かの具象があることになるのではないかと思うのだが、画を見ても全く具象でないようなのもあるので(象《かたち》がないというものもない、とは思うが。現に拙《まず》い小説家の私も、私の聴いた武満徹のもやもや音楽と同じような性格の女の子を描いていて、その性格はわからない、曇り硝子《ガラス》ではあるが、それでもどこかで私には解《わか》っているのである)わからなくなるのだ。

武満徹のお化け音楽は、モオパッサンの『オルラ』の象《かたち》のようでもある。脳梅毒になったモオパッサンは、ル・オルラというものが出て来て、人間に替って世界を制覇するのだと信じこんでいるが、そのオルラが彼の部屋に現われては、卓子《テエブル》の上の苺《いちご》や水を半分に減らして消え去るので恐れおののき、或る日オルラが入った時、瞬間に扉を閉じてとじこめ、家全体に火を点《つ》けた。すると家は焚《た》き木《ぎ》の塊のようになって炎上したが、彼は又もや絶望した。烟《けむり》のごときオルラはやっぱり扉の隙間《すきま》から逃げ出したと、彼は信じたからだ。私は武満徹の音楽の一つをかかる理由によって、オルラの音楽と、命名するのである。今までの音楽を無視して、別の音楽の世界をつくっているというところも、同じである。

紫がかった薄緑の高山薊《やまあざみ》と、茶に焦茶《こげちゃ》の模様の揚羽蝶《あげはちょう》の装飾のある板壁を後ろに、オルラのような眼をして坐《すわ》った武満徹は私たちの質問に丁寧に答える。だがいくら脳細胞を集中しても、話をきけばきくほど不可解になるのだ。みているとはっきりこれは本ものである。唯《ただ》、想像していたのとはちがって愛嬌《あいきょう》がある人物で、ちょいちょいふざけるので、まるで嘘《うそ》の呪文《じゅもん》で私たちを化かしている小人のようでもあるし、又、ごまかし話をやって大人を化かしている子供のようにも見える。私は黴《かび》のような、高山薊を見たり、雀蛾《すずめが》のような色の揚羽蝶を見たり、氏を見たりしながら、熱心に氏の話を聴き、それと同時にぬかりなく、夫人の出した杏仁《きょうにん》入りの支那風プリンと果物のデザアトをたべ、茶を飲んだ。

武満徹は自分がたべたいのか、熱心を現わして、自分の話に聴き入る私たちをねぎらおうとしたのか、更に夫人にたのんで文旦の砂糖漬をとりよせたので私はこれはすばらしいとばかりに、又それもたべはじめた。私が私の感じた、「化けものの出る前」説をおそるおそる持ち出してみると氏は、「それで別に間違いではありません。そういうもやもやしたものを表わしたのですから」と言い、私を安心させた。私は氏の音楽が、情緒のようなものを全く持たない、つまり単に音だけを空間からひき出して来て造った、私のへんに文学的な頭と絶縁したものではないだろうと信じていたが、氏の話のもようではそれも、当っていないこともなさそうである。氏は言った。「文学的なものではありませんが、単に音だけを持って来たのでもありません」と。私は氏の眼を見、揚羽蝶と、高山薊を見た時、それをたしかめたのだ。

おかしかったのは、私が氏の音楽をわかって行くと思われたら大変だと思って、(そんなことを思うはずはないのに)、雑誌のKさんにそのことを氏に伝えておいて貰《もら》ったが、行きの車の中でKさんが、「森さんは音楽がわからないので」と言ったと言った時、子供婆《ばあ》さんの私は怒り出し、「あら音楽はわかるけど、武満さんの音楽がわからないのよ」と言ったので、武満氏の顔をみるやKさんは訂正した。考えれば、他の音楽だってわかりはしないのである。そこで私は訂正を頼んだことをつくづく後悔した、という喜劇である。

あなたのイノサン、あなたの悪魔

——三島由紀夫《ゆきお》様——

澁澤龍彦《しぶさわたつひこ》氏の、『サド侯爵夫人《こうしやく》』の後記を読みますと、サド侯爵は、イノサン、つまり無垢《むく》な子供と、モンストゥリュオジテ、つまり怪物性とを持っていて、あらゆる悪業、というのはつまり、子供が虫をナイフで切ったり、火あぶりにしたりするようなことを遣《や》ったり、牢《ろう》に入れられたりした揚句に、最後にはサントゥテつまり聖性に昇華した人物だと書いてありました。私は知識が、女学校卒業程度で停止している人間なので、サドという人はサディスムの元祖で、つまり気違いのような人だと思っていました。

それが最近になって、彼が偉大な思想家であることを新聞かなにかで知り、その思想の説明を読んで、永井荷風の思想の中にある、奥さんは奸婦《かんぷ》で、娼婦《しょうふ》の中に却《かえ》って純粋なものがあるという考えが、もっと偉《おお》きくなり、欧羅巴《ヨオロッパ》の重厚な建築のようになったような思想なのだろうと見当をつけ、にわかに尊敬を捧《ささ》げるようになりましたが、今度澁澤氏の言葉で、又もっと深くわかったような気がして、尊敬がまた大きくなりました。まるで『恋を弄《もてあそ》ぶ勿《なか》れ』の中にあるミュッセの、(女は粉をふりかけられればふりかけられるほど茫《ぼう》っとなって尊敬する)という言葉があて嵌《は》まる状態でございます。

全く知識のない私が、一世紀から二十世紀までに一人しか出なかった、サド侯爵のような人物がわかる筈《はず》がなく、わかろうとするだけ無駄なのですが、その、イノサンを持っていて、その、イノサンが、モンストゥリュオジテに通じており、あとになってサントゥテに昇華した、という性格のニュアンスや、過程はなんとなくわかるような気がするのでございます。そうして私には、そういう性格が人間の本来の、自然な性格なのではないかと、思われるのでございます。自分の中の子供を失って、すっかり大人になっていて、悪魔性を隠し、糊塗《こと》し、道徳的人間になりすましている人間、つまり、初めからサントゥテになっているような、日本の紳士たちの多くは、日本の国の、昔からの伝統的な教育に、ずっと前からあやつられて来た祖先の末裔《まつえい》なのだから、仕方がないのですが、そういう人間をみると、一応疑いの眼で、じろじろ見てみたくなるのです。

今日、私は三島氏の、シャンデリアについている長い六角の水晶のような文章が、『サド侯爵夫人』の中にも光っていることや、『サド侯爵夫人』の中に書いてあった、サドがマルセイユに行った時の服装の描写と、貴方《あなた》の平常《いつも》の服装との関係について、書こうと思っていたのですが、澁澤氏の前記の言葉を発見して、それと同時に忽然《こつぜん》とさとったことがありますので、三島氏の文章と服装との関係のことは後にして、そっちの方から書くことにいたします。それは三島氏をほめることになるのですが、私が三島氏をほめる心持の中に私心はないのですから、世間の人々が巧言令色だと受けとってもかまわないと思います。

忽然とさとったというのは、私がふだん、三島氏について、ぼんやりと感じていたことが、突然そこに光をあてられたようになって、三島氏が、サドと同じに、イノサンとモンストゥリュオジテとを持っている人物だと、わかったことなのです。イノサンを無垢と訳すと、——三島氏が、小鳩《こばと》（処女のこと）のグレエトヒェンと同じに無垢だということになっておかしいようですが、サド侯爵が無垢だとすれば、三島氏は無論、大無垢《おお》の筈でしょう。

三島氏はだから、人間本来の、自然な性格だと言えると、思います。これは確かだと、思います。私の考えは変な考えでしょうか。もし変だったとしても、世の中が、理論の解《わか》る、人生や人間、人間の生き方、について、（犬や猫、ライオン、虎《とら》、豹《ひょう》、虫、鳥、なぞの生き方までわかる小説家はないでしょうが。それにそれらの動物たちは、人間に考えて貰《もら》うまでもなく立派に生きており、ｓｅｘの生活も、ルネ・クレマン、ヴィスコンティ、ブリアリ、ドゥロンのようなフランス人やイタリア人、ヌレエフのようなソビエト人、ピイタア・オトゥールのようなアイルランド人のように、堂々と立派ですから、彼らは大きなお世話であると、髭《ひげ》の先で笑うことでしょう）よくわかっている小説家ばかりでも、世の中は退屈ではないでしょうか？　私のような、変な考えを抱いて、それを信じこんでいる人間がいるのも世の中の退屈が紛れて面白いと思います。それに私は私でしかなくて、私の頭で考えること以外のことは考えられないので、その考えを書くより他《ほか》に、仕方がありません。

私は心の中に呟《つぶや》くのです。（わが三島由紀夫は、イノサンである。そうして彼のイノサンは、モンストゥリュオジテにもディアーブルにも通じている。ただ、彼が老人になってから、サド侯爵のように、サントゥテに昇華するかどうかは、私は先に死ぬので見届けられないが、あるいは昇華するかも、知れない）と。

この世の中には反自然の、つまり、イノサンでも、モンストゥルでもない、道徳人間や、聖女がいて（鬼ども多く籠《こも》りいて）目もあやな、偽善の美服をまとい、目も眩《くら》むばかりに耀《かがや》いているが、（ほんとうのものを見る目で見れば腐った蛇の皮を纏《まと》っていて、顔や姿も恐ろしいのであるが）本もののいい人間は少ない。そういう人々の群が、ヒッチコックの「バアド」に出てくる鳥のように、空を蔽《おお》ってバサバサしているので、自然で、無邪気な、悪魔を隠さない、サド侯爵のような人物なんかが、大変な気ちがいになってしまうのではないでしょうか。牛肉屋に入って行って、牛を殺すところを見せてくれ、と頼んだり（十九世紀のフランスでは肉屋の裏庭で牛を殺したのでしょうか）、下男の手に仔鼠《こねずみ》を持たせておいて、帽子用のピンで突き刺して喜んだりした、マルセル・プルウストなぞも大変な気違いとして言い伝えられるのです。サド侯爵の思想は、私の頭にわかった限りでは明快だけれども、彼の遺ったことは明るいとはいえません。三島氏にも暗いところがありますけれども、一方、透徹《すきとお》った青《ブルウ》のような明るいところがあり、私にとってはどこか暗い場所である理智《りち》に明るさを持っていて、鷗外《おうがい》のような、そうして自分のような覚めた頭をいいと思っていて、常識も発達しています。それで一見、世間一般の道徳紳士のような生活態度をとっているが、三島氏の本来の性格は、好奇心と探求心で一杯の子供だと思います。

芝居や映画に出たり、舞台で歌いたくて我慢が出来なかったり、オリンピックがあれば、聖火を持って走る男になりたいと、本心から思うような人物なのです。又、ノオベル賞を欲しい心持を隠していません。他の文学者の中にはのんきで、遠くのことのように思っている人もあると思いますが、中には子供のように、欲しいと思う心があっても、落ちついているような顔をしている人もあるかも知れません。（無論、真から大人で、落ちついている人もあります）自分をマスコミの中で目立たせることもはっきりと人々の目の前で、遣っています。

私は三島氏の中にイノサンを発見したと同時に、室生犀星《むろうさいせい》という名の青ざめた鮫《さめ》を、想《おも》い出しました。室生犀星は、犀川の青い、暗い水の匂《にお》いを全身につけ、文学のぬるぬる（室生犀星はぬるぬるのことを、彼の『蜜《みつ》のあはれ』という小説の中で、ノメ、ノメ、と表現しているのを御存じですか？　金魚の鰭《ひれ》のノメ、ノメ、というようにでございます）をも、その水にまぜてつけて東京に出て来て、さんざん暴れてから又犀川の水の中へ還って行きましたが、彼はどこかで悪い奴《やつ》と、信じられています。貴方《あなた》はそこは、犀星と共通していらっしゃいます。

三島由紀夫は狡《ずる》い男で、室生犀星は嫉妬《しっと》深い男である。そういう考えの、繊《ほそ》い、ふやふやした、しかし強靱《きょうじん》な、萩原朔太郎《はぎわらさくたろう》の詩の中の繊毛のような、噂《うわさ》の藻が、世間の中に、そこはかとなく漂っています。その藻はどことなく方々に漂っていて、通る人間の髪や、手や、足に、絡《から》みつくのです。しまいには脳細胞の中に、癌《がん》細胞のように侵入するのです。なにしろ癌だからうまく入りこむし、入ったらそこに棲《す》みついて、繁殖します。私という、わけのわからない人間はこの二人の不思議な人物に、どちらからも好意を持っていただきました。好意を受けたことに感動すると、人間の眼はよく見えるようになって、この二人の人物がいい人間だということがわかったのです。いいかりに一歩をゆずっても、少なくともこの二人の人間は偽善者ではないのです。いい人間だから嫉妬も、世に処する遣り方も、公開しています。

三島氏はほんとうに自然な人間であって、日々新しい玩具を欲しがる子供です。子供を見ると、いつでも何かしらに興味を持って、立てた膝《ひざ》を頭より高くした格好で、何か造っているかと思うと、急に凄《すご》い勢いで駆け出して行ったりしますが、貴方もその通りに見えます。

けれども、わけのわからないことを書いて、それだから三島由紀夫はいい人間なのであると、どれほど叫んでみたところで、誰にも通じませんから、これから、最初に書こうと思ったことを書きます。

又サドですが、貴方が描写した、サド侯爵の服装を見ると、青い裏地のついた灰色の燕尾服《えんびふく》、橙色《だいだいいろ》の絹のチョッキ、同じ色の半ズボン、金髪の頭には羽根飾りのついた帽子をかぶって、長剣を腰に吊《つ》り、金の丸い握りのステッキをついていた、と書いてあります。私はこれを読んだ時、ヴェネツィアだか、ヴェロオナだかの街の橋の袂《たもと》で、ダンテとベアトリイチェとが出会ったところの画や、そういう古い風俗が、淡彩で描いてある、何かの挿絵を見た時のような美を感じました。そうして貴方の文章の中に、ワイルドや、ダヌンツィオや、鷗外の翻訳の文章のような、耀々《きらきら》した、私がそれを読む時いつも、愛情をいくらでも欲しがって、自分を愛してくれる父親の、愛情の眼や、微笑《わらい》や、背中をなでてくれる掌《てのひら》を、肉食獣のようにむさぼりくう幼児のように、あるいは又、モオパッサンの、たしか、『恋は死よりも強し』の中の男が森を見て、素晴らしいと思うと、その森をたべてしまったような気がする、というところがありますが、その男が森を見るようにして、読むところの、詩のような描写も、いつものように見出《みいだ》したのです。そうして又もや、平常抱いている疑惑を抱いたのです。

こういう美をわかって、こういう文章を書く三島氏が、どうして、派手なアロハを着たり、そうかと思うと、熱帯地方の礼装を着たり、するのだろうか、という疑惑です。貴方の、写楽の役者絵の眼を近代化したような、先刻《さっき》から幾度も書いたように、イノサンな、ディアボリックな、モンストゥリュエルな、生々しい二つの眼を、どうして生かそうとしないのでしょう。健康になって、長生きをして、沢山小説を書き、芝居を書き、芝居を演《や》り、というような、多角的な生活をしたいのなら、ボディ・ビルも仕方がないけれども、三島由紀夫の顔は、とくに眼は、黒っぽい背広に、黒のコオト、黒へ白か灰色で二本縞《じま》のある絹編みのマフラア（又は白）を巻きつけるか、唐桟《とうざん》に黒襟の着物の襟を開けて着て、（そういうなりの襟から出る胸は、ボディ・ビルの胸では似合わないのですが）博多の帯を締め、外出の時には黒い撓《しな》やかなウールのインバネスを裾長く着て、マフラアも黒と灰色の棒縞のを巻きつければ、一寸《ちょっと》いかすのではないでしょうか。先日『パンチ』かどこかに、熱帯地方の礼装であるという白い上着に、黒い洋袴《ズボン》を着て、写っていて、ボオイの礼装との違いが委《くわ》しく説明されているのを見ましたが、どうして熱帯地方の礼装を拵《こしら》えて着るのか、それがどうして、いかすのか、全く不可解です。

貴方の家も、仏蘭西《フランス》の宮殿かと思うと、庭は希臘《ギリシャ》のアテネの貴族の庭であったり、玄関の鏡は西班牙《スペイン》だったりで、奇々怪々ですが、貴方の性格について一つの発見をした今日、考えてみると、要するに奇異な服装をするのも、各国の家をお建てになるのも、伊太利《イタリア》の彫刻家に、希臘のアポロンのコピイを拵えて貰って、お金をかけて運んで来るのも、貴方のサド的なイノサンがさせることなのだろうと思われて来ました。

それがわかってくると、女の首のついた、希臘の長椅子《いす》に女優と並んで腰をかけて写真を撮り、わかったような、わからないような、恋愛論や夫婦論をぶったのも、真紅のブレザア・コオトを着て、バルチック艦隊を撃滅した東郷平八郎か、又はインディー・チャンピオン・レエスの監督の人たちのように、望遠鏡を首からかけて、オリンピックにいらっしゃったのも、『からっ風野郎』の撮影で出かけようとして、外套《がいとう》の片袖《そで》を、片腕をふり上げて通しながら、踊っているような形で、仏蘭西の宮殿のような石段を駆け下りる処《ところ》を写真に撮って、週刊誌に載せたのも、演技に熱中したあまりに、階段で怪我《けが》をなさったのも、みんな、生れたままの、イノサンな性格から来る好奇心と探究心がさせたことなのですね。

そういうわけだとわかれば、私はヌレエフや、ブリアリ、なぞのような、好きな顔の次に好きな、一度見れば忘れることのない、異様な眼を持つ顔を生かす服装《なり》をなさらないことも仕方がないと諦《あきら》めることにしましょう。

あまり悪口を書きましたので、先日拝見した、『アラビアンナイト』の奴隷《どれい》（でしょうか？）の扮装をなさったお写真は、素晴らしかったことを一寸つけ加えておきます。

反ヒュウマニズム礼《らい》讃《さん》

おかしな国

マッカアサア元帥《げんすい》が精神年齢が十二歳だと言ったのを、その上ひき下げて、十歳と言い直さなくてはならないありさまなのは困ったことである。私はいつからか世界がいろいろな国に分れたことを、そうしてそのそれぞれの国が絶えず競争したり、戦ったりしているのを、なんとなくバカげたことだと思っているが、すでにいつのまにか自分は日本人というものになっていて（別にだれも頼みもしなかったのだが）他のいろいろな外国ができてしまっている目下の状況の中にいてみれば、自分の国の人間だけが他の国の人々より五段も六段も劣っていると思わざるを得ない点が数え切れないくらいあるという状態はやっぱり愉快ではない。

私たちの国は、今、首相や、他の多くの政治家が、各々自分の地位や、それに付随する職権や収入《みいり》を維持しようという以外にはなにもないような、どことなくうわの空な感じである、というような、目下のところ一番困る点をはじめ、他の国に、勝負にならない程劣っていることが、いわゆる枚挙に暇《いとま》がない、というていたらくである。

むろん、欧米の人間が皮膚の色が白いという、全く理由のない優越感を持っていて、従って日本人が異様な劣等感を持ち、その劣等意識のために街中横文字で埋《うず》まり、日本人が日本人に何か言うのに日本語では通じないという、欧米人から腹を抱えて笑われても一言の言い返しも出来ない、世界に類のない珍現象も起き、また、そこに胚胎《はいたい》している困ったことも多いのだが。

メラニン色素がほとんどないために、感じの悪い、漂白されたような皮膚を持っていて、眼の色は水色、毛髪は赤茶、腕や足の産毛《うぶげ》は黄金色《きんいろ》、といったような、虹《にじ》の中で一ぺん転がったような色彩をしているということだけで、自分たちを優秀な人種だと信じこんでいる点（そういう色彩のからだの人間はとくに美しい人間以外は化けものである。またキメの粗《あら》い、漂白されたような皮膚は美しさがなく、そういう皮膚だということを思い出すと、あこがれている「映像役者」もたちまち魅力を失う位である）だけを取ると、気の毒だが欧米人の方が精神年齢十歳であると言わざるを得ないが、ともかく数え切れない程ある、日本人の幼稚さ、愚かさは、女の人の服装一つだけをとり上げてみても、その愚かさ加減は徹底的である。

映画館にはいってニュウス映画を見てみればだれでも一ぺんでわかると思うが、欧米のどこの国の街を見ても、街を通る女の大部分がよその国の最新流行の服を着ているなんていうばかげたことはないのである。ロンドンやベルリンの女がパリの流行をとり入れているといっても、ごく少数の、一部の金持か女優である。それ、プレタポルテ、それ、サン・ロオランと、目の色を変えている女があふれている、おかしな街は日本の街以外にはない。ラジオも、雑誌も、服装の話は全部、英語か、フランス語で説明されていて、これもどこの国にもないことである。日本と比べておかしくないのは先進国だけではなくて、布を頭やからだに巻きつけているような服装を（すごく美である！）、アラビア人さえそのまま変えてはいないのである。

吉田《よしだ》茂《しげる》と国葬

吉田茂の遺骸《いがい》にお別れに行った佐藤首相が、その翌日再びお別れに行って、お棺の中のステッキを貰《もら》い、自分のステッキを代りに入れたと、新聞にあったのを読んで私はびっくり仰天した。吉田茂の宮中杖《づえ》と、自分の古い杖をとりかえたのだと思ったのである。私という人間の正体はかくの如《ごと》き感想を抱くような婆《ばあ》さん子供なのである。総理大臣が公開の場所でへんなことをやる筈《はず》はないではないか。宮中杖ではなく、吉田茂が平常散歩用に使っていたものだったのだろう、とは直《す》ぐに気がついたが、一瞬おどろいたのだ。こんな感想を書いていると、それこそ、読者諸氏、諸姉があきれるだろうから、他の感想に移る。

吉田茂の国葬には大分反対の声があった。私は吉田茂が、「国葬なんてやめろ。しかもケチをつけられながらの国葬なんて真っ平だ」と、お棺の中から佐藤首相のステッキと水の入ったコップを持って飛び出して来はしないかと心配した。海軍提督かなにかならともかく、政治家というものはなかなか挙国一致の哀悼を受けるというわけに行かない。吉田茂を認める人々だけが心の中で黙禱《もくとう》すれば、それで、「臣、茂」は喜ぶだろう。

吉田茂は敗戦（終戦なぞと気取ったって仕方がない）時、マッカアサアとの交渉に当って、これは日本が困ると思うと反対した、というが、当然のことだが立派である。言うべきことを言い、ある程度腹の底を割って話す方が、アメリカ側の好感を得るのだ、という、この簡単なことを、多くの政治家は知らない。私は日本の政治のあり方は嫌いだが、吉田茂には骨があった。彼が外国の首相や高官、新聞人と会う場合、向うの人がなめようとしてもなめられない、嚙《か》もうとしても嚙めないところがあって、しかも面白い人物であって、外国の要人たちと友だちになり、ジョオクを飛ばしていた点、また、難かしい問題で外国を訪問する時、悲痛の表情があった点、それらの点で私は彼を尊敬した。進歩的文化人が（若い人ならいいが相当の年の人も発言しているのである）彼のやった外交を非難しているが、日本は無残な敗戦国である。もし非難する人自身がその任に当ったらどんなやり方があっただろうか。アメリカ人は一人、一人は善良だが、政治の面では厳しい。

私が吉田茂びいきなのには一つの変な理由がある。それは私が嫁に行った時、舅《しゅうと》の山田陽朔《ようさく》という人が、十七歳の赤ちゃん花嫁の私を「茉莉や、茉莉や」と呼んでいたわり、盃《さかずき》をくれたり、自分の前の鶏《とり》の蒸したのをくれたりしたが、その舅が吉田茂と体格や雰囲気がそっくりだったのだ。陛下がお通りになる度に、門の前に出てお辞儀をしたのも同じだったし、朝食に摂《と》るものも偶然同じ、また、吉田茂に小りんさんがいたように陽朔にはお芳《よ》っちゃんがいた。イリス商会時代に取引相手の外国人と一緒に映っている写真を見ても、彼に吉田茂の要素が備わっていたことがわかるのだ。外国人になめられるようでは政治家としても、単に一人の人間としても、失格である。

無感動な日本人

アメリカ人やヨオロッパ人を見ていると、街のビルディングを建てる人々は、責任をもってやっているので、街を歩いている人の頭の上に建て物の外飾りが落ちてきて大けがをすることもないし、工事中の穴の上に渡した板が折れて、その中に落ちた人が首の骨を折ることもない。何かを置く人はちゃんと考えて置くので、屋上に置いた鉄材がバラバラ落ちて来たり、空地の冷蔵庫の中で子供が死んでいるのに、その冷蔵庫を処分することも、鍵《かぎ》をかけることもしないで放置するようなこともない。日本では小学校の二階の床が危なくなっているのを知っていても（多分大丈夫だろう）と思うのか（二階が落ちてもいい）と思っているのか、どういう心理状態なのか知らないが、平気で放置している。床がいよいよ落ちる前には相当傷《いた》んでいて、危ない状態だということはわかるはずであって、一分前まで堅牢だった床がたちまち抜けるはずがないのである。

事故があると集まって来て、大騒ぎをするが、事故の起る前は天下泰平である。それはどうも、人間の命が失われるということに、哀《かな》しみの感動がない、ショックがない、ということに起因しているらしい。各自、自分の肉親や、知人の死には相当に哀しむが、事故の現場に集まる野次馬の様子や表情には、興味の比重の方が重い。また肉親が事故で、無惨な死に方をしても、馳《か》けつけて、寝棺の中の死人の顔の蔽《おお》いを剝《は》いで、二た目とみられない形相になっていようが、その顔を恐れげもなく見つめて、さて棺に取りすがって泣くのである。

事故死をした人間の遺族は、すべてジャアナリズムの演出通りに動いているので、水で死んだ人々の遺族が最後に船の上から花束を投げて、悲しげな表情で、水面をみつめる、という、どこか拵《こしら》えもののような光景がその度に展開する。

死人（女）の顔に化粧をするなんていうことも、一見哀れみ深い仕科《しぐさ》のように見えるが、到底考えられない強い神経である。

もし私が車の衝突で死んだ肉親の現場に行ったとすれば、恐ろしい車の状況が眼に入る場所まで行ったら膝《ひざ》が萎《な》えて、そこへ坐《すわ》ってしまうだろう。ワッとばかりにとりすがろうにも声は出ないだろう。このすべてに平気の平左の日本人たちの心理が、私には不可解である。外国人は、落ちそうな天井を放《ほう》ってはおかないし、事故に集まる人々の写真をみると、悲壮な感情と、哀しみが、はっきり出ている。人間の死への、哀しみの感動が強いのである。自分の国の人間のことだから、思いたくはないが、日本人の中の大部分の人々は感情的に鈍感きわまるものを持っていて、つまりは野蛮である。そういう点が特に顕著な人種にとり囲まれているアパアトの生活は、私には恐怖である。

藪医《やぶい》竹庵《ちくあん》だって……

私の近所の主婦であるが、彼女は全く、江戸時代を呼吸している。彼女には小学校に行っている二人の男の子があるが、その長男の方がテンカンであることが最近私にわかった。私は隣近所の人々の動静にうとい人間で、お腹《なか》が大きくなっている奥さんに気がつかないでいるために、彼女たちはにわかに赤ん坊を生み、そこらを歩いていた小学生がいつのまにか大学生になって、ギタアを肩からかけ、「黒い花びら、静かに散った」と歌いながら前をとおったり、するのである。うとい、なんていう段階ではない。薄呆《うすぼ》け人間といえば当っているだろう。それでその子供が仮死状態のようになって担架に乗せられて、アパアトの廊下を行くのを見て、はじめて愕《おどろ》いたが、前にも二、三度同じような発作を起したのだと、後で知った。問題はその子供の母親である。彼女はその日病院から帰ってくると、「こんなすぐ直る病人をつれて来ては困るっていってたわ」といい、至極暢気《のんき》であった。倒れたのが偶然二度ともテレビの前だったのと、その子供がテレビに顔を近づけて見る癖があるのとで、彼女は子供の病気が、テレビをそばで見るせいだと思っているらしく、その後しっかりした医者にみせに行った様子もなく、下の子供を必ず付けて外へ出すという、当然の注意もしない。テンカンの子供は依然として塀の上を渡って歩いているのである。前と変ったこととといえば、彼女が隣近所にひびきわたるような声で唱えるお念仏の声が、一段と喧《やかま》しくなり、その時間が延びたことだけである。

その子供が塀を渡って歩くのが窓のところに大写しで見える私としては、見る度にぞっとせざるを得ない。私は管理人の奥さんに他の子供はいいが、その子供だけは危険だから塀の上に乗らないように、母親に注意して下さいと、いいに行った。私は、私が、病気の子供をだしにして、窓硝子《ガラス》の向うを子供がつながって通ることに文句をつけに行ったと思われては困ると思ったので、その意味でいっているのではないこと、他の子供が乗るのはいっこうかまわないことを、よくよく説明したのであるが、やっぱり私の危惧《きぐ》は当って、他の子供も乗らなくなった。勿論《もちろん》、窓の外を子供がぞろぞろ通ったり部屋に湯気が立っていると（実のところは湯気が立っていない日でも、私の窓は埃《ほこり》で曇っていて、子供たちのいい石板代りなのである）指で絵を描いたりするのは厭《いや》だが、私はそんなうるさい婆《ばあ》さんのようなことをいって行くのは嫌いである。とにかくその母親の病気に対する考え方は、江戸時代から少しも進歩していない。病気を（もののけがついた）といって加持祈禱《かじきとう》をする、平安朝時代のおもむきだってないこともないのだ。テンカンの恐ろしさを母親に説明しない近所の医者もこれ又江戸時代の竹庵先生である。江戸時代の医者だって（これは頭の病でな、気をつけさっしゃらんと危ない）位のことはいったのではないだろうか？

ラアメンとお茶漬

私はまだ、インスタント・ラアメンというものをたべたことがない。何《ど》うやって造《こしら》えたものだか判《わか》らないし、又判ろうとも思わないが、あの透徹《すきとお》った袋の中に、生湿りの針金状になってとぐろを巻いている支那《シナ》ソバの化けもの、――私は支那を中華民国とは絶対言わないし（尊敬からである）、従って支那ソバを中華ソバとは言わないのである。私を何者だろうという顔で視ることによって恨み骨髄に達している、カアチャン、ネエチャン族が、(何者だろう？　と思って視られることを嘆くのを止《や》めよう。わが崇敬する役者のピイタア・オトゥールを見るがいい。王様の洋服を着ようが、ナポレオン時代の軍服を着けようが、彼はなんとなく変であって、むろん欧羅巴《ヨオロッパ》の映画監督はえらいから、彼にはなんとなく変な王様や軍人をさせるのではあるが、ちゃんとした王様や軍人をやらせたって、彼はなんとなく変にみえるだろう。彼がちゃんとした人物に見えたとすれば、それは彼の天才的な演技力のためである。ピイタア・オトゥールがなんとなく顔も胴も長い格好で、だらしのない感じにスウェタアを着、だらりと飛行機の段々を下りてくるところのスナップを見ると、超特級の「へんな外人」である。ロレンスや、ヘンリ二世等々によって世界中の人が顔を知っているからいいようなものの、あの格好でフラフラ、日本人スパイ問題があったために私がその存在を知ったなんとか事務局の辺りでもうろつこうものなら、忽《たちま》ち疑惑の眼に捕えられるだろう。ピイタア・オトゥールなら発狂したギ・ドゥ・モオパッサンに扮して、ベッドの傍において寝た苺《いちご》と、洋盃《コップ》の水とを、今に人類に替って世界を制覇することになっている生物が(モオパッサンはその生物を、《オルラ》と呼んで恐れている)半分たべたり、飲んだりしてしまった、と思いこんで恐怖し「オルラだ!!!　オルラだ!!!」と唇をわななかせて、観《み》る人を脳性梅毒の男を見る恐怖の中に包みこむことも、お茶のこだろう。その、名優であって、又同時にソドミアンであり、世界中のどんな女よりも無心の魅力を持ち、仔豹《こひょう》のように甘える、わがモイラのモデルであるところのピイタアに、微《かす》かにでも似ているからこそ、へんなやつだと、見られるのだ、と無理にも信じこむことにしよう）ソバ屋へ入ってくるや、「中華っ」と呼ばわるのをきくのが、私の最もきらいな、嘔吐《おうと》を催すべき瞬間である。その「中華っ」と呼ばわる口は、私の貴むべき部屋の外で「雨だよっ」と叫び、四月になれば「もうおはながさくわねえ」と言い、くたばりやがれと思っている迷い猫に「可哀《かわい》そうだねえ」と言うのと同じ口である――

を見ると私は、（ああ、この薄黄色は卵黄の黄色ではない。梔《くちなし》かなんかの花から精製した、きみしぐれの黄色でもない。これは正しくオーラミンである）と思うのだ。OLが七、八分で朝食をとるためには、インスタント・ラアメンや、インスタント珈琲《コオヒイ》とパンが合理的であり、又、すべて電気でやっていて、何をやるのも面倒くさくなった奥さんの昼めしはインスタント・ラアメンか、菓子パン（この菓子パンなるものが現代では、馬か、病気の豚か、或《ある》いはもしかしたら犬かもしれないソオセエジ入りや、着色あんこか着色ジャム入りで、チュウカソバ屋のカレエうどんの残りを安く買い上げて入れたのではないか？　と疑われる、カレエパンには、茶色のみみずのような支那ソバがまじっているのである）とコオヒイ牛乳が最適である。というわけらしいが、ＯＬがラアメンで倹約した時間で睡眠を摂《と》って、会社へ駆けつけたら、どんな素晴らしい仕事がその分だけよけいに出来るかというと、大したこともないらしいし、（生活のかかっている、すごいヴェテランは別）奥さんがインスタント昼食で浮かせた時間で、読書会をやって、エロでなさそうな小説を読んで、感想を交換しても、手芸をしてデパアトに出品したとしても大したことはない。夫が死んで、子供が独立してしまって一人になった時、読書会や手芸が孤独を支えてくれるわけでもない。なまじっかな女の職業は誰のためにもならないし、生活と、ぴったり顔を突き合せた職業以外の趣味のようなものは、魂につながっていないのだから、結局は何のためにもならなくて、やった甲斐《かい》がない。

この、生活合理化のほんの小さな、一つの例であるところのＯＬや、留守番奥さんの即席ラアメンも、家庭電化も、今言ったような事情において、ちっとも生活を合理化しはしない。唯《ただ》世の中が味けなくなるだけである。私は私の部屋の隣の、電気洗濯機を買ったカアチャンが、昼間畳のまん中に坐《すわ》って、魚のようにただ息を吐いているのをよく見るが、全く生活の合理化が、世にも味けない時間を、そこに一つ生み出したというものである。このカアチャンがもっと「高級」な、奥さん階級に代ったとしたって、そこでも何のためにもならない泡のような時間が生れるだけである。奥さんの余暇利用というものが大ていみんな、中途半端《はんぱ》なことをやることになっているからである。「自分は本を読んでいる」とか、自分は上品な手芸をやっているという、自己満足があるだけで奥さん自身もほんとうに楽しいわけではない。これは私には言う資格がないが、歯の立たないような難かしい本を、しんから打ちこんで読むとか、真面目《じめ》に何か勉強するということは、何をするよりも楽しいものであるらしいのだ。私のような怠けものにも、そのことは、小説なんかを書いている時の、書けそうもないと思ったむずかしい状態が、どうにか書けた時の気分を考えてみて、いくらかはわかるのだ。いっそのこと浮いた時間は楽しく遊べば、つまらないことをやったり、ポカンとしていたりするよりは、奥さんたちの好きな「有意義」であって、ほんとうに楽しく遊ぶことが出来れば、立派な読書や勉強と同等な、堂々としたものなのであるが、ほんとうに遊ぶということは立派な仕事と同じ位むずかしいのだ。遊ぶということには、立派な仕事をするのと同じな、或いはそれ以上かもしれない才能が要るからだ。たとえばよろめくにしても、恋愛にはまず会話が必要であって（心と心の会話や、目の会話も、絶対必要である）、よろめき映画のように、わけのわからない、世迷《よま》い言のような会話や、深刻悲劇のような表情、又は恋愛を汚《けが》らわしい罪悪としておそれおののくもたもたなんかがあって、やがて素晴らしいエロティシズムとは似ても似つかない、所謂《いわゆる》エロの場面に突入するのではおかしいだけであって、会話というものを、日常用のものしか持っていない日本の大部分の奥さんには、恋愛は殆《ほとん》ど不可能である。犬と遊んだり、好きな花を眺めながらねころんで、楽しい時を消したりするのでも、楽しむ才能がなくては駄目で、その証拠には、アパアトのカアチャンたちが犬と遊んだり、眺めたりしているところを見たことがないのである。まして、のんきな私には考えるだけでもしんどい、魂の結びついた深刻な恋愛なんかは及びもつかない。富岡多恵子が婦人公論に、主婦には会話がないから、主婦と恋愛については書くことがないと、書いていたが、この間も彼女と下北沢の、欧羅巴の宮殿のシャンデリアが下がっているかと思うと、隣には上海《シャンハイ》のランタンがぶら下り、歯医者の応接間のゴムの植木があるかと思うと、階段の下には唐紙が嵌《は》まっており、紫や紅の電気に染まった水が噴出するかなたには、マクベスの銀の鎧《よろい》の如《ごと》く不気味な鱗《うろこ》のアロワとかいう深海魚がゆらめき、こっちにはお腹《なか》の赤い、ピラニアの如き魚が群れ遊び、噴水の周りのにせ大理石の囲いの上には、田舎の料理屋の床の間にあるような木製の打ち出の小づちがおいてあるという、不思議なレストランで、そのことについて話したが、全く同感である。タエコ詩人はよろめきたいが、会話のある男がいなくて、ごはんをたべませんか？　と言う男ばかりで、お腹が一杯になりすぎると、嘆き、池田マスオに手紙を書き、西ドイツにいる池田マスオは、それでは僕は安心と、書いて来たのである。かくの如く形式的な生活の合理化からは何も得るものがないのである。昔はインスタント・ラアメンがなかったので、OLはパンを焼き、牛乳を温め、目玉焼を焼いていたし、留守番の奥さんは、朝の残りとはいっても、お釜《かま》で炊《た》いた美味《おい》しいごはんが、洗ってよく乾いたふきんを被《かぶ》せた上から竹製の蓋《ふた》がしてあるお櫃《ひつ》に入ったのをよそって、茄子《なす》や胡瓜《きゅうり》の古漬けのかくやと、いい番茶でたべたのだから、簡単な食事でも手がかかっていたし、生活の伝統とか、格調のようなものが、底にちゃんとあったのだ。又、アンパンで済ますにしても、パン屋が、美味しいパンをたべさせようという気持で焼いた、おへそに桜の花の塩漬けが入っていたり、芥子《けし》の実がパラパラとついていたりする、頬っぺたの落ちそうなアンパンと、上手に淹《い》れた番茶である。ばい菌入りのジュウスや、あらゆる毒物をやたらに放りこんで、ただ綺麗《きれい》に、もちがよく、速く量産出来るようにして、商人が売り飛ばしているおかず類、菓子、菓子パンを、平気の平左の無神経で立ち飲み、立ち喰いし（リヴィングキチンで）、不格好で見るに耐えない電気機具の化けものに囲まれ、ヴェトナム戦争が、根本はいい理由だとしてもやり方が非人間的で、可哀そうな老人や女や子供が死んでいることも、可哀そうな猫が扉の外で鳴いていても、憂《うれ》いというものは何一つパアマネントの頭の皮の中までは入ってこず、すべて（カンケーナイ）であって、放射能が何の中に入っていようが、苺や、夏みかんや青豆が、放射能のちりを含んだ恐ろしい真紅や、イェロオ、薄緑を呈していようが、マイカアがあって、カラアテレビがあって、電気機具さえ揃《そろ》っていれば自分は文化人、天下は泰平、この世をば、わが世とぞ思うもち月の、欠けたることのなしと思えば、といった調子のママ、奥さん、カアチャンたち。そういう状態においてはすでに人間の生活は消え去り、したがって楽しいことはなくなり、ほんとうの意味の美人というものも無くなった。所謂美人女優が、あたくしはおいしく炊いたごはんのおにぎり（なんという下品な言葉であることか、お結び、というべきである）とおしんこうとおのりがすきです、と発言したって、どことなく疑わしい味覚が感ぜられる。一例をあげると樫山文枝《かしやまふみえ》の写真の顔を見、言っている言葉をよむと、彼女ならどんなに杪の生活していても、へんなものをたべてはいないだろうという気がするのだが、それは格調のある彼女のくらしがどこかに見えているからだ。人間の顔や様子はごまかせないもので、あやしげな奥さんやママが、形だけ文化道具を並べても、文化的な雰囲気は出ないし、反対に、シャルル・アズナヴウルの歌や、歌う様子には、麺麭屑《パンくず》を拾って、たべていたような子供のころの生活（自分から庶民、庶民と、ひけらかし、庶民を売りものにするようなことはしないのである）が、巴里《パリ》に生きて来た、巴里の粋《いき》と一つになって、靴の爪先《つまさき》までにじみ出ていて、まるで香《にお》いのいい白い花のようである。昔の奥さんの、乾いたふきんをかけた、涼しそうなお櫃に関連して人の話を思い出したが、欧羅巴《ヨオロッパ》の主婦は、アメリカの主婦が紙のナフキンを使い捨てにするのとはちがって、上等の、一代ずっと使えそうな、木綿のナフキンに刺繍《ししゅう》をして使っているということだし、又欧羅巴の主婦は勤めのために忙しくて、自分で料理が出来ないと不機嫌になるそうである。少し位手がかかっても、生活の底に格調のある、気分のいい生活をした方が、結局はほんとうの合理的生活なのだと、私は思っている。素晴らしい詩を書く富岡多恵子や白石かずこは、自分で美味しい料理を造《こしら》えるし、電気洗濯機も、電気釜も、電気掃除機も、持っていない。富岡多恵子の一流の詩、白石かずこのキラキラするイメエジ、二人の美しい詩は、自分でおいしいおかずを造えて、楽しくパクパクたべる、気分のいい生活の上にのっかっているのだ。

静かな家の中でピアノを弾いているお嬢さん（エリイトになるために、ガツガツして習っているピアノではない）は、ショオト・パンツで自転車に乗っていても、どこかにピアノの音がするし、家で、足を横に揃えて出す西洋式の坐り方でも、しとやかに坐っている少女は、ミニスカアトで街を闊歩《かっぽ》しても、どこからか優しさが顔を出すのである。どこかに、きれいなものがあって、底に格調のある生活が、にせもの文化の中にも、ちらちらと散在しているのを発見するということは、時々ふと、私をほっとさせる出来事なのである。

ふに落ちない話

三年ほど前から私は、著作業の他《ほか》にくず屋とごみ屋の下請けを兼業している。というのはアパルトマンの門前に備えつけてあったごみ箱が、町会の手によっていつの間にか運び去られて、『今後紙くず類、及び厨芥《ちゅうかい》は各家庭で、それぞれ紙袋、またはビニイル袋に入れ、配給のポリエチレン製バケツにおさめて、二十世帯ごとに指定の場所に出して下さい』という指示が、回覧板によって各家庭に伝達された。私ははじめ、この困った変化を自分の町内だけだと思っていた。同じ世田谷区内にある親友のアパルトマンには何かの理由でその伝達が遅れていたせいである。私はちょっと水がこぼれても何でもかでも大量のちり紙を使って処理し、それをまた包装紙などに丸めこんでくずかごに捨てる。ぞうきんというものがきらいで、ぞうきんでふくような場合は、洗濯することになっているハンカチか、それがない場合はまだきれいなハンカチ、捨てる時期にはまだ程遠いタオル、手ぬぐいの類でふいて、それもまた新聞紙などにくるんでくずかごに捨てるという奇癖がある。（ぞうきんがけというのは別の場所の汚れをぞうきんにくっつけて他の場所をなするわけで、まず幸田露伴指導による幸田文《あや》のぞうきんがけ位しか許容できない）その上に厨芥もどういうわけか並みよりひどく多量である。

ある日、室生犀星《むろうさいせい》のところに行っていて、「わたしはホウレン草の小さな把《わ》を一度にみんないただきます」といって犀星をおどろかせたことがある。それは犀星がゴリや冷えて油の固まったウナギばかりたべていて、野菜といえば煮過ぎた野菜スウプ位しかとっていないのを心配して、野菜の大量摂取をお勧めした時の話であるが、自分自身は生野菜がからだにいいと信ずると、生キャベツの繊切りとピイマンの刻んだのを毎朝馬のようにたべたことがある位で、野菜くずが多いのである。そういうわけで私の部屋から出る紙くず、厨芥の類は、何とも生産過剰である。そこで週二回、私の部屋の中は一時、くず屋が選りわけをする部屋の如《ごと》き観を呈し、厨芥は特大のビニイル袋にはいったごみと、おびただしく捨てる空きかん、薬びん、等々で山になり、一人で五人家族分のをもらったバケツでも足りないで、二つの大バケツをよろめきつ、まろびつ、門の前まで運搬することになる。

しかもアパルトマンの住人たちは、自分の部屋の内外以外は野となれ山となれ主義で、煉炭《れんたん》の灰は水でぬれ崩れたのをそのまま、紙袋も、ビニイル袋も輪ゴムなしの明け っ放し、雨の日も、紙袋を雨にさらして紙くずが紙袋と一緒に溶けているという状態である。そこへ私がよろめき出ると、清掃員が「こんなじゃだめだ」と私に怒鳴る。

パリやベルリンでは、ごみ箱の中から引っ張り出した古ほうきのような髪をふり乱して働き廻っていた下宿の女中でも、ごみ屋の下請けはやらせられていなかったようで、紙くず、厨芥は全部、何かの仕掛けでいずくともなく運ばれ、ぼろきれは毎朝ぼろ買いの婆《ばあ》さんが買いに来た。私個人は特別だとしても、税金がないに等しかった時の方が現在よりもすべて都にやってもらっていたというのが、私にはふにおちない。

アデナウアーの死

アデナウアーの死に、私はショックを受けた。というより、よその国の元首相の死に自分の国の首相の死より以上のショックを受けた、ということへのショックである。政治のことは何もわからない私に、一国の首相の任務というものがどんなことか、ましてその詳細についてはわかるはずがないが、その根本の覚悟というか、どんな気持でその任務にあたるべきものかということはわかっているつもりである。

アデナウアーに限らず、日ごろ新聞に載る、よその国の首相たち、または長官などの顔を見ていて、私は彼らの表情の中に深い覚悟を見る。重苦しい暗鬱《あんうつ》と、哀《かな》しみとを見る。それは一国の首相、或《あ》るいは長官として、その国の運命をその両肩に担《にな》っている人の表情である。彼らが自国の国民の一人一人を知っているはずは無論ないが、彼らの顔はあたかも、その一人一人を知っている人々のように、胸の底に抱いていて、国民たちの不安を除き、希《ねが》いをかなえてやろうとして苦悩している人のようである。彼らが任務をおびて外国に行く時、その両肩にはその国の全国民の幸、不幸が重く乗りかかっている。その重みが暗い表情の中にうかがわれる。自分の子供の重病に、手術が可能か、不可能かを医者にただしに行く父親の表情はこんなだろうかと、思うような顔である。

私たちの国の首相が、沖縄を訪問したり、何かの陳情にきたおかあさんたちと会ったりして、目頭を指先で押えたり、ハンカチを目にあてたりしている写真を見ると、彼が、喜怒哀楽を表面に出すことをまるで悪事であるかの如くに教育されてきた私たちの祖先の血を受けているために感情の起伏がほとんどなく、また感情の表現がとくにへたな日本人であることも、よくわかっているし、彼が西洋崇拝の人物でないことは、彼の風姿を見ただけで判る。又彼が演技で空涙《そらなみだ》を流して見せているとも思わないが、それでもなおかつ、その様子にはこっちの感覚にピンとくるものがないのである。

要は首相のその瞬間の涙が、その翌日も、一カ月後も、一年後も、胸の中に保存されていて、永遠に消えない火のように持続するということが肝心であって、その瞬間、感動したり、日本のジャアナリズム用語の通りに、目頭が熱くなったり、白いハンカチでそっと目頭をおさえたりすること、それ自体は、さして重要なことではなく、私たち国民を感激させることでもないのである。国民の信頼と希いとを、その職にいる期間中、胸の中に温存して、重い石のように持って歩いていたアデナウアーは、天寿をまっとうしたのだろうか？　アデナウアーは見たところ、ずいぶん頑健な体格のようだった。わが国の首相たちの中にも最近早死した人もあるが、訳のわからない言論と、何か《こと》を糊塗するが如き紋切り型の弁解とに充ちた、日々の繁忙のための早死だった、という感じであるのは滑稽《こっけい》である。

選挙のたびに

私はこの五、六年ずっと投票をしないで部屋の中でチョコレエトなどをかじっている。その間に、たしか一度位は投票した。私のアパルトマンの部屋のご近所は、カアチャンやネエチャンたちである。これは彼女たちを軽べつして書いているのではない。戦前はカアチャンやネエチャンには、へたな奥様よりりっぱな人が多かった。今でも奥様より偉いのもいる。

ただしS荘の、ことに私の部屋のまわりの彼女たちは質《たち》が悪い。それは私が変人だからで、変人と彼女たちとはすべてが根本から相反しているらしい。彼女たちは私の傍にいるとだんだん悪くなり、冷笑的になるので気の毒なわけである。

ところでそのカアチャンやネエチャンたちというのは不思議に道徳を標榜《ひょうぼう》しており、私が性こりもなく置きっ放しにする真珠の指輪や四、五千円入りのガマ口を持って行く形跡のあるカアチャン（これは私の当て推量ではなくて、アパルトマン中で最も賢いIさんの奥さんと、私の親友で、今F社の事務をしているミー公＝これもおどろくべく頭がいい＝とが、ひそかに同意見を持っているのである）が、私とミー公とでP

TA夫人とあだなをつけている夫人の傍へよっては『あたしはまことの道を守っています』と演説するのである。彼女がまことの道を行う度に私の指輪やガマ口が無くなるというのも困った話である。そういうカアチャン連が殊勝らしく投票所に赴くのは当然のことであって、ある年はつい同調して、出向いたのである。

私が何故《なぜ》投票に行くのをいやがるかというと、どの人物が清く正しいか、どの人物が黒い霧の人物なのか、ということが、新聞を読もうが、話を聞こうが、全然判《わか》らないからである。また、いいだろうと信じられる人物は世田谷区ではないのである。近所から出ている人も遠くから出ている人にも知人は一人もないのである。

そういう仕掛けにしておいて、悪い人間が出たのは、その人間を選んだ私たちの責任であるとか、よく見て、りっぱな人物を選びましょう、しっかり目を見開いて、清く正しい人を選びましょうと、あらゆる報道機関で、あらゆる人が叫んでいる。それを聞いて私はじれじれして来、おこりたくなり、ばかばかしくなってくる。新聞に並んだ顔を見れば、いくら目を見開いてもどれもこれも寸分違《たが》わない。選挙用の真正面向きの顔で、どれを見てもなんとなく信用できない。何もヨオロッパの音楽家や、役者のような、しゃれた写真でなくてもいいが、あれでは信用できる人間の顔も、紋切り型の代議士顔になってしまうのである。

私は選挙の時期が来る度にまず絶望し、暗やみの中で好きな花を折れと言われた人のように困り、一人、部屋の中で、病気になった鳥のように、不きげんそうにふくらんでいるのである。無所属というのがわからないのも困る。また大臣を定める時に私たちが参与できないことでも、私は怒っている。

馬鹿《ばか》げた、美への誘い

このごろは、美の世界を知らなくてはいけない。どこの出版社に、世界美術なになにという全集が出ているからそれをよむべきである、というので、高校一年位になると、それを買って観《み》る。その全集の広告は大新聞の一面をでかでかと埋め、若い女優がそれを見ている写真が出ている。上野にミロのヴィーナスが来た。それも観なくてはいけない、というので美術館は、異常天候による羽虫の襲来のような小、中学生の群で埋まる。巴里のルウヴルの一室にたった一人、静かな空気の中に立っていて、黄昏《たそがれ》のような、柔らかな光線を肩先から全身に浴びていたヴィーナスは、巴里の美術館からみれば、どこかの小さな事務所の、それも仮建築の便所のような建物の中に、見世物のように立たされ、二階の欄干から階下まで鈴なりの大人と子供の群で埋まった中で、どの位おどろくことだろう。そういうような、どこの国にもないようなガサついた現象が、現代の日本には起っている。

美の世界を知るのには文豪の小説も読まなくてはいけない。そこで世界文学全集、日本文学全集、中国文学全集、何の何外全集、何の何石全集、等々はあらゆる出版社から毎年出るのではないかと思うほど同じものが出版されて、それでも出版社は儲《もう》かるらしくて、それらの全集、選集に使用する、かなり上質の紙、箱に使う紙、厚紙、帯に使う細い紙、広告用の小冊子用の紙に至るまでの大量の紙はどこの県のどこの製造所で生産されるのか、浜の砂《いさご》より多い泥棒より、もっと多数に、どこからとなく出来て来て、立派な小説家の書いた、立派な本、それ自身は静かな顔をして本屋の棚に立っているのに、その出版界の大さわぎと、広告の大さわぎから来る錯覚で、このごろは本屋に入ると、怒濤《どとう》のような騒音が耳に聴え、昔より派手な、棚の本たちの間々から、楽隊（それはのぼせ上った楽手が集まって奏する、ビイトルズよりいやな音の楽隊である）の音がジャカジャカと鳴っていて、パチンコ屋のチンジャラジャラの方がまだまだましな位である。

美術館に押しかける群集も、本屋に入って来て背中と背中をおし合い、ネギの突き出た籠《かご》と負ぶった子供とをこすり合っている人々も、春の、どこか昏《くら》い、青い空を、枝もみえぬほど、薄薔薇色《うすばらいろ》の花で散っている桜の花を見ようと集まる群集も、どうしたのか、火から逃れて被服廠《ひふくしょう》に蝟集《いしゅう》する関東大震災の群集のように、必死の勢いで集まるから、美を求める人々の群はほこりっぽく、王朝時代の殿上人《てんじょうびと》がいやがった下司《げす》、下﨟《げろう》の群のようである。

巴里のトゥール・エッフェルより背の高いのが自慢のタワアや、新帝劇、何々ホテル、何々新聞社、マキシム大料理店、等々が地震を忘れた人々によって陸続と空を摩して建つ、不具な帝都美化事業のために、無免許、酔っぱらい、精神病質のあんちゃんの砂利トラがカンナナ、カンロク、あらゆる環状線を突っ走る。子供が死ぬ。

その大さわぎが私にはどうしても馬鹿さわぎとしか思えないし、それらの大さわぎによって、戦前より若ものたちの美的感覚が鋭くなったとも思えないのである。

帝国ホテルの崩壊

フランク・ロイド・ライトの設計した帝国ホテルは、多くの欧米の人々にホテル・

テイクコクと言われて愛されていた。私の心の中にも帝国ホテルはいつも、日比谷公園の前の夕暮れ刻の薄やみの中に橙色《オレンジいろ》の燈火《ひ》を点じ、親しみのある形を映していた。日本が、外国人が親しみ、愛するホテルを一つ持っているということは、日本という国の一つの財産である。藤原義江《よしえ》氏の言うように、ホテル・テイコクは『莫迦《ばか》げた建物だった』（莫迦げた、というのはゆとりがあって、面白味がある、ということであって、それは設計した人の精神の余裕のことである）。そういう面白い、親しみのあるホテルを持っていて、それを大切にし、誇りにしている、ということは、日本という国が文化を持つ国であるという一つの証明になるのだ。ライトのお蔭《かげ》で日本は、昔のお寺や、美術の他にも、大正期に建った素晴らしいホテルを持っていることになったのだ。

文化人の中にも、どういう考えなのか、『帝国ホテル保存の意見は感傷に過ぎない。壊して便利なものを建てるべきだ』という人がある。無論、帝国ホテルの保存を唱える人々は、文化を護《まも》る主意で唱えているのであるが、心の中には感傷が存在しているのは事実である。だが感傷というものは何も馬鹿《ばか》げたものでも、軽蔑《けいべつ》すべきものでもない。

人間の持っている高貴な考え、犀利《さいり》な理知、豊富な感情、情緒、セクシュアルな情緒、感情に堕した爆発的な怒り、憎しみ、それらはどれが貴くて、どれがいやしい、というものではない。それらのすべてを統一する叡知《えいち》、それらのものをまとめて行く、人間の精神の指揮棒がりっぱで、巧みなら、それらのものはどれもきれいなものとなって人間の外側へ溢《あふ》れ出るはずである。

化学でも数学でも、高等なものになれば知性だけではだめで、ある情緒によって新しい学理のようなものが発見されるものらしい。私はそれを岡潔《きよし》という数学者の文章で知ったのである。芸術の国フランスが偉大な数学者や化学者を持っていたり、化学の発達したドイツが素晴らしい音楽家や文学者を出しているのもわかるというものである。複雑緻密《ちみつ》な楽譜を正確に演奏しながら、その正確な音譜の群の上に柔らかな光のような、花の香《にお》いのようなものを想わせる偉大な音楽家の演奏は知性と情緒の融けあいであり、感情、情緒から出てくる「感傷」は、音楽の中の、トレモロのようなものだ。

ホテル・テイコクの薪《まき》を放《ほう》りこむ大きな暖炉の傍で、ブランディを飲みながらばか話をした想《おも》い出を持っているシャリアピンなぞは、「感傷」だけでホテル・テイコク保存説を支持するかも知れない。

一寸《ちょっと》いたんだ時にライトの弟子にでも頼んで保存しようとはしないで、崩れそうになるまで放っておいた犬丸支配人も困るが、アメリカの世論が動き出したのを見て、これは大変とばかりに保存説を打ち出した大臣も困ったものである。

原子力空母と乱闘

佐世保港に潜水艦が一つ、二つと、その度に私たち日本人の心臓に冷たい、白い手を触れながら何隻《せき》か、もう忘れてしまった程寄港したが、今度は航空母艦である。今ラジオを聞くと三隻である。当然、全学連がかけつけ、警察官と乱闘になった。今度は牽制《けんせい》のためか、こない前からやり始めた。米兵が金を落すバアなぞは顔をひそめてみせながらひそかに待機し、関係のない店や病院は被害と多忙に怒っている。

ところで乱闘に対する感想はあらゆる人々がのべており、佐世保の子供は「おそろしか」と、毛剃語《けぞりご》でこわがっているが、一番当然をいっていたのはバアの男である。「もう定《き》められちゃってるんだから仕方ないでしょう」と、多分ナプキンでコップをふきながらだろう、簡単明瞭《めいりょう》に答えている。教授や役人、作家の意見は、私の知らないことをよく知っていて、それらの知識をもとに意見をのべているが、それらの意見の中にもあった、安保協定をしている以上、米艦の寄港を断わるわけにはいかない、という当然の意見に、バアの男の見解は一致している。

潜水艦や航空母艦がやってくるという、この無気味な事実の後ろには安保協定があり、そのまた後ろには惨《みじ》めな敗戦がある。敗戦の直前には原爆投下があったのだ。陛下は自分からマッカアサアを訪問されて、自分はどうなってもよいから国民を救ってもらいたいといわれ、吉田茂《よしだしげる》はマッカアサア以外の軍人とは話し合わない、といい、すべての条件にイエスと答えるような卑屈をやらずに、日本が米国の属国になる、というアメリカの意向を最低の線で食いとめ、メンツを保持した。そこから安保が出てきた。そうしてそこからまた、水爆を積んだ艦船の寄港が出てきているのだ。(佐藤首相がセンチメンタルな、行き過ぎの報恩からやった、彼の恩師、吉田茂の国葬が、アメリカの首脳部に、艦船寄港の促進のテンポを早めてさしつかえなかろう、という考えを抱かせなかったとは、いえないだろう。彼らが吉田の止《や》むを得ない処置を国民が悲しみながらも多としている、と考えるのは当然だろう)。

私は去年の十二月七日の新聞に出た、昭和二十年九月に原爆の焼跡を撮《うつ》している日映スタッフの写真を見、また十二月二日の新聞に出た、原爆映画の試写で、画面に見入る関係者たちの顔(全神経がひき締った、まことに恐ろしいものを見る人間の顔である）を見て、うたれた。

レジャーも3C（クウラア、カラア・テレヴィ、カア）もいいが、日本の人々はこの人たちの、胸が冷たく堅い板になったような、形容しがたい顔（これが日本人の顔なのである）を心の中にいつも彫りつけていてもらいたいのである。私はこのごろいっそ属国の方がいいと思う時がある。私たちの国のあり方はあまりに悲惨である。私は佐世保のバアの男と同意見である。私の方はもうかりはしないが。

（注）毛剃語とは「九州弁」。『博多小女郎浪枕』の中で毛剃九右衛門《くえもん》などが用いるに因《ちな》んで芝居好きの連中がかく言う。

白色人種と黄色人種

ふだん、白色人の文化度を尊敬している私だが、心の深奥にはもう一つの白色人観を持っている。前にも書いたことがあるが、白い人種の中の、ことに強大な国の人間が、水爆を落す場所は黒か、または黄色の人間の住んでいる空の上であると、きめていることは、疑いのない事実であって、白い人間は私たち有色人種を心の底では嫌厭《けんえん》しており、私たちをモルモット用の人間のように思っていることが、その原因である。黒や黄色の皮膚の色への嫌悪《けんお》が止《や》むを得ない、感覚的なものであることとは別に、皮膚の色が白いことが優秀種族の証明であると信ずるというのは、あまりに彼らしくない愚かさである。

私がこの外国人観を持つようになったきっかけは遥《はる》か昔のことだ。長原坦氏のところへある日、イタリアの画家が会いに来た。その女の画家は次に私の家にもきた。私はあいさつに出て彼女と握手したが、その時私は、彼女が私たち有色人種を嫌悪しているのを知った。彼女の手が、私の手を気持のよくないものとして感じていることが、一秒の何分の一ではあるが、速く手を引こうとした気配で、解《わか》った。彼女の手は、手と手とが自然に離れるのを待つことができなかったのである。彼女が私の手から自分の手をかすかにではあるが素速くひき離そうとした時、私は白い人間の有色人間に対する嫌悪をはっきりと感じ取った。

彼女は文化度の低い人間ではない。たとえばただ単純に自分たちを優秀な種族であると信じている、アメリカの商人ではなくて、どの程度か知らないが一応芸術家であって、長原氏には文展（今の日展）の優秀な画家としての尊敬を持っていたはずであるし、私に対しても一人の文化人の遺族という、一応の尊敬を持っていたはずなのであるから、私たち黄色い人間への、白い人間の深奥の嫌厭というものが、たしかなものだと思っても間違いないだろう。

アメリカ人が日本人を見る眼の中に、黒人を見るような眼を隠している、その度合いは、彼らが私たちの国の伝統の芸術や、工業面の優秀を称讃《しょうさん》する千も万もの言葉、ワンダフルの連発を、すべて帳消しにしてもなお釣りがくるくらいのものであるらしい。私たちの芸術をほんとうに解って尊敬の眼で見るフランス人なぞの二、三の国の人間（ソビエトもはいる）も、政治あるいは戦争となれば、話は全く別である。白い人間が、色素の欠如した、白い壁の如《ごと》き醜い皮膚の人間だけが優秀種族だと信じているのも、黄色い私たちが、色素と光沢のある、きれいな皮膚であることを、理由なく劣等種族の証拠であると、信じこんでいることも、また日本人のある人々が自分たちを白色人のように思い込んでいて、黒い人や、他の黄色人種を馬鹿《ばか》にしてることも、すべてこっけいである。

人種差別の一番ひどいアメリカ人がどこの国の人より『人道』を唱え、キリスト教をひけらかしているのも噴飯である。日本の政治家は、このことをはっきり心の底に置いて、教養のある、会話のある人物を表面に出して、識《し》り合って談笑する間柄になったアメリカ人にだけでも、この蒙《もう》を改めさせるように努力しなくては駄目である。

現在《いま》は大変な非常時で、のんべんだらりと、狡猾《こうかつ》に胡麻化《ごまか》す技量を磨いてばかりいる時ではない。

魂から発することば

拳闘《けんとう》家のカシアス・クレイが、「〇〇教徒のオレは入隊を拒否する」と、発言したが、彼の戦争参加への拒否には、白人たちの黒い種族に対する蔑視《べっし》への反抗もあるようだ。『黒人《ニグロ》とは死人を意味する』とも、彼は言っている。ベトナム戦線に東京周辺から送られる黒い兵隊たちが、一種の盾のように、危険な場所へ向けられていることを、私は知っている。アメリカの戦線にアメリカの兵隊が出て行くのは当然のことであって、多くのアメリカ兵も黒い兵隊以上に大量に最前線で死んでいるのも、彼らが自分の意思に反して命をとられているのも、仕方のない当然であるが、黒人の兵隊にとっては、平時に、自分の国の中で、差別待遇をうけていることが、大きなしこりになっているので、戦争拒否の心はアメリカ兵の比ではないのだろう。

新聞に、中国の核製造のすごい進歩が報ぜられた。それまでは、私には世界が、福助頭のような、巨大な双頭の細長い怪物に見えていたが、今、その双頭の首の辺りにさらにもう一つの大きなコブがはえてきたのを見る。そうしてそのことから当然起る災禍は、放射能の雨である。私は科学者ではないので、日本に（外国にもいろいろな兆候は出ているのだろうが、日本の場合だけをとってみると）恐ろしい病気のふえたことが、放射能に関係があると、はっきりとは言えないが、牛乳の中にまで放射能がはいっていることが発表されているのをみても、関係がないとは言えないだろう。子供の白血病、小児ガンがふえ、少なくとも、政治家よりは正直で、その人々がいなかったら真実を書く人がいない、といっても言いすぎではない文学者や学者はほとんどガンで、無数に死につつある。

そういう恐ろしい世界の中で、私はカシアス・クレイのことばの響きにうたれた。クレイの声は、魂から発している。一種の政治的発言であるが、長い年月の間、罪がなくて苦しんできた、皮膚の黒い人間の、苦しめられた子供の叫びのような、魂の叫びだからだ。

私が最近もう一つうたれたのは、奇病が蔓延《まんえん》して、たくさんの人々が死んで行く村の、一人の女の子の声である。父親の死についてきいた報道記者の質問に、『直んない』と答えた子供の、心の底から出た声の哀れな余韻が、私をなんともいえない気持にさせた。日本の町はどこもかしこも、レジャーのにおいに満ちている。アメリカ人並みに高慢なマイカア族、車の上からさげすんだ眼で辺りを見おろす、引っ詰めお下げのがき、電気洗濯機で特価品のブラウスを洗う、奥さんヅラのカアチャン。私は紅《あか》いイチゴにも、レモンイエロオの夏みかんにも、放射能を皮の中まで含んでいる恐ろしい色を見る。日本人は知るべきだ。強国たちが水爆を試みるのは有色人種の住む空の上であることを。少なくともそれがかなしむべき優先待遇であることを。核を持つ国がふえればふえるだけ核を使う危険はなくなるという、希望的観測を頭に置くとしても、よごれた空気の恐怖は？

納得のいった話

この頃、新聞やラジオ等に報道される話も、世間の出来事も、自分のまわりに起る事が私にはすべて不可解である。出来事も、人間の心も、どう首をひねっても解らない、理解の外の出来事、心情であって、戦後、ことに最近、私は毎日なぞの霧の中に包まれて生きている。

それらの、いろいろな事の中でも、絶えず眼にはいるので、二六時中気になるのは奥さんとか、母親とかいわれている、女の人の神経である。奥さんとか、母親とかいうものは、何の気なしに、だれも彼もが漠然とその位置につくことになっているが、(売れ残っては不体裁であるとか、来年は二十より三十の方に近い年になるからとか、親類や、友だちらに対して不面目であるとかいう、理由にはならない理由で彼女たちは奥さんになり、従って当然母親になる。もっとも日本という国では男の人でさえ、長く一人でいると、何かあるのではないか? という疑惑の霧に包まれ、女なぞは不具ではないか? なぞ、ひそかにささやき合う、中年あるいは老年の女たちの眼にとり囲まれる、という、バカ気た野蛮さではあるが) 大変に責任重大な職業なのである。

この頃の奥さんや母親のように、大したことはないが、一応は家つき、ババア抜きだというので、ミス何々になるとか、スタアになるとか、スチュワアデスになるとかの、いろいろの欲望を捨てて嫁にきて見たが、夫の留守は赤ん坊と二人きりで、育児ノイロオゼになり、赤ん坊をふろ桶《おけ》の水の中に押し込んだとか、ポカンとしていた間に小さな子供があき家の冷蔵庫の中で死んでいたり、遠くまで歩いて行ってトラックの前に飛び出して死んだり、という、昔なら、絶対に起らなかった出来事や、起ったとしてもごくたまにしか起らなかった事が、ひっきりなしに起っている。

子供を死なせる母親たちはふだん、自分が何かしている時、今子供はどの辺にいるか？　何をしているか？　という神経、つまり子供の位置と行動、と自分との間の母と子の霊感的な、つながり、ひき合い、というものが脱落しているらしい。

新聞に、線路の上で遊んでいた子供を、機関士が汽車を飛びおりて汽車と競争で走って（きつい勾配《こうばい》のためにブレエキはかけたが、車はすぐには止らなかったのである）救い出した、という記事が出ていたが、この記事に限りブレエキをかけた機関士と、救った機関士の行動も、母親の行動（彼女は子供が見えなくなった直後、要心のために路地の出入り口に横倒しにしてあったはしごを踏み越えて走り出した時、鋭い汽笛と急ブレエキの音をきいて、胸がつぶれる思いで走ったのである）も、私に納得がいった。機関士たちはしっかりしていて、職務に忠実だったし、この母親は自分と子供とを、真剣さのある、強い神経の糸でつないでいたのである。新聞に写真の載っていた南沢機関士の表情、態度が、そういう場合によくあるように得意顔で手を振り廻したりしていないのも、納得がいった。彼は幼児を救った直後の、疲れた様子で、どこか茫洋《ぼうよう》とした眼をしていた。

賢く強い現代っ子

現代の子供を持つおとなたちは、頻出する交通事故に対して大きな恐怖と、どうやっていいかわからない怒りとで、ことばを失っている。

間違った個人主義で、自分の子供のことだけは大騒ぎで、他の子供のことはどうでもいいという、憎むべき愚かさを持ったおとなたち以外の、ちゃんとした考えを持っている人々は、自分が子供を持っていないでも、子持ちの親たちと全く同じ恐怖と怒りを持っているのだ。

個々離ればなれの、小さな団体になって訴えたり、抗議したりしている母親たちがあっちこっちにあるが、中には母親自身、交通整理に乗り出している人もある。父親は仕事があるので、道端で黄色い旗は振らないが、気持は母親と全く同じだろう。

ただし日本の男の人は、アメリカからエチケットということばが小麦といっしょに？　輸入されない前から、へんにエチケット的というか、こそこそしていて、たとえば満員電車の中で自分のあとからくる小さな子供が人間の塊にさえぎられて遠く離れてしまった時なぞも、ただハラハラして、小さな声で呼んでいて、「ちょっとそこにいる赤い帽子の子供をこっちへよこしてください」なぞと呼ばわるというようなことをしないから、家にいる親父《おやじ》もあるにはちがいないが、父親は旗は振らないだろう。もちろん母親も、その傾向は父親以上なのだが、かわいそうに彼女たちは敢然として恥ずかしがりを捨てたのだ。だが彼女たちはいずれも無力である。その叫び声を受け止める側が、はっきりした意志も、意力もない、茫洋《ぼうよう》とした、『日本の政府』という名のもやもやだからである。

聞きちがいでなければ大変うれしいのだが、二、三日前にダンプ・カア（何語だかわからない）が事故を起した場合、割合い高い罰金が課せられるようになったということが、ラジオから流れていたようだったが、ダンプあんちゃんが肝を冷やして必死に注意力を車の前後に払うようになるような額には程遠いにちがいない。日本の政府は出すものも吝《けち》だが、取るべきものを取るのも吝である。私の思いちがいかも知れないが、外国の政府は、国民が自分で道路を直したり、母親が街に飛び出して車を止めたり、主婦がフライパンを持って繰り出さなくても、親が子に対するような暖かさで、すべてを善処しているようだ。

けさ新聞を見ると、思い思いのいかしたジャンパアの小学生たちが、たくましい、何も恐れぬ、というような、元気いっぱいの顔つきで車の前を手を上げて進んでくるのや、車とガアドレエルとの狭い間を通るのや、一連隊になってダンプあんちゃんもたじたじになりそうな元気さで通っているのや、いろいろの写真が一面を埋めている。もう彼らはピッチピッチ、チャプチャプ、ラン、ラン、ラン的な甘い楽しさには浸っていられない。異常な交通状態や、多くのおとなたちの混乱（教育やしつけの方法の）のために子供たちはかえって賢くなり、強くなっている。だらしのない親の子供が却《かえ》って確《しっか》りしているのはよく世間に例があるのだ。テレビっ子は明治大正の少数の子供のような陰湿なませ方もしていない。私は十年後、二十年後の彼らに、希望を抱いている。泣きたいような気持で……。

水しぶきを浴びる若者たち

或《あ》る日新聞をあけると、明治何年（?）以来という冷たい冬に、何をやっているのか、三人の若者が、頭から白々と光る水しぶきを浴びている写真が、私の目に飛びこんだ。よくみると手に手に竹の長柄のついたたわしを持って、船底を洗っているので

ある。説明を読むと、

『船底を水洗い。ふ頭はこごえるように寒い——東京、港区港南四丁目の東京水産大繫船所《けいせんじょ》にて——』

と書いてある。『ふ頭』はちょっと困るが……。ふ頭では一体なんのあたまかと思うのだ。明治時代の新聞にこの熟字がまじりこんでいたら、字の読める人はなんのことかと驚くだろうが、ルビのついた漢字で目学問をしていた百姓のおじさん、天保生れのたばこ屋のおばさん、横丁の豆腐屋さんたちはなおさら戸惑っただろう。昔は漢字に振ったルビで目学問をして、小学校に行かなかった人々も知らぬうちに漢字を覚え、娘の勤め先の家へ出すはがきにも漢字を書き、相当怠けものの学生も、福助頭か、小頭児かと疑うような顔つきをしてへんてこな熟語を書くようなことは無かったわけだ。

『ふあたま』につい引っかかって話がそれた。この三人は知り合いの米人を口説いて(へんなチャンネエをくどいたのじゃない)、横浜港で日雇いの検数員(なんだろう?)、荷下し、東京の道路工事なんかをやって月賦《げっぷ》で七十万円のヨットを買い、南太平洋の島めぐりをやろうとしているのだ。この写真入り記事は新聞の一面一杯に出ていて、東京港を帆を上げて走るファースト・レディ号(彼らの船の名)、六分儀《ろくぶんぎ》

（なんだろう？　ふだん、現実の世界を描いているばかりでなくて、本人の頭も現実と関係のない私にとっては、何だろう尽しである。ヨットに乗る青年を描きたいと思ったこともあったが、これではとてもダメである）を使って船の位置を知る練習をするところ、改装のために船を陸上げしているところ、命の綱である帆を繕っている彼ら、等の写真が並んでいる。江東区越中島の東京商船大学の航海科の、野口順三、中川清、斎藤敬一さんたちである。

私は白々と光る寒の水を、顔から、頸《くび》から、レインコオトの肩、全身にかぶって、冷たそうに一寸《ちょっと》顔をしかめ、だがしんから楽しそうに、希望のある目をして、船底をごしごしやっている写真に何度か見入った。そうして感動した。魚でも、どこそこの河を今登るのだ、という目的があるのに、目的のない顔でまちを浮遊している、そんな若ものだけではなかった。一瞬、一瞬の時間を、苦しみと歓《よろこ》びの中で、生き生きと生きているのは私の知っている文学や画《え》の若者たちだけではなかったと、思ったからだ。

わが愛する若者たち

周囲の危惧《きぐ》を押し切り、直接交渉をやって、アメリカのバアクレエ、ホオリイ・ネエムズ、スタンフォード等々の大学でジャズを演奏し、好評を博した早稲田大学のハイ・ソサエティ・オーケストラの学生たち。

また、胃袋にはいった死の灰、セシウム137をたちまち吸着して体外に排出させる化学物質（それはフェロシアン化金属。イオン交換樹脂と言って、金属塩の一種であるフェロシアン化金属を、イオン交換樹脂と化学的に結びつけたものだそうで、海水に含まれた死の灰を捕集するために作って、去年の九月、放射線防護国際会議で発表して世界の学界から注目を浴びたのだが、それを医療にも利用できはしないかというので、ネズミを使ってやってみて、ネズミでは成功したのである。飲んでから四十八時間後にほぼ排出されて、毒性も認められないそうだが、体の組織にはいりこんでしまってからは吸出できない。だが、組織にはいったセシウムも、代謝の過程で、ある程度はまた消化管に出てくるので長期にわたって飲めば体外排出を促進させることができるだろうというのである）を開発した渡利一夫、榎本好和、飯沼武さん等を中心とする研究グルウプの若者たち。(科学技術庁の放射線医学総合研究所というむずかしい名の研究所の人たちである)。

　その他の二人はそれぞれ単独でやったのだが、その一人は今英国にいる柳井武国さんで五つの時小児結核にかかって耳が聞こえなくなった人である。七年間、旅行記や体験談を読みまくり、決心してから一年半、東京で下宿して東京湾の荷役や、病院の便所掃除をやって三十万円ため、折れた両親が二十万円足して、フランスの船でロンドンに行き、ヒッチハイクでフランス、イタリア、スイスを廻ったが、ロンドンの地下鉄で知り合った〝ろうあ〟の人から英国の聾唖者《ろうあしゃ》連盟に紹介され、そこの世話でコヴェント・ガアデン・オペラ・ハウスの掃除部にはいって、今そこで働いている。英国の、ろうあ者の生活や組織を研究して、日本に帰ってからそっちの方で働くのか？という月並みな質問に対して『まず、ないと思います』と答え、自分は、ろうあ者仲間一般に対してもエゴイストだ、と言い、また、ろうあ者仲間というものはいったん深入りすると抜け出せなくなる、ともいうが、心の中ではいつも日本のろうあ者が置かれている環境を、欧羅巴《ヨオロッパ》のそれと比較し、吟味しているし、それは彼の内部に醱酵《はっこう》している主題であるらしい。へんに殊勝ぶらずに、一人ぼっちの道をみつめている、と特派員が報じていたが、そこが私は気に入った。

素晴らしい青春を生きる彼ら若者たちに幸あれ。

佐賀県の大学教授

欧米でも、東洋でも、人々は皆お国自慢をしたがる性質を持っているようで、フランスの古典芝居の舞台俳優の舞台なぞを観《み》ていると、綺麗《きれい》で正確なフランス語の発音の響きの中に『このフランス語の美しさを聴いておけ。フランスは、ラシイヌの国だ。コルネイユ、ラ・フォンテエヌ、の国だ。芸術の国だ。このフランス語の香《にお》いをよく香《か》いでおけ』というような、腹の底からの誇りが感ぜられる。また夏目漱石《そうせき》の滑稽《こっけい》小説を、江戸っ子自慢の面で捉《とら》えることも出来そうだ。鷗外《おうがい》なんかは日本自慢かと思うと、伯林《ベルリン》に八年もいたためか、独逸《ドイツ》を含めた欧羅巴自慢の面もあったようだ。(自分が欧羅巴人のような気で、お国自慢のように、自慢していたのである)。

ところで私は母方の祖父の博臣《はくしん》という男を、父と同じに劣らず愛していたために、東京自慢の他に、見たこともない祖父の国の佐賀を誇っていて、佐賀自慢でもある。

最近ある新聞に、佐賀大学のことが出ていた。学生の処分、寮の電化、水道料金、などの問題から起った紛争が、期末試験をめぐってヤマ場にかかった時の記事だったが、そこに、一部の学生の暴動に、やる気を失い、入試を躊躇《ちゅうちょ》している学生の肩に老いた両手をかけ、痩《や》せた脚を踏んばって（試験を受けたまえ）と、引張っている老いた教授の写真が出ていた。どんなに引張っても、腰かけている学生を立たせることさえ、出来そうもないが、教授は一生懸命の様子である。その横顔の表情は、暴動学生と、いい学生（それとても大したことはないのを知っていながら）とに対する愛と、哀《かな》しみとに満ちていた。

それを見て、私は思った。フランス人のように。『佐賀の大学教授はちがう。自分自身が悪かったというのではないからといって、現代のような学校の状態、学生自治会の状態、学生の状態を見ても、泰然とした姿勢を崩さず、単なる抽象的意見をのべているだけのように見える東京その他の教授とは違って素晴らしいではないか』と。どうしてああなったのか、知的に度の低いというより、まるで無い、暴動学生（安保反対をやった学生――樺《かんば》さんが死んだ時の――の場合は、一言何か書きたいと思ったほどの哀しみが私を襲った）を見ていると、私の頭には、戦後のいろいろな切り替え（なんという軽っぽい言葉！）騒ぎの中で、教育界がそうして教育者が、羅針盤を失った船のように、ただただ、アメリカの指針のまにまに漂っていたためなのではないかと考え、そうしてフランス人などの愛国と、わたくしたちの国の愛国とのちがい、つまり真面目《まじめ》（威容を持ったようすとか、言葉、だけではない、ほんとうの真面目）と、情熱との欠如を、またしても思うのだ。恋愛の情熱なら、自分たちだけの問題だから、情熱がなかろうが、軽っぽかろうが勝手であるが、学生のこと、つまり国の将来に関係のあることには情熱を持って貰《もら》いたいのである。学生のことどころか、日本の厚生省は、赤子の飲むミルクの中の放射能さえ、放りっぱなしである。

反ヒュウマニズム礼讃《らいさん》

これは池田満寿夫《ますお》さんが読書新聞の日録に、『久しぶりに森マリさんの反ヒュウマニズム論と、インテリ女優罵倒《ばとう》論とを承わった』と書き、編集者がそれを見て私に書かせることになった、私のいつもの変な議論である。

私は世の中の何から何まで気に入らない人間で朝から晩まで（夜中も）怒りに怒っていて、大がい一人でいるから一人で怒っている。猫（利発で鋭敏のあまり、狡猾奸《こうかつかん》智《ち》に陥っていたわが亡《な》き黒猫ジュリエットである）のいる間は猫に訴えていたが、このごろは独り言で怒っている。それがだんだん傍にいる人間に喋《しゃべ》るようになり、みんなが面白がるのでいい気になって、遠慮のないパアティなぞに行って宴たけなわになると酔っぱらったようになって一席ぶつようになった。私は酒は飲めないが、愉快になると紅《あか》くなり、酔っぱらいのようになるのである。今これから書くのは書こうかなと思って書くのではなくて、白石かずこのお誕生日のパアティで喋った出鱈目《でたらめ》ロンを再現するので、喋った時ほど面白くならないと思う。喋った時は顔は紅くなり、髪はパラパラになって（初めからパラパラ）、贋《にせ》ものインテリ女優をやっつけ、文壇クソクラえ（何という美しくない文章）、文芸評論家クソクラえという有様で、しまいには全社会までこきおろし、コテンコテンにやっつけたら大変面白かったから、その時のを聴けば文壇も、ヒュウマニズム文芸評論家も、きな臭い道徳小説家も、却《かえ》ってちっとも怒らなかったかも知れないのである。もっとも文壇や、ヒュウマニズム文芸評論家や、或《あ》る種類の道徳小説家を怒らせないようにしていると、私には小説は一字も書けないので、すでに散々怒らせたのである。どんな場合にも卑怯《ひきょう》はよくない。

この世の中は贋ものヒュウマニズムに満ち満ちていて、くる日もくる日も、活字のあるところには〈ほほえましい〉とか、〈涙ぐましい〉とか、〈チャリティーショウが開催され〉とか、〈厚生大臣代理、何々氏が来場〉とか、〈何々女優、何の何子氏も賛

同、言葉少なに挨拶《あいさつ》〉とか、〈越冬隊いよいよ帰国、出迎えの家族と微笑《ほほえ》み合う何々隊長〉

——知識のない私には何のために越冬するのかわからないが、この越冬隊というのは、たしかタローという名の真黒の犬、その他を雪氷《ゆきごおり》の中へ一年間置き去りにした人々であって、置いてきた時に、「飛行機に乗る人間と、荷物との計量に制限があって制限量からはみ出した場合は一人なり、二人なり、又不用の荷物なりは置き去りにする、という規定が越冬隊にはある。その規定に従ってタローを置いて来た」と語ったのである。人間の越冬隊員たちは皆外国から来たらしいその〈隊の規定〉を前もって心得ているのだから、万一残されたって納得ずくである。だがタローたちはそれを知っていない。犬たちはただ、ふだん可愛《かわい》がってくれる主人たちと一緒に喜んで蹤《つ》いて行って、無意識に橇《そり》を引いていたのである。そうして、犬たちが居なかったら、越冬隊は何をやるのだか知らないが、大金をかけ、すてきな肉や罐詰《かんづめ》をくいながらやるその仕事は遂行出来なかったのだ。タローは、犬たちの中でも有名なので、今でも時々思い出したように、新聞に、年寄った、だがやっぱり可愛い、真黒な姿を現わすので、私はその度に胸を少し痛くし、アパアトでなかったら頼んで貰《もら》って来て、楽しくさせてやりたいと、思うのだ（この話は前にも書いたが）、

——

とか、〈すがすがしい〉とか、ありとあらゆる美談、美挙、美句、美麗が眼につくが、こういう、安っぽいヒュウマニズムでほほえましがったり、目がしらを熱くしたり、すがすがしがったりしている連中が、私は嫌いである。私にはちっともすがすがしくはなくて、白石パアティで森マリさんが真紅《まっか》になって喋っている、夜中の濁った空気の方がよっぽどすがすがしいのである。

その贋ヒュウマニズムの、どこやら恐ろしい、暗黒な厚い雲が、子供のころ見た空に、被《かぶ》さっていた白い木蓮《もくれん》の花の、白い、重い、天蓋《てんがい》のように、私を圧《お》しつぶそうとしていることに、大分遠い昔から、私は気づいていて、それが重くて、うっとうしくてやりきれない。その重い雲を、父親と母親とが、私の上に被さらないように支えていた昔はよかったが、雲はだんだん下りて来た。私はその重みで立っていることも、坐《すわ》っていることも出来ない感じであって、私が毎日寝台に寝ころんでいるのは、そのせいかも知れないのである。むろん、何かたべる時以外は木の上にダラリとぶら下っている（地上ではとぐろを巻く手数がある）蛇のように怠けもののらくらで、なるたけ手が届くものだけで用を済ませているというていたらくだから、理由は両方だろう。

ていた。
——私は蛇が木の上にダラリとなっているのはなまけているので、とぐろを巻いているのは、きちんと坐っているのかと思っていたが、最近訪問した（この文章を半分書いてから訪問したのである）綺亀喜亀窓《ききききそう》こと、高田栄一さんによると、木にぶら下っているのも、とぐろを巻いているのも、獲物《えもの》をねらっている時の姿勢で、休んでいるのは体を巻かないで寝そべっている時だそうである。高田栄一さんは又、人が蛇を長いとか、足がない、とか言うのを怒っていて、蛇の方から見れば足が四つある人間の方がよほど異様である、との説を述べたが、私もそう言われるとそんな気がして来て、そうだとすると、足が四つあって立って歩いている、〈ニンゲン〉なんていうへんなものが、いつからか抱きはじめたヒュウマニズムなんて、贋ものどころか本もののヒュウマニズムだってへんなものだと思い、急におかしくなって来たのである——

私はほんとうに坐っているのが厭《いや》だ。そうかといって三島由紀夫《ゆきお》のパアティで、いきなり長椅子《いす》にねそべって、「先日はどうも……」と言うわけにもいかないし、吉行淳之介の応接間で突然床に寝そべって、「あの、それからね……」と、栃折久美子《とちおりくみこ》なぞに話しかけるというわけにもいかない。

考えてみれば私がこの間書いた小説の中の、モイラという少女は美貌《びぼう》と肉体美と、女の意地わるを除くと、殆《ほとん》ど全く私なのだ。世の中に、起きて坐っていること位だるくていやなことがあるだろうか。私は一つの部屋の城主になって以来、坐っていることはあまりない。世の中には寝た儘《まま》では出来ないこともあるので坐るだけのことである。又文章を書くということは右手の指（ことに中指と拇指《おやゆび》）が疲れる仕事である。

さて池田満寿夫、富岡多恵子、白石かずこ、その他の面々を前に、上顎《うわあご》と下顎の打《ぶ》つかり放題にロンじ去り、ロンじ来たった迷論をここに再現すべく、右手の中指と拇指とにいやいや力を入れているわけであるが、ロン半ばに白石かずこは昂奮《こうふん》して、言った。「ほんとうのクリチックはこういうパアティの中にあるのよ」と。これは他の仲間の間においても真理だろう。私が「全然感情がなくって、生理的、sex的昂揚でのみ涙し、泣きつつわめく（義太夫《ぎだゆう》や浪花節《なにわぶし》、新派なぞの涙と絶叫）、所謂《いわゆる》庶民は、死んでも絶対可哀《かわい》そうじゃないわ」と言った時、富岡多恵子は言った。「森さんの、こういう時の意地わるはすごいわ」と。むろんである。真のユマニテの人物は底なしに甘いが、又底なしにいじわるである。ふだんは滔々《とうとう》と喋る二人の詩人もその夜はタジタジとなって、私のロンを拝聴せざるを得ないのだった。

さて、贋インテリ女優罵倒論である。（池田満寿夫の書いた反ヒュウマニズム論は正しくは贋ヒュウマニズム論で、インテリ女優罵倒論は贋インテリ女優罵倒論なのである)。

私は昔高峰秀子《ひでこ》のファンだった。十四歳位の彼女が、〈良人《おっと》の貞操〉という映画に出たのを見て、私は初めて彼女に興味を持った。高田稔と千葉早智子との夫婦の家に、奥さんの親友の入江たか子が同居している。親類の女たちが台所に集まって、「猫に鰹節ね」と言っているのをきいた高峰が「ネコニカツブシってなあに?」と、半分判《わか》り、半分は判らぬ、おませな顔つきで言ったのが、すごく面白かった。松竹から東宝へ移ったのは十六位の年だった。彼女はインタヴュウの記者に、「あたいは大人の、悪い役がしたいんだ」と発言した。十八、九の頃は、縮らせっ放しの可愛らしいパアマネントで、そのころ流行した、四角い、箱のようなハンドバッグをぶらぶらさせ、鼻の下が殆ど無く、笑うと鼻と口の間に、横に一本皺《しわ》が出来た。人気女優になろうというところだという理由で邪魔が入った、という噂《うわさ》の、黒沢監督との恋愛以後、恋愛も多かったらしく、二十を越えたころ、「あたいは女小平《こだいら》だよ」と放言した。或る日駆け出しのカメラマンが、おそるおそる写真を撮りに行くと、彼女は同情して、いろんな洋服を着て何枚もポオズしてやり、玄関まで送って来て腕組みをして「又お出《い》で」と言った。その記事を読んだ頃私は、離婚して家に帰っていて、〈出もどり〉というスカアレット・レタア(額に焼火箸《やけひばし》のようなもので、Aという字を捺《お》した、昔のアメリカの女囚の刑罰で、リリアン・ギッシュという綺麗《きれい》な女優がそういう女囚の役になって、栗島すみ子を見に行かない種類のインテリ女性の涙を絞ったのである）を捺《お》されているだけの存在で、生きている価値のない境遇だったから、感動した。自分も駆け出しの記者になって、彼女の家に行きたいと、思った。長原孝太郎先生（私の父親の死後、訪問する人もない私の母親を尊敬してつきあい、妹と弟に洋画を教えた洋画家である）の死後は、私に「又お出で」と言ってくれる人物は一人もなかったからだ。その頃の彼女のヒュウマニズムは本ものだった。私は大きなボオル箱に、彼女の写真の切り抜きを溜《た》めていた。蔦《つた》かなにかの生垣を背景に笑っている、白い夏服の彼女が一番気に入っていた。そのころの彼女は山田五十鈴《いすず》のような、芸人魂を持った役者になりそうな気配を見せていたが、いつの間にか彼女は変って、ファンだった私を裏切ったようなことになり、私の切り抜き箱はカラになり、何年か経って今度はJ・C・ブリアリの写真が溜りはじめた。ふと或る日、ブリアリとA・ドゥロンが優雅に寄り添っている写真を見つけ、その写真をイメエジにして、現在の彼女が嫌厭《けんえん》するだろうところの倒錯者の小説を書きはじめた。この文章を読む読者は、私が日本映画と、女優の裏話に詳しいのに驚いただろう。私は昔、日本映画のファンだったし、この頃は週刊誌の愛読者なのである。私は週刊誌の記事に詳しいのを自慢にしている。

インテリを標榜《ひょうぼう》する女の人は女優にしろ、主婦にしろ、令嬢にしろ、或《あ》るいはBGにしろ（今はOLだが、オフィス・レディがきいて呆《あき》れる。勿論《もちろん》立派なBGもいるにちがいないが、大体においての話である）週刊誌を軽蔑《けいべつ》している。読む場合は、軽蔑した顔で、読んでいる。私が週刊誌をみるのは、その中にあるさまざまの、景色や顔の薄ボケ写真がいろいろの空想を、私にさせてくれるから、小説のイメエジを見つけるためもあるが（私の書く小説の中の人物や、景色や部屋に興味を持つ人は少ないらしいから、こうやって書いていても右手の中指と拇指に力の入れ栄《ば》えもしないわけだが）、一つは世間の下らない出来事に興味があるからで、私はA・ドゥロンと、R・シュナイダアが或る日ロオマの街で、タクシイの中で喧嘩《けんか》をし、（原因はA・ドゥロンがロオマのキャバレで黒人の歌手を卓子《テエブル》へ呼んで、それからデエトしたからである）ロミイが怒って車を下りたが、ドゥロンは下りもしないでそのまま行ってしまったとか、又は、A・ドゥロンが、いよいよロミイを捨てる時、ロミイの映画のオープニングの夜、ドゥロンは撮影している場所から飛行機で駈《か》けつけて、二人で並んで観《み》る約束になっていたのを止めて、ボオイを使って紅い薔薇《ばら》の花束を自分の席におかせ、その花束には、〈今も君を愛するアラン〉と書いた紙片《かみき》れをつけてあったとか、吉展《よしのぶ》ちゃん事件（吉展というよその子供を、日本人全部が吉展ちゃんと呼ぶのが、私は嫌いである。これこそ日本の、安っぽいヒュウマニズムの端的な現われである）犯人を捜査中に、子供が居なくなった公園の近所の喫茶店に度々現われ、来る度にジュウクボックスで同じ歌をかけさせるので、ナントカ叔父《おじ》さんと仇名《あだな》がついていた、一人の東北なまりのある老人が摑《つか》まったが、全然関係のないことが判って放免になったとか、ありとあらゆるばかげた社会知識を、私は頭につめこんでいるが、世間のインテリ夫人、令嬢たちは、あたかもそんなことには関心がないが如《ごと》くに見えるが、実際はどうだろうか？　本当に週刊誌に関心がない人間は、人が週刊誌を読もうが読むまいが、そんなことは全く頭にないから、軽蔑するもしないもないのである。私が下北沢の本屋で、律儀《りちぎ》で、寂しくって、堅物の園丁のイメエジにぴったりの、シャルル・アズナヴウルの表情を見つけて嬉々《きき》とし、まだ何か、寂しい家かなんかないかと思って眼を皿にしていると、夫人と令嬢の二人連れが、サッと三、四冊取ってレジへ行きながら、「汽車ん中でみるんだからこんなものもいいわよね」と聴えよがしに言うのを小耳に挟んで私は、心の中で笑った。下らない事件が面白いということがどうして恥辱なのか？私にはわからない。本当の美人は美人ぶらないし、本当のインテリはインテリぶらないが、所謂インテリ女優はインテリ性を強調するし、名士なのを自慢にし、文化人らしい地味な洋服を着、ついには家の中の、誰もいないところでも文化人のふだん着を着、文化人の顔になってしまうのである。或る女優は、こちこちの、軍人の未亡人のような頭で、外出の洋服は黒ずくめで、真珠の頸《くび》飾りをつけ、外套《がいとう》は勤人のようなのを着ている。葬式があると黒の質素な喪服に、小さな水晶の数珠《じゅず》を持って行くのである。数珠を持っていったっていいが、あの坊さんの持っているのより小さな数珠を手に絡《から》ませて行って、拝む時鳴らすというのは、実業家とか、役者の家とか、ふつうの、会社に行っている人とか、つまり、その家がインテリであるばかりでなくて（インテリもすぐりにすぐった、純々インテリ。一寸《ちょっと》こわい種類である）、親類も全部インテリで、フランス語がペラペラとか、オックスフォード出身とか、エール大学出身とか、ケネディの家とつきあっているとか、そういう人間がいくたりもいる、そういうような種族でない家の人々の持つ習慣であって、私は（私の家はそんなこわい家ではなかったが）お嫁に行った先で法事があった時、女の人たちが手に手に数珠を持っているのを見て、はじめてそんな習慣のあることを知った。どうでもいいが、数珠というのは坊主《ぼうず》以外に持っても意味がない。坊さんも生臭坊主では又意味がない。況《いわん》や宗教心もない俗世の人間が持って行って、一寸チャラチャラさせて拝んでも、仏教というものが真に立派で、地獄も、極楽も、ほんとうにあるとしても、死んだ人間にとってなんの足しにもならないのである。

私は昔から日本映画の中の、ことにへんなメロドラマが大好きで（いい日本映画を見て面白がるのとは別のことである）、妹と、肴町《さかなまち》の駒込館なんかで、それらを見た。大メロ映画の主人公は大抵、深刻な顔をして眉間《みけん》にたて皺《じわ》をよせているが、彼らが道を歩くと頭と足とが交る交《がわ》る《かわ》に写り、もの哀《がな》しいメロディが画面一杯に鳴りひびくのだった。私と妹とは欣喜雀躍《きんきじゃくやく》して喜びに浸った。そうして互いにいましめ合っていたのにも拘《かかわ》らずついに笑ってしまうと、辺りにいるその女優もしくは男優のファンが、この気ちがいとばかりに睨《にら》むのだ。チャップリンの「常盤木《ときわぎ》ホテル」で、彼の扮《ふん》したボオイが、金魚を鉢《はち》から出して雑巾《ぞうきん》で拭《ふ》いて又入れるのを見て感激したのも駒込館だった。チャップリンは偉大になり過ぎた。彼もインテリになりすぎ、贋物《にせもの》になってしまった。つまり彼もインテリ女優のように名士になったのだ。シャルル・アズナヴウルでも、ジャン・ギャバンでも、ルネ・クレマンでも、J・C・ブリアリでも、或《あ》る意味で名士だが、所謂名士じゃない。どんな劇作家だか知らないがユウジン・オニイルという劇作家の娘のオーナとかオナとかいうのと結婚した、とたんにチャップリンが変心したのではないだろう。前から少しずつ変っていたのにちがいない。次々に相手役の女優をひっかけていた頃の彼は、役者の名に値していた。映画の中では「殺人狂時代」なんかの時でも〈役者〉だった。哲学者・チャップリンなんて言われるようになってから見ないのでわからない。彼が相当の恋愛におけるやり手だったことは、山高帽に竹のステッキの時代の、凄《すご》い光を出す大きな眼に、歴然としていたのである。（高峰秀子の時と偶然一致したが、私は恋愛歴において優れている人間が〈役者〉として偉いと、言っているわけではない。唯《ただ》そういう場合は多いようである）その彼が、マイクルという反抗して麻薬をやったりして家を飛び出した息子に、最高裁判事の父親のように厳然としているのもばかげている。マイクルはチャップリンの贋道徳紳士と、彼とオーナとの名士的家庭に反逆したのにちがいない。松竹映画も大メロは稀《まれ》になったが、この間外でテレビを見ていたら、頭と足とが交る交る写りこそしなかったが、全く同じ堅さと深刻さで恋人が歩行し、その後から眉間に八の字をよせた恋敵らしい男がついてくるのを見て、楽しかった。この頃は専《もっぱ》ら週刊誌だが、松竹大メロ時代の妹に代って富岡多恵子という詩人が全く同じ神経の人間として現われた。おととしの大晦日《おおみそか》に、トミオカタエコと「紅白歌合戦」を見たのはこの世で最大のよろこびであった。三橋美智也《みちや》とか、橋幸夫《ゆきお》とかいう歌手が、ピカピカ光る着物の半分が黒で半分が白のところへ金糸銀糸の刺繡《ししゅう》のあるのを着て、テエプや花束を受けとり、さてにったりと笑うと、私たちは〈嗚呼《ああ》、ミーハーの極致である〉と、感動するのだが、全く法悦の如きエクスタシイである。トミオカタエコ詩人は、はては西郷輝彦《てるひこ》はいかすと言い、お茶を飲みたいと言い出したのである。純インテリを以《もっ》て任ずる以上は、そこまで行かなくては失格である。

最近私は或るパアティで、富岡多恵子のインテリ度の高さに改めて感動した。彼女は賀茂鶴とブランディを少しずつ飲んだためか、酔っぱらって、美空《みそら》ひばりの歌を時々白《せりふ》を入れて歌い出した。その日多恵子は、襟あしの辺りで切り揃《そろ》えた黒い、きれいな髪と、濃い水色の、菊の形の耳飾りをつけた小さな耳朶《みみたぶ》とが、すてきで、同じく濃い水色のとっくりスウェタアを着、地味な色の格子《こうし》の英吉利《イギリス》ウールのミニスカアトで、芥川龍之介《あくたがわりゅうのすけ》の『南京の基督《キリスト》』の小さな娼婦《しょうふ》の如くだったが、酔うにしたがい、歌に浸るに従って、撓《たお》やかで繊《ほそ》い体の上半身を、印度の舞姫のようにくねらせ、眼を閉じ、全身で歌いに、歌った。その陶酔し切ったような彼女の、顔や全身の表情には、H氏賞受賞、室生犀星《むろうさいせい》賞受賞の詩人、多恵子の、チカリと光る眼も、自分では知らない、こわいようなものも、全く拭《ぬぐ》い去ったように無かったのである。紅《あか》いカアディガンにGパンでサンダルで、私の前を、地球を蹴《け》って歩く、平常《ふだん》の、毅然《きぜん》とした彼女は消え去って、莫迦《ばか》のように神経を抜いて、美空ひばりの歌を歌う楽しさに酔っている、『南京の基督』の娼婦のような綺麗《きれい》な女が、そこにはいたのである。そこにはインテリを以て任ずる女優や、チャップリン、等々の名士が、軽蔑して笑うだろうところの、一人の若い女が、いたのである。私は又、歌い、かつ、くねる彼女の傍で、彼女の影と形にそうように体をくねらせ、歌い狂う、澁澤龍彦《しぶさわたつひこ》を見た。彼は多恵子のように酔っていなかったし、彼の状態には、客をもてなす心も入っていたので、彼の没我度は、多恵子よりは浅かったが、金縁眼鏡で、ヴァイオリンで星や菫《すみれ》の詩を歌う、明治の書生艶《えん》歌《か》師のようになった彼からも又、サド研究者、澁澤龍彦のパイプを手にもつ、平常の感じは全く消え去っていたのである。ほんの少しのインテリ度も感じられない、一組の男女が、歌い踊っている。上品ずき、名士ずきのチャップリンや、所謂インテリ女優たちは、そこにくねくねしているのが、詩人、多恵子と、サド研究者の澁澤龍彦であると知ったらどんな顔をするだろうか？　考えるだけでも面白いみものである。

その富岡多恵子は、やっぱり週刊誌の愛読者である。彼女はニュウヨオクにいる間も、私におくれをとってはならないと週刊誌を読むことを怠らなかったのである。

例を、フランスの女優にとってみれば、日本の所謂インテリ女優の莫迦《ばか》らしさは、職業が同じだし、一層はっきりするのである。この間の戦争の時、日本の女優は忽《たち》ち、国防婦人会会員のようになり、割烹着《かっぽうぎ》に何々女優連盟と墨で書いた襷《たすき》を斜めにかけ、日の丸弁当をたべ、日の丸の旗を振って、出征軍人を送迎したが、（むろん、仕方なしに参加した女優もいたのだが）それらの割烹着の女と、つい昨日までメロドラマをやっていた彼女たちとは、私の頭の中で全く、結びつかなかったのである。第一次戦争の時、わが愛するカルメン役者の、マルトゥ・シュナアルは、野戦病院へ行って、マルセイエエズを歌ったが、(私はそのレコオドを偶然銀座で見つけた)、そのマルセイエエズは恋の歌のような味わいが、あった。彼女はその時従軍看護婦のような、野暮な恰好《かっこう》で歌った筈《はず》はないと、私は信じている。母親や、父親や、恋人にあえないでいる兵隊たちが慰められ、よろこぶような、魅力のある服装で、歌ったのにちがいない。彼女はその時兵隊たちの一人一人に、母親のように接吻《せっぷん》をしてやりたかったのかも知れないと、私は思った。そのような歌だった。又、戦争が終った翌日からどこかへ行ってしまうようなのでない、火のような愛国心が潜んでいる歌だった。

又、ブリジットゥ・バルドオにしろ、ジャンヌ・モロオにしろ、自分がインテリであるか、ないかについて無関心であるし、名士と交際《つき》あうのを自慢にするような、子供らしいところは、大した教育もないのに、不思議にない。芸にうちこんでいたり、人生を楽しむことに徹底していたりすると、そうやっている内に自然に何かがわかって来て、大人になるものらしい。バルドオは、「あたしは後で後悔するのは嫌いである」と言っていて、誰かを熱愛したり、その誰かをやめて、次の誰かと大恋愛をする、という生活をやって、人生の旅をつづけているし、モロオは、ピエール・カルダンと希臘《ギリシャ》に秘密の旅行をして、砂と石ばかりのところを、贅沢《ぜいたく》なものをくしゃくしゃに着ているのであるが一寸乞食《こじき》のような有様でうろつくかと思うと（むろん希臘の海岸のボロホテルの浴室で、白粉《おしろい》はつけなくても、贅沢な化粧品で清潔にしていることは歴然としていたが）、A・ドゥロンとR・シュナイダアの婚約当時のパアティで、J・C・ブリアリと踊って、すごくうれしそうにしていたり、今度は急に、若いイタリアの監督と結婚したりしている（若いイタリア青年と結婚するのはいいが、二人で街をうろついているスナップを見るとミニスカアトをはいているのは艶消《つやけ》しである。彼女の膝《ひざ》はアンコオル・ベル――まだ若い――とはいえないのである）。彼女には、ソドミアンの男に近づいては、その恋人の美青年から彼を奪《と》り上げる、という趣味があるが、それは彼女の魅力が素晴らしい証拠であって、私なんかももし若くて魅力があったら、一番やってみたいことである。最近モロオは、彼女の新しい映画の監督と恋愛をして、監督夫人（大変美人）から告訴されたが、それについて彼女は記者に言っている。「私は映画を撮る時、監督する人との間に霊感が通いあうような状態になっていることが、映画を成功させると、考えている」と。こういうような発言が、日本の女優に出来るだろうか。（日本の社会の構造上そんな発言は出来ないにしても、山田五十鈴《いすず》は、優れた男の人と交際《つき》あうことで、同じようなことを実践している）。

ミッシェル・モルガンが、敵性国の人と恋愛に陥ったために（フランスの女優は女学校の先生のような顔をしていても油断出来ないのである）、愛国心を疑われて法廷に立った時、「私は祖国のフランスに忠誠ですが、私のお尻《しり》はアンテルナショナルです」と発言して、満廷の微笑《わら》いの中で、彼女の愛国心は認められた、という話を読んだが、日本の女優には真似《まね》の出来ないことである。山田五十鈴なら、切羽詰ったら、それ位のことは言うかも知れない。

山田五十鈴が或る日、劇場の食堂で（ロシアの芝居が日本に来て、「桜の園」を上演した時だった）私の隣の卓子にいるのを見た。濃くて、深い、艶のある藍色《あいいろ》の無地の着物に、同じ羽織を着ていたが、全く人目を気にせず、堂々としていて、コンパクトを出して、白い色の白粉をつけているのにも拘らず、地の小麦色が暈《ぼんや》り透けてみえる綺麗《きれい》な顔をはたいていた。その様子はまるで信長《のぶなが》が、どこかの百姓家の床几《しょうぎ》に腰をかけて、腰の印籠《いんろう》から持薬を出して口へ放《ほう》り込んでいる様子もかくやとばかりの立派さであった。ここに至っては〈コンパクトを人前でお使いになりますのはエチケットに反します〉なんていう、へんにインギンブレイな、婦人雑誌の言葉なぞは、太陽の直射に会った草の上の露のように消えてしまうのだ。そこには〈一人の大女優がいる〉ということだけしか、ないのである。山田五十鈴がTVで中村勘三郎《かんざぶろう》と、歌舞伎《かぶき》的な映画に出ているのを見たが、歌舞伎役者の中でも勘三郎はとくに上手《うま》い役者であるのに、体の大きさだけではなくて、芸の大きさがあって、みていておかしくなく、勘三郎と釣合が取れていたから大したものである。日本の女優は、「何々先生のこのお作は、これこれしかじかのものですが、私としてはこれこれしかじかに解釈して演《や》っています」というように言うのが常だが、大抵の場合は意味がよくわからないのである。山田五十鈴がそんな白《せりふ》を言っているのを読んだ覚えがないのである。小児麻痺《まひ》のナント鈴が〈あゆみの箱〉を持って歩いている写真を見たことがないし、小児麻痺のナントカ会の会長のアメリカ人と写っている写真を見たこともないが、それがほんとうである。世の中のすべての善行というものは、隠れてしていたのが見つけ出された場合の他は単なる美談に終るのだ。蟻《あり》の町のマリアや、この間新聞に写真が出ていた、医者のない村の人のために、娘と二人で雪の中を歩いている（その姿を見た時私は、赤十字の救急箱を首にかけて雪の中を歩いている、セント・バアナアド種の犬の写真を見た時の、なんともいえない情感を、想《おも》い出したのである。犬と一しょにするわけではないが、犬という動物は大変温かい心を持っているように思われる動物なのである）野松義悳《よしのり》氏は立派である。この頃ラジオやテレビで、ノミ取りまなこで善いことをしている人や可哀《かわい》そうな人（可哀そうな人の方は忽《たちま》ち目頭《めがしら》が熱くなり、鼻がツーンといたしました、ということになって安っぽいヒュウマニズムの材料になるので困るが。文壇、映画界、劇界、等々の社会全体をわる甘くして、或る種の庶民の生理的、動物的エクスタシイをいやが上にもあおりたてる安っぽいヒュウマニズム、私のいう《贋ヒュウマニズム》の中にも、本当のヒュウマニズムはたしかに入っているし、贋インテリの中にも本当のインテリ性は何パアセントか入っているのだが、妙に派手な色彩を帯びてくるから、実質はみえなくなってしまうのである）を探し出すようになったので、蟻の町のマリアとか、野松義悳氏のような人がいることが判《わか》り、テレビがなくても、写真でみて感動することが出来るのは素晴らしいことである。

前に述べたように、フランスの女優の言うことやることは面白くて又同時に立派であるが、この間映画雑誌で見た、ルイ・マル監督が「ヴィヴァ・マリア」を撮った時の撮影風景はとくに私を面白がらせた。恋愛を綺麗にやる、恋愛において大人の、フランスという国の撮影風景である。

ミゲルという架空の国の、百姓一揆《いっき》のようなおかしな革命に、モロオとバルドオの旅芸人が捲きこまれる映画で、メキシコのロケである。監督のルイ・マルはモロオの前の恋人なのだが、そこへ現在のモロオの恋人のカルダンが衣裳《いしょう》係に加わっていて、それぱかりかメキシコに来ていて、用もないのに付きっきりでモロオの廻りをうろつき（バルドオの「真実」という映画の時にはサミイ・フレエが付きっきりで相手の役者にやきもちを焼き、監督が怒って追い出したという騒ぎがあったが、わがピエール・カルダンにおいては粋《いき》で、そのようなことはないのである）、バルドオはバルドオで、最新の恋人（私も、最新のや少し古いのや大変古いのやあるといいのだが）のボブ・ザグリがいて、これもまたバルドオの廻りをうろついているのである。監督のルイ・マルはモロオの前の恋人であるから、そこへもし、バルドオのこの前の恋人のサミイ・フレエが助監督かなにかでスタッフに加わっていれば、みんな粋な人間揃いだから、典雅なカドリイルになるところだったが、サミイ・フレエは、バルドオのその又前の恋人のジャック・シャリエ同様に、バルドオが他の人を愛することになるや忽ち陰惨な顔で一人酒場の階段を登ってくるところをカメラマンに撮られたりしているから、（ジャック・シャリエの方は精神に異常を呈して病院に入って、やっと直ったのである）あまりフランス人らしくない。モロオの恋人たちは粋な構えであるのに引きかえ、バルドオの恋人たちにへんなのが二人もいるのは、バルドオの方が魅力が大きいのかとも思うが、モロオの場合だって、カルダンなんか、モロオにすっかりいかれていて、モロオと希臘へ逃避旅行をした時なんか、眼が血走るのを通り越したらしく、空洞《うつろ》になっていて、まるで彼女と海岸をうろついているところなどは、さまよえるオランダ人のような恰好で、歓喜しているところなのか、絶望しているところなのか、さっぱり判らない顔つきだったのだから、カルダンの方はあれだけの商売人だから、粋な構えでいられるのだとしても、ジャック・シャリエやサミイ・フレエなんていう奴《やつ》は全く腰ぬけで、フランス人の風上にもおけない人物たちであると、いわなくてはなるまい。そのメキシコのロケ中に、たしかバルドオの誕生日があったが、それら五人の新旧入り交りの恋人たちが集まって、近所の農家の一番肥った鶏を殺した丸焼や、塩豚《ジャンボン》、生みたて卵のクレエムを入れたお菓子、巴里から持って来た腸詰《ソオシッソン》、火酒《ロオ・ドゥ・ヴィー》、エヴィヤン（鉱泉の水の罎詰《びんづめ》）、アメリカ煙草《たばこ》等々で大宴会をやったのだろうと思うが、かかる光景は、わが日本の監督や女優たちの、宿屋に宿《とま》る時も男女の分、明らかで、正式に結婚した組以外は同室せず、美《うる》わしくも又ほほえましい師弟愛に輝いている、撮影風景と比べると、まったく獣の宴会であるが、私はフランス人というものが仕事にも、恋愛にも立派で堂々としていて、かつ又そのどっちにも余裕があって、粋であることを、ほめたたえたいのである。

今度は女優についてだけ書いたが、このごろはインテリが流行《はや》っていて、すべての階級にインテリが殖えた。大正時代の恋愛至上主義がインテリ崇拝主義に変ったのか、今やインテリらしい人間は天下に満ちていて、一億総インテリになっている。戦前に居たジャミパンやオシルコをたべ、コオヒイをのみ、都新聞や講談倶楽部、むらさき（花柳界の雑誌）なぞを読み、氷水屋へ行けば、手拭《てぬぐい》を膝に畳んでおいてから、どっこいしょと腰をかけ、まず匙《さじ》で氷をたてつづけに突き崩してから、氷をしゃくった匙を、どういうわけか、自分の口の方に先を向けて逆手に持ってしゃくいこむ、というような人種はかき消すように姿を消してしまった。あんころ餅《もち》屋のような、珈琲《コオヒイ》といえば黒砂糖を煮つめたようなものの壜詰《びんづめ》を薄めて出すような店のおやじでも井上靖《いのうえやすし》氏も知っていて、私が「作家と三十分」という番組を見に行くとちゃんとわかっていてチャンネルを廻してくれる。そこらのおかみさんが「錯覚しちゃった」なんて言うし、文学に全く関係ないような会社員も、昔なら何も読まないような主婦も、文学にへんに詳しくなった。もっとも戦後、忠君愛国や修身がなくなってブンカ国家になって、学校で鷗外《おうがい》だ、漱石《そうせき》だ、芥川だ、太宰《だざい》だ、と言い出したせいもあるけれども、日本は全くインテリだらけのへんなブンカ国家、電化国家になってしまった。今、フランスの映画の撮り方が余裕があると書いたけれども、余裕がない感じで一杯なのは新聞の文芸時評欄の中の空気で、読むと苦しく、切なくなってくるのだ。生れつきぐうたらな上に、文学でもなんでも、遊びがなくてはいけないと思っている私でも、少しでも立派な作品に近いものにしようと思ってとりかかると、一寸《ちょっと》は遊んでいたかと思うと、やがて文章がこちこちして来て、悪く曲って縮まった針金のようになって来てしまうのは、文芸時評の中の空気が固いからそうなったのじゃないかというような気がしてくる位だ。文芸時評の空気が何故《なぜ》固いかというと、文芸時評というものが、思い詰めたような、そうして堅気な小説でないとみとめないからで、思い詰めた、堅気な小説も、軟らかい、エロティックな小説も、いいのはよく、悪いのは悪いとは判り切っているが、思い詰めていさえすれば上等だ、堅気なものでさえあれば一所懸命書いたものである、立派なものである、という風潮は嫌いである。堅気なものならヒュウマニズムである、というような感じがある。なにがなんでも清潔でなくてはいけない、純粋でなくてはいけないというムウドであるが、文学における清潔とはなんだろうか？　純粋とは一体なんだろう？　反社会的ではいけないらしいが、社会とは一体なんだろう？　社会とは粗雑に出来上った、ふらふら揺れ動いている、へんなものじゃないか。そのふらふらの下に、地の下にあるものが、ほんとうのものじゃないか。そのほんとうのものが純粋ではないと言うのだろうか？　そういうところから私の反《贋《にせ》ヒュウマニズム》論が出て来たのだ。ヒュウマンとは人類とか、人間とかいう意味だと思う。それなら、ヒュウマンというのは、人間の根から、真実《ほんとう》のところから生えて来たものでなくては駄目の筈じゃないか。私は優れた小説家や、いい小説家が贋ヒュウマニズムだとは言っていない。文芸評論家の中の全部が、やりきれない堅さで私を窒息させるとは言っていない。

だが私の信ずるところによると、小説家も、批評家も、大ていの人物が小説というものは真面目《まじめ》なものだと思っている。真面目なものでなくては小説ではないと、思っている。真面目も、ほんとうの、深い、真面目ならいいが、焼いてから冷めて堅くなったお餅のような、歯の立たない真面目である。《ヒュウマニズム》である。小説を書く人はヒュウマニズムで、深刻で、真面目で、善良であるために苦悩していなくてはいけない。常に何かを追究していなくてはいけない。それも真面目な、社会的な、思想的な、何ものかを追究また追究するのである。『恩讐《おんしゅう》の彼方《かなた》に』のなんとかいった坊さんが巌《いわ》にあなをあけたような一心不乱で追究するのである。小説家も、批評家も、大ていの人がそうだから、文壇にはいつもヒュウマニズムの砦《とりで》があり、善良な人間でなくては入れない門が締っている。砦の中には陰気な笛の音のような、草叢《くさむら》と、蛇の腹の動く襞《ひだ》とが擦れる音のようなヒュウマニズムの音が、絶えずどこかで鳴っていて、ヒュー、ヒュー、言っている。ヒュウマニズムの塀があって、善良な人間でなくては入れない門があるのは、(善良でなくても善良に化けていればはいれるのである)文壇もその中に含有されている社会も同じだが、私にはそのヒュウマニズムの囲いや、善良な人間や、真面目な人間しか入れない門が、どういうわけか立派にみえないのである。その塀や門に対して恐れ入ることが出来ないのである。

これからが贋ヒュウマニズム論である。何故社会や文壇のヒュウマニズムが立派でないか、恐れ入れないかというと、ひと口に言うと安っぽいからである。大きさがなくて狭いからである。中へ入ると狭苦しそうだから私は入らないが、皆ぎゅう、ぎゅう詰って入っている。私が贋ヒュウマニズムだ、といっている、その《贋の字》は私の怒りがつけているので、誇張である。文壇にあるヒュウマニズムを全部贋物だとは言わない。中にはキナ臭いのもあるが大体は本当だろう。ただ安っぽいのである。泣きたくなるほど安っぽい。（ゲンミツに言えば偉《おお》きくて立派でないヒュウマニズムは本ものではない。贋ものだと言ってやってもいいのである）。もし本もののヒュウマニズムなら、私が狭苦しいと思うはずがない。私のようなへんな奴が楽々と入れるのが、本とうのヒュウマニズムである。私は子供のころには父親という大きな椅子《いす》に腰かけていて、十七になって結婚しても父親の大きな椅子が後ろにあった。それから一年たって欧羅巴《ヨオロッパ》へ行った夫の後から、父親と切ない別れをして、私も欧羅巴へ発《た》った。その別れのせつなさは並大抵のものではなかった。父親を好きだったからだけではなかったからだ。夫と婚約がきまると父親は私に対してどことなく変った。横を向いた顔の角度が、ほんのかすかに向うへ向いたように、細かな神経を持った恋人が、恋人自身もまだわからない位冷えた、というような感じで変った。私が何か言っても、微笑《わら》っても、婚約前と全く同じに応《こた》えるのだがどこか前とちがうと、私は思った。私はひどく哀《かな》しみ、父はもう自分を前のように愛さなくなったのだと疑っていた。それが発つ日の朝、父親は怒った人のように口も利《き》かない。停車場では一番後ろに立って俯《うつ》向《む》いている。汽車が動き出した時眼をやると、優しい顔で暗く微笑い、〈判っている。判っている〉とでも言うように何度も頷《うなず》いたので、私は俄《にわか》に、父親が自分を捨てたのではなくて、自分こそ寂しげに着物の袂《たもと》のはしをそっと摑《つか》まえるようにする可哀そうな父親をもぎすてて夫のいる巴里へ行く冷たい娘だったのだと、涙で何も見えなくなって、泣いた。私の父親はその時萎縮腎《いしゅくじん》になっていて、私が帰る前に死ぬことを知っていたので、夫になつかせようとしていたようすを、停車場でつい、捨てたのだ。赤ん坊の爪《つめ》のような、二、三寸出た薔薇《ばら》の棘《とげ》のような、薄紅色の棘が、私を痛めようとする意志のない父の哀しみの棘が、その時私の胸の奥深く突き刺さって、今もあるし、どんな恋人が出来ていたとしても、決して抜けなかったろう。父に負けまいとして私を甘やかす青年との楽しい日々の中にも、私はどこかで不安を感じていて、父親の大きな胸を、夫の後ろに感じていたのが、父親の死で、その支えがとれたが、その時には私は大きな欧羅巴の中にとび込んでいて、偉《おお》きな人間のような椅子にかけていた。父親が舅《しゅうと》に抗《あらが》って、船室を予約し、事後承諾の形で強引に私を欧羅巴へ遣《や》ったのは、夫の希《ねが》いをかなえただけではなかったし、私をこの機会に欧羅巴へ遣ってやろうとしただけでもなかったのだ。父親は自分の危篤《きとく》も、死も、私に知らせるなと言って死んだ。そういうわけで欧羅巴の旅が済んで日本に帰ると、私には安心して腰かけられる大きな椅子が無くなった。欧羅巴にいると、たとえば、キャフェの椅子に或る日腰を下ろすとすると、この人は青春の楽しい一刻《ひととき》を、或《ある》いは人生の夕暮れの一刻を、今ここに休んでいるのだ、ということを廻りの人も給仕《ギャルソン》も知っていて、リモナアドゥやクレェムを卓子《テエブル》におくギャルソンの大きな手にも、それがちゃんとある。そんなものが一杯集まって私は巴里全体に、欧羅巴全体に、父親の代りの大きな椅子を感じた。それが日本に帰ってくると、人生、人生と、どこにも書いてあるし、言葉は暖《あった》かっぽいし、ユマニテの世界みたいだが、どこにも腰かけるところがない。なんとなくそこいらが貧乏くさくて、〈自分はお金もちだ〉と思って自惚《うぬぼ》れている私には狭苦しい。居心地が悪いのである。

文壇というものはただ茫漠《ぼうばく》とした形を感じとっているだけだが、まだ文壇に入っていないのに、雑誌に小説を出したり、本を出したりしているので、まるで文壇に入っている感じで文壇的な集会に出ることもあるので、なんとなく文壇というものを皮膚に感じている。その文壇は私を砦（さっき言ったヒュウマニズムの塀）の中に入れようとしない。私にはユマニテがないみたいである。二、三人の編集者がいたり（私の人間全部はわからないかもしれないが、少なくとも私の書いた小説は全部わかってくれる人々）、少数の親切な先輩がいて、稀《たま》には会って話をしてくれることもあるが、その時の優しい、仲間のような楽しさは、彼らの心の中の世界で、（私の心の中の世界でもあるが）、ヒュウマニズムの塀をめぐらせた文壇の中の出来事ではない。私が父親の傍にいたのは十八までで、父親にはただ大きな椅子を感じていた（現実には大きな膝《ひざ》だった。十六、七になっても婚約者の前でふざけて膝に乗ったこともあった。その時のことは今考えると愕《おどろ》くが、それは赤ん坊娘であった私の一つのコケトリイだったが、又同時に、前に書いた哀しい疑いへの挑戦でもあったようだ）だけだったが、巴里で、夫の親友の中に欧羅巴の偉《おお》きな神と、偉きな悪魔の混合体のような、強烈で偉きな人間がいてその人間をいつも傍にみている内に、その上イタリアに行ってロオマの美術館の中で暗い壁のあたりにヨオロッパの偉きな神と、その神と全く同じに偉きい悪魔を感じとったので（その悪魔はいつも神にあらがっていて、神の知らない間に、神の後ろに廻って、裳《も》の裾《すそ》に自分の悪の練りものを丁寧に擦りこんでいた）、今の私はヨオロッパの悪魔でもこわくはないが、ブンダンのヒュウマニズムはへんに可《こ》怕《わ》い。それであるから交際的ブンダンには入りたくないが、(萩原《はぎわら》葉子もこわがっているらしいが、葉子はカンゼンとして入ろうとしているのである。葉子は入らなくてはならないところへ来たからだ)、ブンダンは私の人間を入れないのと同じに、私の書く小説も入れないようである。私がヨオロッパの大きな椅子に抱かれて歓んだと同時に、巴里という恋人に酔い、その巴里のどこにもここにもいた運転手《ショフウル》や銀行員の顔をしていて、それで美男のJ・C・ブリアリにいかれている内に、或《あ》る日A・ドゥロンと寄り添っている彼の写真を見て忽《たちま》ち不思議な世界を視、古今東西の、どこの国の、どんな雅《みやび》やかな恋人たちより綺麗《きれい》な二人だと有頂天になって小説を書いた。その小説は映画みたいで、軽っぽいものでも、綺麗な恋愛の世界をかいたのだったが、ブンダンはその小説をただの男色小説としかみなくて、見知らぬブルウ・ボオイから手紙が来て、「もう秋ですね」なんて書いてくるのだ。(この青年は果して現代の男の子だろうか? 大正時代だって、明治時代だって、へんな映画や小説以外に現実にこんなせりふを使った人はないじゃないか)それに私のその小説はヒュウマニズムでないし、真面目な問題でもないし、社会の問題でもなくて、追究したのは昔からある、恋愛の心理やエロティシズムだったのだ。それに現代の世相を書いた小説でもなかったし、フランスやアメリカの新しい小説のようなのでもなかったのだ。困るのは、現代の世相を書いた小説や、フランスやアメリカの新しい小説のような小説だと、真面目でなくても、堅気でなくても、軟らかくても許されるのだ。そうして中堅以上の小説家が書けば、異常なエロティシズムを書いても許されるどころか、賞讃《しょうさん》されるのである。もし中堅以上の人が許されているのなら、何故私の小説だけ特別に、真面目でないとか社会がないとか宗教による抵抗や苦悶《くもん》がないとかいう扱いをうけるのかわからないのである。先輩の中の一部の人々が許されている小説を、やっと書き始めた私が書いている、という事情であって、突如として今まで誰も書かなかった、見るにたえないけがらわしい小説を書いているのではないのである。清潔な人物を好きな批評家がいて、私の最近書いた小説を、趣味の点で読み通せなかったのだが、もし、もしである、もしその眼が疲れやすくなって来た批評家が、よく眠った後の気分のいい時間に、少しずつでもいいから私の小説を終りまで読めば、大変に清潔なはずである。或る日、この私の希《ねが》いを実行してもらいたいのである。急がなくてもいいが私の生存している内にである。眼の悪い批評家も困るが、たしかフランス文学の人がいて、この人もやっぱりJ・C・ブリアリとA・ドゥロンの恋愛を美化した私の小説につき合えないという感じの批評であるが、フランスの軟派文学を、きらいかも知れないが解《わか》っているのに何故なのだろうと思うのである。（もっとも十九世紀以後の恋愛小説はきらいなのかも知れない）この人物はどこかの会で話をする機会があったが、大変優しく話をしてくれたが、その時のその人物は文壇の外にいたらしいのだ。考えてみるのに、日本の社会（ブンダンもその中にある世界である）の中に、批評家に限らず、その社会の中に立っている人に、そういう風に言わせるものを持っているのかも知れないのだ。私の小説を認めてくれた室生犀星と三島由紀夫は（二人とも仕事の名であるから先生も氏もないのが敬称である）どういう運なのか同じ雑誌に、私の小説について書いたが、天に昇るような、星が光ったままで降って来てそれを手に受けたような歓《よろこ》びのあとで、こんなに認められるとブンダンでもっと容《い》れられなくなりはしないだろうか、よく神の罰の鞭《むち》が空から飛んでこないものだと思うような、ぜいたくな、悪い考えを起したのだ。室生犀星の横で食膳《しょくぜん》についている時なんかに私はそれを思い出して、ヒヤリとしたが、何喰わぬ顔でいたのである。

困ることに、大体において、一人の女の人が凄《すご》いか晩稲《おく》かを見抜くことが出来るのは、遊び人か、もしくは遊ばなくても遊び人の質《たち》の人なので、凄い場面を書く女の小説家（女流作家ではないのである。女流作家位いやな名称はない。女流というと偉くない、ケチな日本画か活花《いけばな》の先生のようで、へんに燻《くす》んだ粋な着物を着て、にょろりとしているようである）は困るのだ。「淫蕩《いんとう》な女よりも男を知っている。実に不思議!!」と書いてくれたのは三島由紀夫の炯眼《けいがん》である。彼がそういう文章を書いたのは私という人間を視ているのである。男色とか近親相姦《そうかん》とかに興味を持っていて、そういうことを書こうとしている、と思われるのは、実に困る!!　好ききらいは仕方がないが、私が綺麗《きれい》な小説を書こうとしているということをわかって、書こうとしているが、充分書けていない、というのなら、ほめなくても怒らないのである。

ヒュウマニズムがヒューヒュー言っているのは日本全体だから、映画界のヒュウマニズムも大変で、映画界はヒュウマニズムやモラル、社会奉仕で一杯。（ヒュウマニズムとモラリスムも、ヒュウマニズムの方はルネサンスから後に出たとかいろいろちがうらしいが、私はそんなこともわからないし、「モラル」のもとのラテン語も知らない。それで贋ヒュウマニズム論を書いているのだからおどろく）聾唖《ろうあ》の人のための映画や、小児麻痺《まひ》の人のための映画が繁栄している。テレビに至っては（ラジオもである）ヒュウマニズムで息が止りそうである。何しろ日本の国の茶の間というのは清潔でモラルに輝いているらしくて、男のアナウンサアがほんの一寸《ちょっと》、女のアナウンサアのミニスカアトについて喋《しゃべ》ると、女のアナウンサアは「エッチね」と言わぬばかりのご清潔ぶりである。愕《おどろ》いたのは芥川也寸志《あくたがわやすし》と語る幼稚園か一年位の子供が、接吻《せっぷん》という言葉が出ると「エッチ」と言って笑うのである。叔母さんやお母さんが言うのだろうが、この次の世代からは映画にも綺麗なラヴ・シインが出るだろうと思っていたのに、ガックリ来た。若い女優、歌手、アナウンサアのゴセイケツムウド、純情ムウド。映画界のリアリズムと社会奉仕ムウド、〈かあちゃん死ぐのいやだ〉ムウドは極限まで来た。長門裕之《ながとひろゆき》はいい役者だが、交通戦争防止映画にファイトを燃やしているが、(もしかしたら無給奉仕かも。もし無給なら貰《もら》ったつもりで私に少しもらいたいものである。大変なお婆《ばあ》さんになって、過労で眼の上を腫《は》れ上らせながらほめられない小説を書いているのである)、若いといっても百年も二百年も生きるのではないのだから、もう少し面白い映画に出たらどうなのだろう。映画も今では芸術の中の一つであって、芸術というものは、人間の奥底をのぞかせて、見る人をこわがらせたり、同感させたり、面白《おお》がらせたりさせて、ほんとうの意味でユマニテを判《わか》らせるものである。立派な、偉きなユマニテなら、裏からでなく堂々と正面からユマンな心持を教える芸術もいいが、かりにもユマニスムを標榜《ひょうぼう》する以上は安っぽいのでなくて、ドオデの『苦悩』のような(ドオデはモラリストの小説家の分類に入るのか、ユマニストの中に入るのか、よく知らないが、晩年の、彼のリュウマチスの苦悩を詩のような感じで日記風に書いた『苦悩』に私は素晴らしい美と、偉きなユマンな人間を感じたのである。これこそたしかにユマニスムの小説の、ユゴオの『無情』も大すきである。ジャン・ヴァルジャンと一緒のコゼットが、公園で前を通るマリウスの眼を感じる瞬間なんかは、ほんとうに恋愛というものを書いているし、ジャンがコゼットをつれ出すところや、ジャンが法廷で名乗り出るところには偉きな神があるし、物語全体も面白い。慾《よく》を言えば、ジャン・ヴァルジャンがならず者だった頃がもっと詳しく、凄く書いてあるといいと思う）ユマンな感じでなくては困るのである。大体派手ずきパアティずきのアメリカ人でさえ慈善のためのパアティは内輪だけでやるそうなのに、厚生大臣を招《よ》んだりなんかするのはこっけいである。病気のブタが東京中に流され、鶏ならいいかと思うと鶏には病気の山羊《やぎ》が入っている、ハムもソオセエジも駄目、なんていう、人間の住む国とはどう考えても思えない恐ろしい状態に対して小気味のいい手一つ打てない、砂利トラ運転手に莫大《ばくだい》な罰金か死刑という手を打って、その金で小児麻痺の人のベッドを少しでも殖やす位の英断も出来ない、することをしない厚生大臣と一しょに（チャリティーショウ）なんかやるのは私なら真平《まっぴら》である。

どうも、新聞用の三枚位だと、素人《しろうと》の論も誤魔化せるが、いくらなんでもこう長くなると自分で書いていて少しバカバカしくなって来たからこの辺でお終《しま》いにすることにする。私は間違ったことは言っていないつもりだから（知識があまりにないから用語のまちがいなんかはあるかもしれないが）これを読んで誰が怒ってもいいが、友だちを前においてデタラメに喋りまくった時の論よりおとなしくなってしまって、ひどくつまらなくなってしまったのが残念である。

ほんものの贅沢《ぜいたく》

ほんものの贅沢《ぜいたく》

現代は「贋《にせ》もの贅沢」の時代らしい。電気冷蔵庫にルウム・クウラアに電気洗濯機。剃刀《かみそり》も御飯のお釜《かま》も、紅茶の薬鑵《やかん》もすべて電気仕掛けで、テレヴィは各室にある。何十万円の着物、外車、犬はポメラニアンかコッカ・スパニエル、猫《ねこ》はペルシャかシャム。そういう奥さんが、家の中のどこかで、なにか、吝《けち》なことをやっている。台所の隅とか、戸棚の隅とかで。家の中へ入っても見ないで、どうしてそれが判《わか》るかというと、そういう奥さんの戸外《そと》を歩く顔つき、レストランに入って来て辺りを無視するようす、注文の仕方、料理のたべ方。そうしてまた、隣りの席の人に判るように自分の身分や贅沢生活について喋《しゃべ》ること、それらのいろいろの中に彼女たちの貧寒な貧乏性が現われているからである。ルウム・クウラアも、戸外より二度くらい低くて、湿気をなくし、脚気《かっけ》や神経痛にも影響がない、というのならいいが、人間が牛肉やハム並みに冷蔵庫に入っているなんて狂気の沙汰《さた》である。

ほんとうの贅沢な人間は贅沢ということを意識していないし、贅沢のできない人にそれを見せたいとも思わないのである。贋もの贅沢の奥さんが、着物を誇り、夫の何々社長を誇り、擦れ違う女を見くだしているのも貧乏臭いが、もっと困るのは彼女たちの心の奥底に「贅沢」というものを悪いことだと、思っている精神が内在していることである。フェドラ（邦訳は「死んでもいい」）だ、メルクリだと、利《き》いた風に言っている彼女たちの腹の底に、古臭い道徳、ほとんど腐り崩れて悪臭がしている、日本の道徳が、末期の癌《がん》の塊のようにうじゃじゃけていることである。贅沢を悪いことだと思っている人間の中にほんとうの贅沢はあり得ない。そういう、いじけた、たじろぎが心の中にあっては純血種のコリイも、犬のコンクウルに金のかかったスウツでお出かけになることも、すべてご破算である。それで一切の贅沢は消え去って、あとに転がっているのは貧乏臭い一人の女の心、色の褪《さ》めた心臓である。審査人、本物、贋もの混合の金持たち、犬たち、が群り、右往左往しているコンクウル会場の原っぱに、その心臓はころがり、風の吹く中で、哀《かな》しげな音をたてるのである。贅沢に育った子供がデパアトで、アイスクリイムのお代りをねだり、二皿目まで皿をなめそうに平らげる。その隣で金のない家の子供がわざとひと匙《さじ》残して、ちょっとおつに澄ます。こんな光景もよくある。門から玄関までが足疲れるほど遠い家の居間に、夜坐《すわ》っていると、門番が門を閉める音が雨の音を距《へだ》てて微《かす》かにきこえる。家の後の森の木を伐《き》った薪《まき》を放りこんだ暖炉《ストオヴ》が燃えている。そういう家の主人が犬を伴《つ》れて散歩に出る。その男は自分が大きな邸《やしき》の主人だとも、贅沢だとも、そんなことはまったく頭にない。これが贅沢である。

贅沢な奥さんは、自分のもっている一番いい着物で銀座や芝居、旅行なぞには行かない。他《ほか》の女の着物を見て卑《いや》しい眼つきなんかはしない。銀座を歩くというのは、いわば散歩である。近所の散歩の延長である。それにお招《よ》ばれの時のようななりで行く。それは「貧乏贅沢」である。また困ったことに商人やボオイ、番頭たちの中に、金があっても構わない、本ものの贅沢族か、むやみに着飾る贋もの族かを見分ける目利きがいなくなっているらしいので、贋もの族はいよいよキンキラに飾りたてるのかもしれない。

だいたい贅沢というのは高価なものを持っていることではなくて、贅沢な精神を持っていることである。容《い》れものの着物や車より、中身の人間が贅沢でなくては駄目である。指環《ゆびわ》かなにかを落したり盗《と》られたりしても醜い慌《あわ》てかたや口惜《くや》しがり方はしないのが本ものである。我慢してしないのではなくて、心持がゆったりしているから呑《のん》気《き》な感じなのである。（また直《す》ぐ買えるから、ではない）高い指環をはめている時、その指環を後生大事に心の中の手で握り締めているようでは、贅沢な感じを人に与えることはできない。

簡単に言うと贅沢というのは、人を訪問する時に、いい店の極上の菓子をあまり多くなく詰めさせて持って行く(その反対はデコデコの大箱入りの二流菓子)。夏の半襟は麻のあまり高くないのをたくさん買って、掛け流しにする(一度で捨てること)。上等の清酒を入れて出盛りの野菜を煮る。といったたぐいである。隣の真似《まね》をしてセドリックで旅行するよりも、家にいて沢庵《たくあん》でお湯づけをたべる方が贅沢である。材料をおもちゃにして変な形を造ったり、染めたりした料理屋の料理より、沢庵の湯づけの方が贅沢なのは千利休に訊《き》くまでもない。昔の伊予紋や八百善《やおぜん》にはそんな料理はなかった。中身の心持が贅沢で、月給の中で楽々と買った木綿の洋服(着替え用に二三枚買う)を着ているお嬢さんは貧乏臭くはなくて立派に贅沢である。

要するに、不格好な蛍光燈《けいこうとう》の突っ立った庭に貧乏な心持で腰かけている少女より、安い新鮮な花をたくさん活《い》けて楽しんでいる少女の方が、ほんとうの贅沢だということである。

日本語とフランス語

日本は昭和二十年の八月に惨澹《さんたん》たる敗戦になったが、その時軍事とか政治の面ではアメリカの言いなり次第になるよりほかなかったのは、当然すぎるほど当然のことである。けれども教育の面ではもう少し突張ってもよかったのではないかと、私は考えている。

民主主義は天降《あまくだ》り的にぶら下がって来た感じで、昔、歌舞伎《かぶき》座なぞで、誰それが休演しますとか、なんとかいう客への報告を長い紙に書いて、幕の上部からぶら下げたが、まるであの感じで、民主主義は日本人の目の前にぶら下がって来て、フワフワ揺れていたのである。(民主主義)をわかる人は戦前から民主主義的だったが、はじめて(民主主義)というものを見た人間はどういうものだかよくわからなかった。若者たちは民主主義を自由な、何をしてもいいということだと思ってしまったのが多く、むやみに反抗した。

昔からお役所というところはろくでもないことを思いつく場所だったとみえて、明治時代にも旧仮名を新仮名に直すという案を出したが、その時にはオーガイという、日本語を絶対にこわしたくない軍医がいて、その思いつきを潰《つぶ》してしまった。

彼は百人一首を詠《よ》む時にも、（このたび）を（こぬたび）と詠み、こぬたびはぬさもとりあへず手向山《たむけやま》、もみちのにしきかみのまにまに、と詠み、又ありあけの月を待ちいづるかな、を待ちいでつるかな、と詠んだりし、文章の中に、字引にもない、二十劃《かく》以上もある、自分と、桂《かつら》五十郎（漢学者）と吉田《よしだ》増蔵（同）より読めない字を書き、その字を書いた頁《ページ》の五六頁後には、それと同じ字を、又別の、ものすごくむつかしい字で書いた。（そこには子供のように自慢している雰囲気が漂っていた）彼は間違った字をみると「嘘《うそ》字だ。嘘字だ」と怒り出す日本語狂いであって、新仮名にすることに殆《ほとん》ど定まりかかっていた会議に出て行って、長い長い話をして、とうとう新仮名遣い案を葬《ほうむ》り去ってしまった。又その日本語狂いの後押しをする大臣がいて、オーガイがその日、会場へ入ろうとするところへ来て、（存分にやれ）とけしかけたのである。

日本語狂いや、それを後押しする大臣がいた時はよかったが、敗戦の直《す》ぐ後で又もや、その新仮名案が始まった時には福田恆存や舟橋聖一などの文学者が反対の意見をのべたが、新仮名に大賛成の大臣ばかりだった。

それでちやうちんはちょうちんになり、らふそくはろうそくになり、てふてふはちょうちょうになってしまった。てふてふと書くとあの、ひらひらと翅《はね》を動かして、かろやかに舞い飛ぶ蝶《ちょう》の感じが出るが、ちょうちょうでは地べたをのろのろ匍《は》っている虫のようでもあるし、蛔虫《かいちゅう》のようでもある。（こひすてふ、わが名はまだきたちにけり）も（こいすちょう、わが名はまだきたちにけり）では、素晴しい女が見えてこない。をとめ、と書くと、きれいな処女《むすめ》が感じられるが、おとめでは、おとめという女中か、おとめ婆《ばあ》さんのようである。

とにかく敗戦後、日本人は訳わからずに民主主義を奉じ、きれいな漢字を減らしたり、当用漢字という、戦争前からよくあった、いやな略字を学校で子供に教えたりしたが、それはアメリカ人が指図したか、しないまでも、少なくとも大賛成だったにちがいない。サイデンステッカアなぞという、川端康成《やすなり》の小説を解《わか》って（?）、それを英語に移植するような、変なアメリカ人はともかくとして、その頃日本に進駐していたアメリカ人は日本語が簡単になることには賛成だったにちがいないからだ。

ところで、私が何故《なぜ》旧仮名に賛成で、てふてふがちょうちょうになるのに不賛成かというと、それはただ単純に、きれいなものがきれいでなくなるからである。又漢字が好きで、複雑を極めた、劃の多い漢字に底知れない魅力を感じているからだ。フランソワアズ・ロゼが日本に来た時、「あの美しい漢字を日本の子供がどういう風にして覚えるかを見たい」と言って、番町小学校を参観したという新聞記事を見た時には感動した。

支那《シナ》から来た漢字の美しさと、日本で生れた平仮名のなよやかさは感動的である。又フランス語のことで言うと、あらゆるものが男性《マスキュラン》であったり、女性《フェミナン》であったりする不思議さや、そのそれぞれに男性と、女性の冠詞が（Le と La）ついていることはフランス語の美しさの要素の一つである。

日本語の（こひすてふ、わが名はまだきたちにけり、ひとしれずこそ思ひそめしか）というような歌の言葉の美しさ、フランス語の、海が女性だったり、山が男性だったり、花が女性で木が男性なのはわかるとしても、椅子《いす》が女性で長椅子が男性であるとか、ナイフが男性で、フォークが女性であるという不思議さ、Jean《ジャン》とか Leo《レオ》とかの男の名は単数なのに Jacques《ジャック》や Louis《ルイ》、Charles《シャルル》なぞは一人でも複数であるとかの、不思議さの中の複雑な、説明の出来ない面白さ、美しさ、は楽しい。てふがちょうちょうになると何故きれいでなくなるか？　ギヴ、ミイ、ティーというより、Donnez-moi le thé《ドンネモアルテ》、というように、紅茶という字の上に冠詞の le がついている方がなんとなくきれいで優しいのはどうしてか？　この疑問はいくら考えてもわからない疑問である。

ただ、私の生れる前に既に新仮名になっていたとして、又再び昔の雅《みやび》やかな仮名づかいに戻ることになり、ちょうちょうが（てふてふ）になり、憂《うれ》いが（憂ひ）になり、こいすちょうが（こひすてふ）になったとして考えてみると、私は昔のかなづかいの方がきれいだ、と感じると思う。であるから、旧がなの方がいいと思うのは決して習慣のせいではない。

ともかく私に確実に言えることは、当用漢字論や新仮名論者の言う、子供にとって難しすぎるという理由は単なるヘリクツだという事である。昔殆《ほとん》どの子供たちはそれらをちゃんと覚え、きれいな漢字やかなづかいを自分のものにした。そのことから優雅な動作や、優しいものの考え方もなんとなく備わって来たのであって、極言すればゲバ棒学生の頭脳の粗雑さに、これが全く関連ないとは言えない。それを国語改革論者が解らない、ということは、彼らが鈍感で、きれいなものを感じる感度がゼロだ、ということを証明する以外のなにものでもないのである。

エロティシズムと魔と薔薇《ばら》

胡桃《くるみ》、とか、檸檬《レモン》、は形も素晴らしく綺麗《きれい》で、たべても美味《おい》しくて、字も、漢字で書いても綺麗、仮名で書いても綺麗であるが、それとおなじで、薔薇、菫《すみれ》、なぞは見ても綺麗、香《にお》いも素晴らしいし、色も綺麗で、漢字で書いても素敵である。それに薔薇も、菫も、たべても美味しいのである。巴里《パリ》のエッフェル塔の傍《そば》の菓子や果物を売っている店の隅っこの方に、薔薇と菫の花びらを砂糖で絡《から》めた、小さな干菓子《ひがし》があったので薔薇と菫が美味しいことを私は知っているのである。濃い紅色《あかいろ》の桃の花はこの間たべてみた。生のままたべたのでとくべつに美味しくはなかったが、いい香いだった。杏仁《きょうにん》という、子供の時よく飲ませられた水薬の香いと味がした。昔の記憶の香いである。萩原朔美《はぎわらさくみ》の許婚《いいなずけ》の人がお節句のお菓子を持って来てくれた時彼女が濃い桃の花が一輪ついた三センチ位の枝を添えて来た。薔薇や菫の砂糖菓子を想い出していたところだった私はそれをたべてみた。贈り物に添えた花を忽《たちま》ちパクパクたべてしまったことが彼女にわかったら、鬼婆か雪白姫（白雪姫のことである。父親も母親も、私に話す時、ゆきしろひめと言って話した。なんとかのしらゆきゃのおえ、ではないが、しらゆきという言葉はなんとなく嫌いである。父親もそう思ったのかもしれないとも思うが、そのころ《日露戦争直後》はしらゆき姫なんていう日本語のお伽噺《とぎばなし》の本は売り出していなかったのだから、父親がしらゆきに抵抗してゆきしろと言ったわけではないことだけはわかっている。独逸《ドイツ》の原語ではなんというのだろう?）に出てくる継母《ままはは》みたいだと思うかもしれない。受けとった時には「まあ綺麗」などとおやさしいことを言っていて、贈り主が帰るや否《いな》や唇《くち》に放《ほう》りこみ、噛《か》み砕いて、ああ水薬の香いだ、杏仁の味だ、と陶酔《うっとり》しているのだから、恐ろしい話であるが、これが私流の風流なのである。軽井沢の武満徹《たけみつとおる》のところで夫人が出した、支那風のフルウツ・ポンチに浮かんでいた、白くて小さな、三角の、牛乳の茶碗《ちゃわん》蒸しのようなものの味も、杏仁の香いで、子供の時に水薬を飲んだ洋杯《コップ》と、夕暮れの薄い煙のような暗さが、庭の方からも、部屋の隅々からも、天井の辺りからも匍《は》いよっている六畳の部屋とを想い出させた。ああ、薔薇の味よ！　菫の味よ！　杏仁の香いよ！　現在《いま》でも私はそのころの夕暮れを覚えていて、シャボンと微温湯《ぬるまゆ》で洗ってはあっても、どこか、春の空のように曇っている洋杯《コップ》の掌《て》ざわりや、杏仁の味と香い、冷たい酒精《アルコオル》で拭《ふ》いたあとに、銀の針が刺さった注射の痛み、単舎利別《タンシャリベツ》を入れた麦湯で飲む、葛粉《くずこ》のような味の粉薬、夕暮れの中に暈《ぼ》やけている伊太利《イタリア》の太公夫人のような、強《きつ》くてくっきりした母の青白い掌、卵の黄身を混ぜたお粥《かゆ》と銀の匙《さじ》、それらの記憶の鋭さを含む甘い漂いに、エロティシズムを感じている。エロティシズムの中には魔がある。私が前に書いた小説の寝室場面などよりそこにはエロティシズムがあって、私はそれを、今書いている小説の中に書いているが、次にいつか書く小説の幼女の中にはもっと書かなくてはならないと、思っている。

薔薇の香いは菫ほどではないが、柔《やさ》しくて素直な、嫩《わか》い少女のようで、それでいて底の方に懶《もの》いような、惑《まど》わしのように勁《つよ》い力で香《か》ぐ人の感覚に迫るものがくぐもっていて、甘くてどこか恐ろしい香いである。知らないでいて相手を捕虜《とりこ》にする少女のような香いである。薔薇も魔である。

薔薇や菫の砂糖菓子。濃い紅の桃の花の微《かす》かな苦さ。柔かくて甘い薔薇の花の香いの中に薔薇の花のある卓《テエブル》の上に洋杯が薄ぐもっていて、白いのや、てんとう虫のような濃い紅や、黄色い雛菊《ひなぎく》のような薄黄色の錠剤が透《すきとお》っている硝子罎《ガラスびん》、白い粉薬で曇っている銀の匙がちらばっている。そんな卓をみながらヴェルモットを喫《の》んだり、(夏のはじめなら麦酒《ビイル》)煙草《たばこ》をふかしたりする時私はエロティシズムを感じる。それは私が子供の時に、無意識の中で感じていたエロティシズムであるらしい。嫩い娘なのに中年の女か娼婦《しょうふ》のような女や、ほんものの中年の女、妙に粋《いき》がった男などが絡んでいる情事しかないような感じさえする現代はぞっとするようだ。昔の、上等なチョコレエトの箱の蓋《ふた》にあった油画《え》の少女のようなのだが、目の下の高頬が一寸《ちょっと》脹《は》れ気味になっていることが美人過ぎることを防いでいる、そんな顔の息子の恋人が或日、花からとったばかりで、まだ鉱物性のものを添加しない、生《き》のままの純粋な薔薇香水を、小さな罎《びん》にいれて持って来た。栓を抜けば忽《たちま》ち飛び去る大切な香いを香ぐために、私はたった一度栓を抜いた。香がなくても、その小さな罎が部屋にあるだけで楽しい。彼女は次に来る日までその罎を私の部屋において行ってくれた。

薔薇は甘くて柔しいが、魔である。恋の惨劇のあとの血溜《ちだま》りの中に落ちていても、薔薇ならぴったりである。

美術品と私

私はあまり美術品には縁がない。美術品というと、どういうわけか高価なものを考えてしまうので、私とはあまり関係がないような気がしてくる。私の家にも、所謂《いわゆる》美術品と呼ばれるような、高価なものは無かった。父（森鷗外《おうがい》）の、軍医とか、博物館の役人、なぞの月給に、小説、評論なぞからの収入を合わせても、大したものではなかった、ということだけではなくて、彼には高価なものを購入する趣味がなかった。家にあった花瓶とか、掛軸も、彼の友だちが来て、書いてくれたものとか、贈ってくれたものだった。

覚えているのは木下杢太郎《きのしたもくたろう》氏が家に来て、描いてくれた鍾馗《しょうき》の画《え》である。殆《ほとん》ど等身大の絹地へ、墨痕淋漓《ぼっこんりんり》という感じで描かれているが、濃い、たっぷりした墨で描かれたものではなく、かすれたように描かれていたが、実に雄大な画だった。私は傍にいて、彼の描くのを見ていたが、肩にも肱《ひじ》にも力が入り、全身の中にある力というか、心のようなものを、絹地に向かってぶつけるような描き方で、あまり熱血を注いだためか、鍾馗の体は左にかしいでいた。先が菱形《ひしがた》に尖《とが》った剣を握り締めた右手に力の入っていたことはどうだったろう。顔も立派だった。鍾馗の衣《きもの》は薄い緑色に塗られ、腹の上に結ばれた帯の真ん中についている、飾りらしい小さな鬼の顔は赤く塗られていた。現在では多くの青年が持たないようになった、男の力、というものが、躍っていた、というより、木下杢太郎氏の精神が、魂が、生き生きと、躍っていたのである。少女だった私にも、それは強い力で、伝わって来た。

又、長原孝太郎氏が、或《ある》夏の夕方、浴衣《ゆかた》で現れて、立ちぎわに父の前に置いて帰った、二枚の団扇《うちわ》も素晴らしかった。台所にその頃あった四角い型のではなく座敷で使う丸型の、それも大変に大きな渋団扇《しぶうちわ》に、一枚の方には白と、暗い緑とで、夕顔が大きく描かれ、団扇の上の端に、銀色で大きな月が少し見えている図であった。もう一枚には胡粉《ごふん》の混ざった樺色《かばいろ》の雁皮《がんぴ》の花が二枚描かれていて、花の下には銀色で露芝が、描いてあった。渋い茶色の地に、それらの色彩はひどく調和していて、なんともいえない美しさだった。夕顔も、雁皮も、父の家の花畑にあった花である。強い、雄渾《ゆうこん》な、男の力を持った、長原氏だったが、その長原氏の父への友情が、淡々と現れていた。

寺崎広業氏が父に贈った掛軸には白い牡丹《ぼたん》が描かれていたが、燻《くす》んで茶っぽい絹地に胡粉で一気に描かれた牡丹の花片《はなびら》が薄く、ほんとうの花片の厚みしか、感じられない。それがなんともいえなく、素晴らしかった。これらの画は皆、売れば高価だったろうが、友情で画かれたもので、所謂購入した美術品ではなかった。だが、画家なぞが、魂をこめて描いたものでも、画商の手に渡って売られ、金のある人が、それを金で購入することが広く行われるようになり、購い手《かいて》の中には画を愛する心のないものもある、という現状であるために、金で売り買いされる、所謂美術品の感じになっているのは残念なことだ。

私が幼い頃、房州千葉の別荘（部屋が二つあるきりの小さな家だった）なぞで番茶を飲んだ土瓶は薄黄色で、薄い墨と薄緑で簡単な絵が描かれていたが、それは益子焼《ましこやき》と言ってこの頃、貴重なものとされているものだったと思うが、大変に素朴で、感じのいい、ふだん家で茶を飲むのに適したものだった。親しみのある茶器として私は、今でも懐《なつ》かしく想《おも》い出すのだが、その益子焼が珍重されるようになり、それを造る人が重要無形文化財として尊ばれ、その造るところがテレヴィに映されたりするのを見ると、私には、益子焼というものの親しさ、素朴さが損われてしまった、という気がする。素朴な造り手を重要無形文化財としたり、画家の画が高価で売られたり、購われたりすることが、私達に、美術品というものと、名誉と金とに結びつけることのように、想われてならない。

演奏会の思い出

巴里に常住していて、西欧羅巴《ヨオロッパ》を廻っていた頃、伯林《ベルリン》に一夏を暮したことがあったが素晴らしい演奏会に出会った。クライスラア独りの、演奏会だったが、田舎の朽ちかけた学校のような、部屋で、教壇のようなところがあり、聴く人は三十人には少し足りない位しかいなかった。床も、演奏台も、板がけば立っている。少時《しばらく》するとクライスラアがつかつかと出て来て軽く一礼して演奏を始めた。が楽器に触れた最初の音は私を、おどろかせた。

宇宙の静かさの中に、ふと、どこからか湧《わ》いて来たような音色である。夕暮れ刻《どき》の、小暗《おぐら》い中で、どこからか吹いて来た、涼しい風のようである。その静かな、澄んだ音は、どれほど荒れ狂っていた人も、静かにさせる力を持っているような、そんな音である。演奏の全部がよかったのは勿論《もちろん》だが、弾き出しの音色がなんともいえなくて、今も耳の底に残っている。クライスラアも静かだったが、聴いている人々も、静かだった。歌舞伎《かぶき》座の廊下で、はしたない言葉で役者の噂《うわさ》をしていた、その同じ令嬢が、今日は外国の音楽会の演奏会だ、というので、人が違ったように、すましかえっているのを見たことがあるが、そんな附け焼刃の静かさではない。それはたしかに、宇宙の静かさだった。地球、月、太陽、いろいろな星を浮かべて沈黙している、夜の宇宙の静寂である。ハイフェッツもよかったし、ヴァイオリンの向こうで踊っているような、エルマンも巧妙だったが、私はクライスラアの最初の音が忘れられない。

私は戦時中、雪国に三年暮したが、東京の町にいた時にも感じていた、雪の積もる音を、ことさらはっきりと、聴いた。深い雪の上に雪の降り積もる、音のない音、雨の音、風の音、今ではもう聴くことはないが、木の橋の上を行く下駄《げた》の音、蛇の目の傘の上に、豆が落ち散るような、大粒の雨、篠《しの》つくような土砂降り、木枯しの音、tous sont musique!!! みんな音楽である。

ついこの間までテレヴィジョンで毎週やっていた、オースン・ウエルズ劇場で、ドラマの始まる前にウエルズが、ドラマの紹介をしていたが、その話の中で、音楽について、同じことを言っていた。雨垂れの音に音譜をつけて歌う子供の話も、何かで読んだことがある。

音楽はどこにでもある、楽しいものだ。私がこれまで、長い月日に聴いてきた音楽の中で、一番素晴らしかったのは、クライスラアのヴァイオリンの最初の音と、雪国できいた、雪の降り積もる、音のない音である。

葡《ぶ》萄《どう》酒《しゅ》

戦争末期のころ、福島県、喜多方《きたかた》に疎開《そかい》していたころ、というと、モリ・マリさんという、自分自身の手では何一つうまく出来ない人間が、カンナンシンクをつぶさに経験した時期だったが、そのころその町のメイン・ストリイト（わが代沢ハウスの前の通りの幅ほどもない通り）の古本屋で、そこの奥さんから喜多方の山葡萄で造った葡萄酒をふるまわれた。

巴里のレストランで、酒のメニュウを手に現れるソムリエ（酒の係りの男）に注文する、シャトオ・イキェム、シャトオ・ラフィット、または、何年のか忘れたが、特別に葡萄の豊作だった年の葡萄酒なら知らないこと、なまじっかな葡萄酒より、その地方で造った素朴な葡萄酒の方が、フランスの田舎の家で出される、その土地の葡萄酒のようでいい。ある人から贈られた山葡萄の葡萄酒も大変に素晴しかった。

巴里に長くいたわけでもなく、上等なのを飲んでいたわけでもないので、ボルドオで千九百何十何年に、葡萄が豊作だったかも忘れてしまった。また日本で、とくに有名なレストランでもないのに、シャトオ・イキェム、シャトオ・ラフィットなどを注文したら、恥をかかせることになる。それで私は一つだけ覚えている「サンテ・ミリヨン」を注文するばかり、莫迦《ばか》の一つ覚えのように、いつもそればかりである。

メドックはごく一般の種類らしいが、婚家にいたある夏、上総《かずさ》の一宮にあった、その別荘の、小さな酒屋の棚に、メドックが一本あったというので歓喜して買って来てその晩の夕食に皆で汲《く》みかわしたことがあった。別荘地なので、どこかから少し、仕入れたのが残っていたものらしい。

正直な話、巴里にいた一年の間に、あらゆる葡萄酒を飲んでいたわけでもなく、熱心に味を見ていたわけでもないので、私は葡萄酒については無智《むち》である。何しろ、十代の時だったので、酒の味なぞわかる筈《はず》もなかった。

シャトオ・ラフィットと、シャトオ・イキェムでは面白い思い出がある。謝肉祭にシャトオ・ラフィットとシャトオ・イキェムを買った時のことである。下宿の主人、デュフォールに、買って来るように頼んだ。代金は私の夫だった人と、彼の先輩の辰《たつ》野隆《のゆたか》が出すことになったのだが、ムッシュ・デュフォールは先ず辰野隆のところへ行き、片方が十フラン高いがお前はどっちを受け持つか？　と訊《き》いた。そうして又夫のところに来て、同じ質問をした。辰野隆も、私の夫も、自分が高い方を出すと言った。ムッシュ・デュフォールは知らん顔で、その差額をポケットに入れたのである。

巴里の町の人間は機会さえあれば狡《ずる》く立ち廻って、差額（江戸時代の言葉でいえば《かすり》）を取ることを忘れない。また、私達が二、三人で近所のレストランの夕食に誘うと、満面に笑《えみ》をたたえて喜ぶが、その喜びは、私達の友情に対してというより、（これで食事代が一回分浮いた）ということの方に比重がかかっているのである。そうして、食事の間中、映画に誘った時には、映画館にいる間中、また、その行き帰りの道々で、撫《な》でさするようなお世辞と、愛想笑いをふりかける。自分たちの方で出す金は、極端に締めるが、貰《もら》う方は、形式だけの辞退すらしない。支那《シナ》人にもそういうところがあるらしい。私はそう困った家で育ったわけでもないので、品の悪いことはしないが、大体、貰うものは何でも大喜びで貰い（一応、辞退はするが）、辞退するそばから、顔が笑ってしまうのにいつも困っている。そうして人に遣《や》る時にはいつも心の中に、ひそかな抵抗がある。それをお見通しの母はいつも（茉莉《マリ》ちゃんは支那人のようだ）と、言っていた。ある日妹に、部屋の片附けを手伝わせたが、手伝ったらこの中で何かやる、という約束をしておきながら、どれも惜しくなったので、とうとう、何もやらなかったことがあった。私には砂糖と蜂蜜《はちみつ》を混ぜたように甘かった父も、それを妹からきいてさすがに困り、母を呼んで、私に注意するように、言ったそうだ。

葡萄酒の話がどこかへ行ってしまったが、話を巴里の葡萄酒に戻す。私は巴里に小一年いたので、巴里人の習慣が身につき、食事の合間に紅《あか》葡萄酒を半々位に水で割って飲むのが好きになったのであるので現在《いま》でも、西洋料理店に行くと、卓子《テエブル》にある紅葡萄酒を水で割って、それを相手に西洋料理をたべたら、巴里時代の感じの美味《おい》しさで食事を楽しむことが出来るのに、とひそかに嘆くのである。だが、下らないことに人目を気にする日本の紳士淑女の目前では一寸《ちょっと》困るのである。

与謝野晶子《よさのあきこ》

「与謝野晶子と私」と書くとまるで与謝野晶子と自分を対等にしているようだが、それはちがうので、私は文学者や役者等々の芸術家(なんといういやな言葉。ゲイジュツカというと、額にかかる長髪を手で掻《か》きあげたりしながら、内容の無い空洞な目を、いかにも深い思想を持った男であるかの如《ごと》くに見開いて、あらぬ方を睨《にら》んでいる、喫茶店の隅っこにいる変な男が頭に浮んでくるが、他《ほか》に言いようもないのだ。もっとも、十九世紀前期以前の、ことに外国のゲイジュツカはすごい深刻な顔でどこかを睨み、オデコを青白そうな手で支えていた。彼等の目は素晴しい内容で充塡《じゅうてん》されていたからいいようなものの、それでもなおかつ、あれはいやな流行《はやり》だ。シャルル・ボオドレエルは珈琲店《キャフェ》で声をかけた女が、凄《すご》い顔を恐れて逃げ出したのを見送って「俺と遊べば面白いことがあったのに……莫迦《ばか》な女だ」と言ったそうだが、私がその女だったら、すごい目がこわいからではなくて、ゲイジュツカ的な顔つきがいやで逃げ出しただろう。私の話は横道にそれ出すと、どこまでそれて行くかわからないので、カッコはここで終り）は、その人の名そのものが敬称なのだから私は先生も氏も、つけない。

私が室生犀星《むろうさいせい》の『婦人公論』に書いた文章のおかげで、ボッボッ文学雑誌以外の雑誌にも文章を頼まれはじめた時、犀星は、「このごろはマリ、マリ、と五月蠅《うるさ》いですね。しかしうるさいことはいいことです」と書いた葉書をくれた。そうして、新潮の人に、森マリに「室生犀星という男」という題で書かせて見ろと言った。そうしてその時私が、今書いた理由で、犀星を呼びづけにして、《室生犀星は腰に一本刀を落し差しにして、文学の世界の広い原っぱに一人、風に向かって立っていた》というように書いた。何々先生がアタタカく迎えて下さいましたというように書くと、その文章そのものもケチくさく見えるし、室生犀星が第一ケチくさく見えるのだ。すると犀星は、来る客にそれを見せて読ませて「森マリが僕の名をよびづけで書いたということは、森マリがはじめからそういう場所にいたということは、大したことである」と言った。

犀星の文章は吉田《よしだ》健一の文章とともに、なかなかわからなくて頭がくたびれるが、ことに犀星のわかりにくい文章は彼の小説のいうべからざる魅力だった（犀星もふだんの会話はわかりにくさはないのだが、今書いたようなむずかしい表現になると変になってくるのだ)。その犀星の言葉は多分、私がまだ駆け出しながらに、文学者としての矜持《きょうじ》を持って、そういう風に書いた、というようなことで、それは褒めた言葉らしかった。とにかくこの二人のよくわからない文章は、わかるだけの文章よりも、すべてが明瞭《はっきり》しているとはいえないこの世の中のことを表現するのには適しているし、面白い。犀星の曲った悪い蛇のような表現はなんともいえなくよくて、悪い蛇のようでなくては犀星の文章ではないのだ。

さて、与謝野晶子は文学者の中でもとくに、絶対に、さんや氏をつけてはならない、立派で偉《おお》きな歌人だった。全くの話、永井荷風氏だとか、市川団十郎さんなんていうのはしまらない。

与謝野晶子は、今から遠い昔の明治の世界の中で、私の父の家の、十燭《しょく》の電球が黄色い光を廊下に洩《も》らしていた父の部屋で、夫の与謝野寛《ひろし》や父の声に混って静かな笑い声をたてていた。その笑い声は静かだが華やかで、ゆったりとおおらかだった。残念だが家に遊びに来た彼女を私は覚えていない。そのころお客があれば私はいつも出ていて、ご飯が出る時には私のお膳《ぜん》も出た。彼女が来た時に風邪で寝ていたか、近くの権現様《ごんげん》にでも行っていたのだろう。外出していた筈《はず》はない。私が他所《よそ》へ行く時には父か母かどっちかと一緒だったから、大切なお客は来る筈がない。

或日《あるひ》彼女が帰った後で母から、彼女の私へのお土産を見せられた。巴里から帰った時で、鞄《かばん》の形になった箱に白い寝巻き《ネグリジェ》を着た人形と、その人形の洋服が三枚、外套《がいとう》が一枚、帽子二つに靴に靴下なぞが入っていた。薔薇色《ばらいろ》の繻子《しゅす》の、冬の他所ゆきと、水色の紗《しゃ》の夏の他所ゆき、白いレエスの襟《カラア》のついた栗茶色《くりちゃいろ》のびろうどの外套はとくに気に入った。また京都へ行った時のは上漉《す》きの和紙の絵草紙二枚だった。一枚は濃い紅地に銀の雨がななめに走り、そこへ大きな柏《かしわ》の葉が濃い緑で出ているもの、一枚は薄桃色の地に芯《しん》のところが薄緑で暈《ぼ》かしになった白い桜が一面に出たもので、ハッとする程の美しさだった。私はその大版の絵草紙を、母の箪笥《たんす》の抽出《ひきだ》しに入れて貰《もら》い、友達を呼んでは見せびらかした。十七になって結婚した時、私は「はい原」で、それに近い大判の絵草紙を買って大きな用箪笥《ようだんす》に入れて行った。白に薄紫の矢絣《やがすり》が出ていてそこへこぼれ梅の散ったものと、青磁色へ、雪輪模様の紅入り友禅のものだった。

与謝野晶子は小説は書かなかったが、源氏物語の現代語訳は、与謝野晶子の小説のようなものだった。彼女の源氏物語は彼女の、海原のような、ゆったりとした人柄と匂《にお》やかな文体に支えられていたと同時に、新しい、進取の気性といったようなものがその中に昇華していて、もとの源氏物語がないとすれば、与謝野晶子の小説のようなものだった。晶子式部の作という感じだった。歌でも源氏の訳でも、彼女の文章は鳳《おおとり》の翔《と》ぶような、ゆったりしたよさを持っていた。彼女の訳文は原作をなんのこだわりなく、全くの現代語にしてしまっていた。

覚えているところを一つ書くと、誰かお姫様が御簾《みす》の中にいるのを、外から源氏が見るところで、《姫《ひい》さんが中にいるらしくて、風でその御簾が上がったりしていた》と訳されていた（この文章の前の方はうろ覚えで、晶子のとはちがっている）。いかにも自由に、こだわりなく原文を現代語にしているのがわかる。原文は最初の書出しのところしか知らないが、そのへんの感じが私にもよく判った。ふっくりとした、少しも逼《せま》らないやり方なので、紫式部の文章とは又別に、現代人の晶子式部が書いたように見えた。何よりかにより与謝野晶子という人が王朝時代の歌人のような、ゆったりした、華やかな人柄だったことが、彼女の訳を匂やかなものにしていたのだと信じている。

又もう一つ、与謝野晶子の源氏物語を光らせたのは、彼女の持っていた、気概だった。何ものをも恐れない見識だった。そういう晶子の気概、見識が、私のこの文章の題ではないが、彼女が源氏物語を訳す際に働いていて、紫式部を自分と対等に見て訳している感じがある。又事実彼女が平安朝の女の歌人だったら、紫式部も彼女に一目《いちもく》おいたにちがいない。

大体、与謝野晶子は、フランス女のような柔かさの中に、強い意力と理智《りち》をひそめている、というような人だった。又、明治の人間なのに、今の若者にピンとくるような新鮮さを持った人だった。

私はこのごろ、晶子の源氏をちゃんと読んでみたいような気がするが（根気がなく、従って読書力がなくて、自分の変な小説を書いている時間の他は、たいてい、たべていない時は蛇のようにのらくらしている私は、ただそう思うだけに終るだろうが）、私の母が持っていた、大判の、美しい、与謝野晶子の源氏物語は戦火で無くなってしまった。晶子の源氏物語は何々文庫なんかで読むのは気分が出ない。読む場所も、埃《ほこり》っぽい図書館の卓《つくえ》の上や、ぼろアパアトの雑誌や本や、飴《あめ》の罐《かん》や、その他もろもろのものの間の狭い空間ではだめなような気がする。

与謝野晶子が源氏物語を訳したころは、千駄《せんだ》木町《ぎちょう》の父の家は源氏物語の挿絵にある姫《ひい》さんの部屋のようだった。几帳《きちょう》で仕切られてこそいなかったが、静かで、広々していた。

又事実、六畳の部屋で母がちょっと午睡《ひるね》をするような時には、二つ折りの小さな屏《びょう》風《ぶ》を立てて睡《ねむ》っていたりした。歌舞伎《かぶき》の先代萩《せんだいはぎ》の飯炊きの場で、政岡《まさおか》がお茶の湯の釜《かま》で、磨《と》いだお米を炊く時に立て廻しているような品のいい小屏風で、銀地に雪の積った藪柑子《やぶこうじ》が描かれていて、その下に雀が二三羽いる絵柄だった。午睡の時小屛風を立て廻すのは母だけで、私や父はただごろりところがっていた。大体ねころぶのは私の家《うち》の家風みたいで夏の午後なんかは皆横になっていた。広い家は中ほどにあった広い廊下を境に二劃《にかく》に分かれている感じだったが、その一劃の南の端に祖母と兄が住んでいたが、祖母もよく寝ころんでいた。

源氏物語の中の公達《きんだち》や更衣《こうい》、お姫様もよく、まろびねといってごろりと優雅に横になっていたらしい。あぐらをかくのはあの人たち（男の方）の正座で、天皇もあぐらをかいていた。格好よく膝《ひざ》をくずしたり、ねころんだりしている挿絵がある。母はそのころ源氏づいていて、「萎《な》えたる御装束《おんしょうぞく》というのがいいねえ」とか、「きよらになまめける（なまめかしいが淡《あっ》さりとして清げであること）というような女の人はいいだろうねえ」とかいっていた。

そういう家は源氏物語を読むのに似合っていた。いつも塵《ちり》一つなく片附いていて、数少ない調度がひっそりと置かれていて、父が本を読んでいたり、横になっていたりする、奥の六畳の部屋は、夏は西側の木と石ばかりの庭から、東側の花で埋《うず》まった庭へと、深い樹立《こだ》ちの緑をくぐって涼しい風が通い、烈《はげ》しい雨のような蟬《せみ》の声が楓《かえで》や梧桐《あおぎり》の梢《こずえ》をこめて鳴り、家全体を音の籠《かご》のように囲んでいた。その清げな部屋の畳の上に晶子の源氏物語の本が頁《ページ》を開いて置かれ、風で頁がひとりでに繰られたりしていた。広いといってもそのころの宮様の家や華族の家に比べれば鼻がつかえる位のものだったが、そのころ自分の体が小さかったせいか、今アパアトの一部屋にいて想《おも》い浮べるせいか、ものすごく広く想われる。

第一次大戦の時も、遠くでやっていて、銃後の生活には第二次大戦のような恐ろしい影響はなく、世の中が静かだった。

庭の乙女椿《つばき》が散って、黒い柔かい春の土を薄紅色で蔽《おお》う晩春、みずみずと、葉を空にひろげる梧桐と、重々と花の毬《まり》を垂れる紫陽花《あじさい》が美しい夏、黄葉した銀杏《いちょう》が黄金色《きんいろ》の鳥のように飛び、温かい黄色で表玄関の敷石を蔽う秋、白い寒気が庭に立て籠《こ》め、夜の障子が燈火《ひ》の色に赤らむ冬が、代り代りにゆっくりと巡って来た。

現代からみると殆《ほとん》ど、悠久の世界とでもいいたいような世界だった。廻廊の軒に下がった釣燈籠《どうろう》の明りが、湖の上に映っている石山寺で、紫式部が源氏物語を書いたころの世界はもっと静かだったろうが、源氏物語が訳されたり読まれたりするのに似合った雰囲気は、大正か、せいぜい昭和の初めが限度だったような気がする。私の母はちょうどいい時代に、似合った環境で、源氏物語を読んだものだとつくづく思う。

そのころ私は女学校の一年位だった。幼いころから母を美しいと思って育った私は母を画用紙に描いて色を塗り、学校に出したことがあるが、その時の母は、焦茶色《こげちゃいろ》の市松模様の大嶋《おおしま》に黒の羽織を着、丸髷《まるまげ》に草色（濃い緑）の手絡《てがら》をかけていた。今想い出すとおかしいのはその母の絵姿は片足の先を横へ出して、鳶足《とんびあし》をして坐《すわ》っているのだ。

前にも書いたように、家《うち》では皆がよく横になっていた位だから、家にいる時の母が鳶足位していたのも当り前だと思うかもしれないが、私の母は優雅に横になって午睡はしていたが、鳶足をしていたことはなかった。妹を生んでから腎臓《じんぞう》に冒《かか》ったので、彼女は常に倦《だる》い倦いと言っていて、他所では「明治の貴婦人の図」のようだったが、家ではすぐに横坐わりになったのだ。そのころはだらしのない商売をしている女でなくてはそういう格好はしなかったから、学校へ来る母だけを見ていた先生は内心おどろいたかも知れない。

美しい母が傾倒して読んでいる本だというので晶子の訳した源氏物語（谷崎源氏、円地源氏、といういい方が私は大嫌いである。谷崎文学、川端文学、というのもきらいだ。いつからか誰かが言い出したこの言い方はもうすっかり定着してしまって、昔からそう言っていたような顔でまかり通っている。文学するとか科学する、といういやな言い方と一緒に、なんとかして撲滅したい感じだ。谷崎源氏といわれるともう読みたくなくなるし、文学する、という言い方をされると思うと、小説を書くのがいやになるのだ。なんていやらしい言葉だろう）を尊敬して読みかじっていた私は、母が持っていた紫式部の源氏物語もちょっと見たが黄ばんだ和紙に墨で、全く読めないくずした字で書いてあった。母がよく口ずさんでいた「いづれのおほんときにか、女御《にょご》更衣あまたさぶらひけるなかに」という、素晴しい書き出しのところをおぼえていた。晶子の源氏物語の表紙だったかにこうのすが描かれていてこうのすの中に紅葉なぞを散らしたところがきれいなので、私はそれを画用紙に描いて色を塗り、夏休みの宿題の中にあった、各県の地図を描いて綴《と》じたのに、それを表紙につけた。父がその画の下にATELASと、これも彩色で描いた。「地理」の希臘語《ギリシャご》かラテン語らしい。

私は歌はよくわからないが、わからないなりにこう考えている。

和歌は小説とちがって固く昔のままの形を守っていて変えないので、（それはどういうわけか字の数が定まっているからだが。外国から来た詩の方は古典のものでも韻《いん》を踏んでさえいれば字の数に固い制限はないようだ）よっぽど新鮮でないと退屈なものになってしまう。与謝野晶子の歌はみずみずしさそのものだ。この新鮮だということ、みずみずしいこと、つまり読んだ人が魅力を感じるということは、字の数がきまっていて動かし得ないという制約があって、魅力がないと古色蒼然《そうぜん》としてしまう和歌の場合だけではなくて、すべての芸術になくてはならないものだ。

与謝野晶子の歌や源氏物語の訳を読むと、真夏の、土埃《ぼこり》を浴びて萎《しお》れた草花や樹々《きぎ》の葉を見ていた目が突然、夕立に洗われて生き返った庭の草花や樹々の葉を目に入れた時のような、(この、目に入れた、という表現は室生犀星の独特の表現で、いかにも的確で魅力がある。そのために、他の人の書き方を使うことは自分の矜持を傷つけることだと思っている私も、犀星のこの表現をみてからは、他の表現は使いたくなくなって、心の中で犀星に、これだけですから使うことをお許し下さいと断って、小説の中ではいつも使っている)こっちの感覚まで、つられてみずみずしくなってくるようなものを、感じた。英語のジュウシイである。樹液の充分にある若い樹のような感じだ。

私が大人になって、ちゃんと意識して見た晶子はもう五十にあまり遠くない年だったような気がするが、彼女の精神は樹液に満ちていた。北原白秋は詩人だが、与謝野晶子と北原白秋はこの樹液に満ちた人だった。二人は天才だと、私は思っている。

私が十二、三のころ出た晶子の歌集に、「みだれ髪」(この髪は漢字が使ってあったか、かなだったかはっきり覚えていない。いい歌人、詩人、小説家なぞは漢字とかなとの使い方に厳しい神経を持っているから、この文章の中でそれをまちがえたとすると、与謝野晶子の霊が烈しい怒りを感じるので断っておく）というのがあって評判だった。その歌集の題字に使ってある歌は素晴しい。素晴しいなんていう形容ではもの足りない位に素晴しいのだ。それは《くろかみの千《ち》すぢの糸のみだれがみ、かつ思ひ乱れ、思ひみだるる》というのだ。彼女から父におくられたその歌集は横幅が狭く、たてに長くて（よくお経の本にある形）、印刷だが、筆で書いたものを印刷したものだった。それが目に残っている。

私は与謝野晶子から絵葉書を貰ったことがない。素敵な人形や絵草紙を貰ったのだからこんなことを書くのは欲ばりに見えると思うが。同時代に出た、やはり偉物《えらもの》だった長谷川時雨《しぐれ》や、岡田八千代からは貰った。どっちも、いかにも明治らしい絵葉書だった。平安朝の女の絵のあるのや、子供のころの私によく似ているので選んだらしい西洋の子供の絵のある絵葉書で（たしか平安朝の女の方は長谷川時雨で、女の子の絵の方は岡田八千代だった）墨で書いた字は流麗というような美しさで、墨を新しく筆につけたところは濃く、美しい濃淡があって、静かな時代に、その静かな時間の中で、すぐれた女の人が書いた、という気分のある、しっとりとした便りだった。

岡田八千代の方のはその女の子が私に似ていることが書いてあって、その西洋の女の子がひどく可愛《かわい》らしいのでうれしかったので、冒頭の文句を今も覚えている。葉書の書き出しに、「マリちゃんに似ているでしょう」と書いてあった。晶子に貰った人形なんかがあると写真をここに掲載したいのだが戦火で消え失《う》せてしまった。

今、与謝野晶子から絵葉書を貰わなかったと書いたが、私は彼女からは、絵葉書どころではない、素晴しいものを貰っている。それは彼女とよく似た女の小説家であるフランスのGyp（ジイプ）の書いた、「マドゥモアゼル・ルウルウ」を私が訳して、自費出版した時、それを読んで大変によろこび、その本の紹介文を書いてくれたことだ。その序文は、室生犀星や三島由紀《ゆき》夫《お》のように、私の訳の文章を、褒めすぎるほど褒めてくれている。この方が絵葉書よりどの位素敵な贈りものか知れない。

与謝野晶子とGypとは風貌《ふうぼう》も、才能も、よく似ているのだ。晶子の序文はGypも褒めている。Gypの文学も潑剌《はつらつ》として、新鮮である。二人とも才能が内側から、抑えても、抑えても、溢《あふ》れ出てくるような人だ。風貌について言うと、与謝野晶子は所謂《いわゆる》美人ではないが、偉い人間だけが持っているあるものをひそめていて、二重目蓋《まぶた》の大きな目がことに綺麗《きれい》だった。顔も体も、骨太というか大きめでがっしりしていたが、全体に漂う優雅があった。

一方Gypも肩幅も広く、がっしりした体格だが、優艶《ゆうえん》な香《にお》いは纏《まと》われている。晶子は明治から大正時代の人でいつも着物だったが、三十代の時に、そう大柄のではなかったが花模様の着物を着ていて、それがよく似合った。とくに若く見える人ではなかったが、彼女は自分の顔、風貌に合った美しい着物を、そのたしかな芸術家の目で的確に選んだので、優雅な花模様の着物を纏った彼女は品のいい、花模様のプリントのワンピイスを着た、綺麗な目をしたフランスの女優のように見えた。サラ・ベルナアルの若いころの写真よりも美しい目だった。髪は束髪の前髪がゆったりと波のように額にかかっていた。着物の着方が、ゆったり纏うようなのも、ゆるい襞《ひだ》のあるワンピイスに見える理由だった。わからない人は、娘のような着物を着ていると言ったらしいが、彼女の風格と、威のある美しい目をたたえている人の目には素晴しいお洒落《しゃれ》だったのだ。私はというと、所謂美人でないところは晶子やGypと同じ子供の顔のようで、よく評して美人の出来そくない、ほんとうのところはタイとか、インドネシアの十二、三の女の子の感じだ。それもお客の前で、母親から愛想のいい顔をなさいと言われて、べそをかいたような顔をしたところにそっくりである。

或日《あるひ》妹と映画を見ていた時に、そういう場面があって、妹が思わず、「姉さんに似ている」と言ったが、同感せざるを得なかった。

Gypの風姿は、「マドゥモアゼル・ルウルウ」の本に写真があったのだが、この女《ひと》も所謂美人ではないが、その顔、姿は優雅のきわみである。よく、外国の宮廷とか、貴族の家にある、彫刻のある石の、短い柱のようなものに、優雅に身を寄せるようにして立っている。晶子が着物をゆったりと、襞のあるワンピイスのように、纏うように着ているのと同工異曲で、Gypは、前合せのようになった洋服をゆったりと着物の襟を合せたような風情《ふぜい》に着て、髪には頭巾《ずきん》（フウドのようなもの）のような、部屋着の時に被《かぶ》るような柔かな帽子を被っている。幾らか巻き毛になっている綺麗な銀髪にかこまれた優しい顔。ただ晶子とちがって、目が外国人にしては小さい方が、いかにもいたずらっ子だった幼い娘の時の目が想像出来るような目で、目だけがちょっと微笑《わら》っている。

与謝野晶子は外国人のような人で、たくましい露西亜《ロシア》の男と、フランスの美人とが結婚して生れた女、といったらいいだろうか、そんな女《ひと》だったので、一層晶子はGypに似て見えるのだ。晶子は、Gypと並んでパリのどこかのパアティに出ても、いささかもひけをとらないだろう。

晶子は私の訳した「マドゥモアゼル・ルウルウ」を読んでGypの文学を認め、大変によろこんだことは前にも書いたが、私は私が、「ルウルウ」を訳したことで、Gypという存在を与謝野晶子が知って、彼女の才能に共感したことをよろこんでいる。Gypの方は晶子を知らずに亡《な》くなった。彼女が晶子を知り、晶子の歌をよみ、晶子の源氏物語の訳のことを説明を聴いて知ったら、晶子に会いたがっただろうし、晶子と会って話をしたら、すべてに共感して、心から微笑《わら》い合い、肯《うなず》き合っただろう。ほんとうに残念だ。

与謝野晶子はその魅力のある歌と、平安朝の女の小説家を体で知っているような、素晴しい源氏物語の訳とを持っている他《ほか》に、並ぶもののない見識と、覇気を持っていることは前に書いたが、その晶子の見識が端的に現われた例に、彼女の二つの歌がある。一つは和歌だが一つは長歌というのか、詩なのか、よくわからないが詩のような形である。(父は私を、フランス語を教える時間が毎朝二時間もある仏英和女学校――今の白百合《しらゆり》である――に行かせていたが、その他に和文と漢文を習わせたかったらしく、時々「漢文と和文をやれ」と言っていた。父は私には小さな小言さえ言わないで、にこにこし通しにしていて、幾つになっても膝《ひざ》に乗せて背中を軽く叩《たた》いていたのだったが、このことだけは時々言っていた。女学校でやる漢文や和文のことではなくて、漢文の方は父が尊敬していた吉田《よしだ》増蔵――漢学者で宮内省にいた人――について習うことらしかった。和文の方は誰におねがいしようと思っていたかわからない。その父の言葉に馬耳東風だった罰で、今こういう時困っている)。

その長歌というの(?)は、戦争反対の歌である。日本に言論の自由が少しもなかった日露戦争の当時に、彼女はそういう歌を敢然として新聞に発表した。晶子の弟が戦争に取られた時、《君死にたまふこと勿《なか》れ》という言葉で始まる長い詩を、その題名で書いたのである。

ジェーン・フォンダは、自分こそ反戦の闘士と思っているのだろうが、今から百年近くも前に、日本にこういう女歌人がいたときいたらちょっと、鼻白むのじゃあないだろうか。彼女は足で歩き、体を張ってやっていて精力的だが、それに又私は彼女の、ヘンリイ・フォンダの血をうけた女優としての態度の立派さも好きだし、ロジェ・ヴァディムと恋愛をして生んだ子供は何処《どこ》においてあるのか、あらゆる国に出没して、又もや別の恋愛をしているのも気に入っているし（人間は自分のために生きるものだ）そんなことよりも何よりかにより私はジェーンの唇《くち》もとが大好きで大ひいきなので、これは悪口ではないが。

もう一つの和歌というのは、芸術というものを一つの巨《おお》きな殿堂だという設定で歌った素晴しい歌だ。例によって前の方はうろ覚えだが《芸術といふ大いなる殿堂に、われも黄金《こがね》の釘《くぎ》一つ打つ》というのである。

このごろの若者たちは（男も女も）カックイイというのが理想らしいが、格好いいとはこういう歌を詠むことなのだ。私はこの二つの歌を心の中で言ってみる時、そのたびに背中の辺がゾクゾクッとする。全く格好いいのである。

私はまだ、これが私の小説であると言える小説は、今書いている「甘い蜜《みつ》の部屋」だけで、今まで書いたのの中で、「これが私の本である」と言うことの出来るのは、「贅沢貧乏《ぜいたく》」という小説と「記憶の絵」という随筆しかないという、シガナイ小説書きだが、シガナイなりに、小説を書く人間としての矜持は持っているので、この黄金の殿堂の歌には同感している。

私の《ルウルウ》の訳が仲だちになって、晶子がGypを知ったことのほかに、私のこの訳は私にもう一つの幸福をもたらした。それは私の小説を認めてくれた三島由紀夫もこの訳によってGypを知り、Gypに感激したことである。

終りに臨んで書き加えておきたいのは三島由紀夫がどこかの座談会で、晶子の源氏物語（晶子源氏ではないのだ）を素晴しいと言っていたことだ。自分を認めてくれた人間が自分と同じ意見なのを知ることは素敵なことである。

カッコイイぴったりくる言葉

(ことば)について書こうとすると私は直《す》ぐ、ことばに対して敏感で潔癖な詩人たちや小説家たちの文章を思い出してしまう。

ことば、言葉、ことのは。

ジャン・ルイ・バロオのハムレットが、善良な悪魔のような、黒びろうどに銀の飾りのある衣裳《いしょう》をきて、黒いタイツの繊《ほそ》い脚でゆっくりと舞台を歩き廻りながら言う科白《せりふ》の、

「Les mots, les mots, les mots」(言葉、言葉、言葉)。

たくさんの言葉で出来上った、小説という名の家や城、塔。(塔は詩である)きれいな言葉や囁《ささや》き(手や体の)で出来上る恋愛。生きもののような言葉たち、あらゆる色彩《いろ》のある言葉たち。香《にお》いのある言葉たち。灰のような言葉、死のような、動かない言葉。深い森の中の美しさのように、陽を零《ふ》らし、光を透かし、翳《かげ》り、暗い闇《やみ》をつくり、積み重り、執拗《しつよう》な苔《こけ》を蒸させ、茸《きのこ》や土の香いをさせる言葉、獣の息吹《いぶ》き、闘争する獣のあえぎや呻《うめ》きを聴かせ、血が滴《したた》り、匂《にお》い、蛇が匍《は》い、相手の獣を巻いて屠《ほふ》り、獣の腐臭がするような気配をつくり、又静かな時には蛇たちの舌が微《かす》かな火を吐き、木の実を降らせ、新鮮な茸の香いをつくり、小動物が群れ跳ぶ楽しさをみせ、というような言葉の群……

大体私にとって言葉というものは右のような、素敵なものであるが、摩訶《まか》不思議なことに右のようなイメエジとは全くちがう、このごろの子供や若い人の喋《しゃべ》る流行語も私は大好きなのだ。神経にぴったりくるからだ。昔からあって残っている言葉も、神経にぴったり来たからなので、私が両方好きなのは不思議ではない。私は滑稽《こっけい》な小説や随筆には流行語を入れている。現代のそれらの言葉たちはみんな生きて跳ねおどっていて、感じがぴったりしていて魅力を持っていて、一度覚えて使ってしまうともうそこの場所には他の言葉は使えなくなる。昔からそういうお婆《ばあ》さんはいたが、テレヴィが殆《ほとん》どの家に浸透したころから、テレヴィっ子と同時に少数のテレヴィ婆さんが出て来た。私はテレヴィは持っていないが、その一人らしい。頭の触覚が生きていれば、テレヴィを見なくても、うちに子供がいなくても、現代の中にあるものはどうしたって頭に入って来ないではいない筈《はず》である。現代の言葉も神経にぴったりくるのは大分前から、(このごろのように、日が速く経《た》つ時代では殆ど昔といってもいいころから)すたらないで残っている。カッコイイもその一つだが(カッコイイ)という言葉は全くカッコイイ言葉である。(カッコイイ)は、洒落《しゃれ》ているとか、勇ましいとか、強いとか、何かがうまいとか、いやな奴《やつ》をうまくやっつけたとか、あらゆる場合に広大無辺に使われていて、大体、小気味いい、というような意味に使われているようだ。

私は現代の子供や若い人の言うように、「カッコイイ」と言ってみたくて言ってみたが、どうも私が言うとカッコよくないので、注意して彼らの発音をきいてみたところ、彼らは「カックイイ」と発音していた。私は最近、ハヴァナの極上等の葉巻の香いのように、フランスの香いが燻《くゆ》りたつ感じのする、ジャン・クロオド・ブリアリが、ナポレオン時代のような形のコオト（黒）を、ざっくり編んだ太糸毛糸のとっくりスエータアの上に着て、微《かす》かに微笑《わら》いを含んだ立ち姿と、ロオルス・ロイスの横に長い座席に、長々と横たわっている、シルヴィー・ヴァルタンの寝姿を雑誌で見たが、まさにカッコよさの頂天である。

私が好きで使っているのはカッコイイ、いかしてる、さえてる、なぞで、サイケな、も、ハレンチ、ハレハレも面白い。（とても）と（すごく）も感じが面白いので大分生命が長い。バツグンはあまり好きでなくて、最高がとてもよかったが困ったことにこういう言葉は一寸《ちょっと》古くなると使ってはおかしくなる。このごろ巨泉によって生れた、ゴルフの玉が通りすぎてしまうかというようなことを（すぎちょびれ）と言ったり、万年筆が気持よく滑る状況は（ハッパフミフミ）とかの言葉は特別な面白さがあって、日常語にはならないが新鮮である。私のところに遊びに来るお嬢さんは他のことを言おうとしてハッパフミフミと言ってしまうのだ。

最後に、最近新聞に誰だったか女優が、何か言う度に一つの字の次にいちいち、他の行のその字を入れて喋る言葉の遊びをやっているという記事があったが、（たとえば、アメリカ、という場合にガ行を入れるとすると、アガメゲリギカという風に喋るのである）その遊びはとうの昔、四十年位前に私が妹とやっていた遊びで、私たちの時はラ行を入れた。アンヌ（妹の名）チャンという場合はアラヌルチリヤラン、薔薇《ばら》という時はバララララという具合。又、何語でもない私たちだけの言葉を発明して遊んだ。鶏がガーハ、花は軽くコンと発音する、なぞである。

情緒教育

私はつい二日前テレヴィ局の、温かさも、親しみも、少しもない、（それは刑事部屋にそっくりな場所だということを、私はずっと前からよく知っていた。私が小説を書き始めてから、テレヴィ局では一年か二年に一度、私を呼んで十五分間、その小説について何かきき、答えさせたからだ）ガランとした（それは学校の、ふだん生徒も教師も入ることのない、子供の親と教師が面談するための部屋にもよく似ている）木造の部屋（木造ではあるけれども、映写の機械もあるし、大卓子《おおテエブル》のどこかや、椅子《いす》の足にもステンレスが光っていて、金属性の匂《にお》いも多分にある）に、止《や》むを得ず入場した。日本テレヴィのイレブンPM（意味不明）という名の番組のために呼ばれたのである。白熱したという感じの、テレヴィ映写機の附属品に横上からパッと顔を照らされ、極度の恐怖（テレヴィ写りが悪い顔である上にふだんは全く気がつかずにいる猫背の婆《ばあ》さんくさい様子が今や、写し出されるのだ、という恐怖）で椅子につかまっている私に質問者は言ったのである。「もし子供が、男の子は何故《なぜ》立っていておしっこをするの？　ときいたらどう答えますか？　又、女の子がお嫁に行くと何故お腹《なか》が大きくなるの？　ときいたらなんと答えますか？」と。電話の打合せの時とは違う問いに虚を突かれ、私は仕方なく笑って「困ったなあ」と言い、弱い、ぐにゃぐにゃの動物のような精神状態に陥ったが、忽《たちま》ち今度は私の精神のもう一つの方が前面に出て来るのを、感じた。私は（何を！）と思い、同時に、（世間の人がこれは偉いのか、と感じるような位置づけを、文学の世界に持ってはいなくても、一応、小説家とされているのだ。小説を書く人間の答えを立派にしなくてはならない）と、思った。私は小説の書き出しが急に出て来た時の感じで、しゃべり出したのだが、自分でも愕《おどろ》いた程、すらすらと、あとからあとから言葉が出て来た。要するに私は、こんなことを答えたのだ。(私は子供がきかない前から答えを考えておいて、父親と母親との体のちがいと、赤ん坊が生れてくる経路を簡単に、はっきり答える。目を外《そ》らさないで、後暗い感じを絶対に見せないで答える。今の子供ならその方がいい。そういう説明をきれいに表現するのは私は得意だから。たとえば、赤ちゃんになる小さな卵がパパから流れて行って、ママの中にあった卵と一つになって、という風に)と、答えた。又、私の息子が質問したらどう答えたか？　という問いには、(私と息子の場合は大正の初期である。だからそんなことを言ったら子供はびっくり仰天してしまう。今言った説明は現代の子供向けの答えである)と、答えた。そうして私は附け加えた。その説明をする時、私はばかな母親だけれども、ばかな母親はばかな母親なりに、自分の人格に自信を持って、母親の愛情に自信を持って、偉大な医者とか科学者になったつもりになって答える。と。次の質問は、私の父親に、私がそういう質問をしたか？　というのである。私はひどい晩稲《おくて》で、そういう疑問を持たなかった。けれども父親の膝《ひざ》の上にいつも乗っていて、父親が膝を軽くゆすり、背中を撫《な》でていた。その時私は、父親という大きな樹《き》の下に包まれている、という安心感だけではなくて、素晴しい情緒を感じていた。父親の樹は枝が拡《ひろ》くひろがっていて柔《やさ》しく私を包んでいたが、その枝には細いこまかな葉と白くて小さな、香《にお》いのいい花が一杯についていて、微《かす》かな風にさやさやとゆれ動いていた。それで私は父親のいない時には庭の、金竜辺という灌木《かんぼく》の下に、母の胎内に入るようにして、小さな体をそっくり入りこませて、父の膝の代りにしていた。何故なら、その木には鈴蘭《すずらん》のような白い、小さな花が細い茎のさきについて、短い雨のように上から下がっていて、父親のようだったからである。父親はそうしようと思ってしたのではないが、彼が情緒が一杯の人間だったから、そうなったのである。そういう風で私はsexの教育はうけなかったけれども、なんとなく情緒の教育をうけたと、思っている。私はテレヴィ局では言い落したが、出来れば情緒の教育の方で育てた方がいいと思っている。sexの方は教えなくてもなんとなく自然に、わかってくるものだと思う。大体、子供はそういう質問をする時、深い探究心できいているのではない場合が殆《ほと》んどなので、ことに、男の子は何故立っていておしっこをするの？という問いの方なぞは、男の子は立っていてする方がいいように体の格好が出来ているからだ、という答えでいいのである。私もテレヴィ局の人に始めそう答えたのだが、別のことを答えさせるための質問であったことがわかったので止《や》むを得なかった。現代では、知っていてきく子供もないとはいえないと思うが、私の生んだ子供なら、そんなガキではない筈《はず》である。私はその話のあと、先代の左団次と松蔦《しょうちょう》の恋愛場面（綺堂《きどう》作の芝居の）から十六の時に受けた、素晴しい情緒教育にまで脱線して、意気揚々と、テレヴィ局の電気椅子を下りた。

文学とはなんだろう

私は昔、フランスの小説を訳していて、そのころ、神田の古本屋街をやたらにぶらついては読めもしないフランス文学の本を買っていた。或日《あるひ》バルザックの本をパラパラと開けてみていると、私は素晴しい文章を見つけた。二行から五六行止まりの短い文章である。その短い文章にはそれぞれ、Café（珈琲《コオヒイ》）、Tabac（煙草《たばこ》）、Thé（紅茶）、Sucre（砂糖）、L'eau de vie（火酒）なぞという題がついていた。ジュウル・ルナアルの、動物や虫について短い、殆《ほとん》ど一行位の文章を書いたのが有名だが、あんな形式だった。――ルナアルのその文章でよく覚えているのは、蛇についての《長過ぎる》や、蟻《あり》についての《3、3、3、……どこまでも続いている》である。そのバルザックの文章のあった頁《ページ》の、いい香《にお》いのする麵麭《パン》のようで少しざらざらした紙の表面や、その上に彫刻したように美しく並んだ羅馬字《ロオマじ》は今も鮮やかに目に残っている。私はその時、それまで大変に高く、遠くて、自分には手の届かないもののように思っていた文学というものが俄《にわ》かに自分のすぐ傍《そば》に来たような気がした。自分にも素晴しい文章が、もしかしたら書ける、というような気がして来たのである。短かったのと、感覚だけで書いたもののように見えたからだ。

むろん、その時からエンエン四十年近く経《た》った今も、バルザックのような素晴しい文章が書けるようになったどころか、軽っぽい、映画のような感じの恋愛小説とか、随筆のような諷刺《ふうし》のある——ほんとうにあるかな？——文明批評もある（？）滑稽《こっけい》小説、小説のような随筆、が書けただけというテイタラクであるが。今、八年も九年もかかって、うんうん苦しんでいる小説だけは、小説という名をつけても、おかしくないと思っているだけである。今言った随筆のような小説や、小説のような随筆の二つはわりに自惚《うぬぼ》れていて、今書いている小説が出来上らない内に死んだとしたら、まああ、その二つを私の文章として残せるな、と思っている位だ。私は大体、キンキラにうれしく感じたり、顔がひん曲って口惜《くや》しがったり、お能の「花がたみ」の中の文句のように、叫び伏して泣きいたり、という感じに哀《かな》しむこともない、生れて始めて夫という名の男の人と床の中に入った時もそう愕《おどろ》かない、という人間で、心の周りをぐにゃぐにゃの硝子《ガラス》体がとり囲んでいるらしくて、人から好意を貰《もら》っても、愛情を貰っても、その好意や愛情が、その硝子ようのものの中を通って心の中に入ってくる間に鈍《なま》って来る、なんとなくバカバカしい感じになって、心の中に入ってくるのである。まるで恩知らずのような感じになっている。私がこの自分の状態に気づいたのはそう遠い昔ではない。私は或時期母親と、妹と弟とで暮していたが、そのころ母親が遠足に行こうと言い出すと、弟はなんともいえない、うれしそうな微笑《わら》いを浮べるし、妹は彼女が押入れの中から水筒を出そうとしている後姿を見ると、長襦袢《ながじゅばん》のふりの辺りにうれしさが滾《こぼ》れていた。私はというと大変に喜ぶのだが、私の喜びは海のようで、表面がざわざわしているわりには、底の方はあまり喜んでいない感じを人に与えるらしかった。母親もきょうだいも、大げさだと言って私の態度を喜ばなかった。

私はそんな風なので、あんまり自分の小説や、小説のようなものが文学賞に入らなかったり、文学全集の中に入らなくても、口惜しがらないのだが、なんとなくつまらないとは思うのである。

賞に入った小説は、どれも私にはかなわないものを持っていると思うので、特に感想を持ったことはないが、私がつまらない感じを深くしたのは或滑稽小説が賞に入った時の批評に、(日本では男の作家にはユウモア小説があるが女の人にはない。それがこの小説にはある)というのがあったことだ。その小説は間の抜けたところのあるおくさんの話である。世間に稀《たま》にはいる気の利《き》かないおくさんの中の一人が、文学者だったので、そのおかしな奥さんの様子が一つの小説になったもので、面白いから、文学賞に価《あた》いしないとは思わないが、その小説の中に、文明批評や諷刺《ふうし》があるとは、私には思われなかった。それではお前の滑稽小説には、それらが入っているというのかね？　と言われると困るのだが、私の滑稽小説の中には諷刺のようなものや文明批評のようなものはあると思っている。その諷刺や文明批評は素晴しくはないが本ものだと、思っている。何故《なぜ》本ものかというと、私のそれはろくな学問もなく、女学校卒業程度の教養しかない人間が書いたものだが、生れたままの子供の目で見たものだからである。子供と、偉い文学者、――特に詩人、或は詩人の素質のある文学者である。詩を書いたことが一度もなくても、偉い文学者の中には必ず詩人の素質がある――とが、本当の目を持っている。と、私は信じている。子供の目と偉い文学者の目とがほんとうの目だと思っていなかったら、私には小説なんて一行も書けない。私は又素人《しろうと》でもある。私が今書いている小説が八年もかかっているのは、私が素人だからである。素人が長い小説を書けばなかなか書けないのである。私は最近、最後の恋愛場面の工夫が前に考えていたのと違って来たので、又もや何度目かの暗礁《あんしょう》に乗り上げたが、一年以上も経ってから或日ふといい工夫を思いついた。そこで女主人公が恋人の下宿に行く日の朝の恋人の心持や動作を、ちがってしまった方向へ追いつめなくてはならなくなって、書き直しになった。その新しい工夫を編輯者《へんしゅうしゃ》に手紙で報《し》らせ、私は今度という今度、自分は素人だと思った、と書き添えた。編輯者は、素人であることが素晴しいことなのだ。玄人《くろうと》ならごまかして先へ進んで行きます、と言ったのである。男と男の小説は、大好きだったフランス人の役者と美貌《びぼう》の役者との或場面の写真を見て、俄かにモウロウとした世界に入ってしまって、その二人の役者が微笑ったり、椅子《いす》から起ち上ったりするのが見えて来るので夢中の状態でその二人の動作を追いかけた、という感じで、どれも三、四カ月で書き上がった。それでほんとうの私より玄人っぽくなったので、一時私は大いに自惚《うぬぼ》れていた。だが自分が書いた、という実感がないので不安が残った。その恐ろしい不安が今、現実となって現れていて、それで私は断末魔の人のように何年も何年も、苦しみ悶《もだ》えている。

私は今日、或小説家に対して、失礼なことを言ったが、私は自分が賞に入らないことを口惜しがって、賞に入った人をこき下ろしたのではない。私はその小説家に或日又、どこかで会って、目と目とが合うだろうが、決して怯《ひる》まないし、恥かしくもない。私は一人の小説を書いている人間として、思ったことを言ったのである。文学賞というものは一種の、私にはよくわからない出来事で、それについて考えたりなんかすると、むずかしい小説に注がなくてはならないエネルギイが減るのである。

文学というものは考えてみると、文明や、愚、美しさや醜さを視《み》る、偉い文学者と、それに狡智《こうち》も加った文学者のものであって――小説の場合はいくらかの狡猾《こうかつ》と意地の悪い目が必要なので素質がなくてはいけないからで、読む人を惹《ひ》きこむ文章はマヤカシと一種の詐欺《さぎ》だと思うからである――、その他《ほか》では、子供の目で見た文章なんかが、いくらかましなのだ。と、私は思っている。

幻の本棚

私は本を読む意欲《いよく》も、大体努力というものをどこかに忘れて来た人間で、智識《ちしき》欲がまるでないらしく、厚い大きな本は見ただけでもうがっかりするのだ。トルストイの「アンナ・カレエニナ」やエミリィ・ブロンテの「嵐《あらし》ヶ丘」なぞの面白そうなものも駄目な位なので、到底読めないとわかっていて本を買ってくるわけはないので、私の蔵書というと貰《もら》った本を除《の》けると八冊しかない。ジョルジュ・ロオデンバッハの「ブリュウジュ・ラ・モルト」(「廃都ブリュウジュ」=作者の感覚に寄り添って訳せば「死んだ女の都……ブリュウジュ……」となる=) これは夫だった山田珠樹《たまき》が、筋を話していたことがあって、面白そうだと思っていたが、離婚の時に盗み出して来ようとしたわけではなかったのに、荷物に入っていたので、まあ私の蔵書ということにしてある。ブリュウジュの街の寺院《カテドラル》や運河《キャナアル》なぞの写真や、古い時代の挿絵が沢山入っていて、フランス文学者が鉦《かね》と太鼓で探してももう既にない、という珍本である。山田珠樹と私との生活では珠樹の妄想が悪いので、私の方は被害者であるから、神様が珠樹の膨大な蔵書の中の二冊、「ブリュウジュ・ラ・モルト」と「ペェル・ゴリオ」とを荷物に紛れこませたのである。「ペェル・ゴリオ」の方は困った時に売ってしまったがこれ又極彩色の珍本であった。あとはピエール・ルイの「女と人形」、「ナンフの黄昏《たそがれ》」、英国の原本に模したらしい深い紅《あか》に黒の細い点々のある紙蔽《おお》いのついた、コナン・ドイルのシャアロック・ホオムズの「緋《ひ》色《いろ》の研究」、後の四冊はこれは無断でなく、息子の家から公然と移動して来たドオデの「Jack」の前篇《ぺん》、後篇、と、ピエール・ロチの「お梅さんの三度目の春」、「お菊さん」、鷗外の「独逸《ドイツ》日記」。これだけである。

私は今書いている長い小説が終ったら、常用の食品の抹茶、明治の苦いチョコレエト、トワイニング紅茶、英国ビスケットを持って温泉つきのホテルに一週間宿泊し、睡《ねむ》り、入浴し、喰い、週刊誌全部と漫画雑誌「コム」を読んで休憩しようと思っているが、それが済んだら大掃除をして、(手伝う人間は三人位いるのである）昔の「贅《ぜい》沢貧乏《たくびんぼう》」時代の夢の部屋を再現し、人形でも、洋杯《コップ》でも、本でも置けるがっしりした棚を買って据え、今持っているのと同じ装幀《そうてい》のホオムズを全部揃《そろ》え、（出来れば原書も）黒岩涙香の翻案小説の全集と、Gyp の「マドゥモアゼル・ルウルウ」、妖怪《ようかい》伝、（これは北杜《もりお》夫氏に辞を低くして譲りうけるつもりだが、いくらお辞儀をしても、物柔かな声で断られるかも知れない）蛇や魚の彩色した図鑑（外国の立派なもので、これは楽しむためではなく、わざと気味悪がるための本である）二十六七年以後の「映画の友」、「スクリーン」、岡本綺堂《きどう》の「半七捕物帳」、フリイマン・クロフツ・フィルポッツ、アガサ・クリスティー、の小説全部、シイトンの「動物記」「野生のエルザ」三冊、等をそこに並べたいと思っているが手に入れにくい本が多いので、この本棚（本棚自身も樫材《かしざい》の上等が欲しいので入手不可能かもしれない）は幻の本棚になるらしい。

ころび上手

私は、若いころからよく転んだ。三つ四つの時によく転ぶのは誰でもであるが、私は幼いころの転ぶ癖が満十七歳で夫と下谷中《したやなか》の清水町に新婚家庭（といっても、カテイといえるかどうかは疑わしいのだが）を持ってもまだ直らなかった。どうも胴と脚との繋《つな》がり具合が生れつきよく出来ていないらしいのだ。何かにつまずいて、危うく転ぼうとするのなんかはざらで、一年間に平均五度は派手に転ぶ。つまり幼児のように平べったく、叩《たた》きつけられた蛙《かえる》のように転ぶのである。三つ四つのころ母親は私にゴム製の、わりにいい値段の軽い靴を履かせていた。私の三つ四つの頃は幼い子供は結えつけ草履とか、結いつけ下駄《げた》というのを履いていた。今では誰一人履かないから若い読者にはわからないだろうが、テレヴィで時代劇に出てくる侍や女がわらじを紐《ひも》で複雑に縛りつけているのは見たことがあるだろう。ああいうように小さな下駄や草履を、小さな足に布《きれ》の裂いたものなぞで確《しっか》りと結いつけるのである。これが結いつけ草履である。私の母は（父もだろうと思う）その結いつけ草履というものを感じとして嫌っていたようだ。事実、その頃結いつけ下駄を履いていた子供というのは、たとえば女の子なら、小さな、国旗より一寸《ちょっと》小さめの赤い腰巻をはいている、といったような、下町風な、私たち山ノ手の人間から見ると下品というか、一寸いやらしい子供がやっていた風俗だったからだ。私の母親は、芝、明舟町の、羽左衛門の家の直《す》ぐ傍《そば》の家に生れた下町の子供だったが、彼女は生れつき上品好きというか、お邸《やしき》風好きというか、人が彼女に「誰のお嫁さんになるの」と訊《き》くと、「あたしは皇后《こうごう》陛下になる」と答えたのである。明治天皇もヒステリイの皇后でなくてよかったと、父親は笑ったそうだ。そういう子だったから、父親の貴族好きとぴったりと意気が合ったわけで、私は純粋培養の山ノ手っ子で、素晴しい友禅の紋羽二重《はぶたえ》や縮緬《ちりめん》の、長めの元禄袖《げんろくそで》に緋《ひ》のちゃんちゃんこを着、真白な毛皮の、ナポレオン時代の女のような鍔《つば》がうねうねと波打っている帽子に、白い毛皮のマントを着、黒い（他所行《よそゆ》きの時はエナメル）スポッと嵌《は》める靴を履いていた。それで私は下駄というものは、どうやらちゃんと歩けるようになるまで履かなかった。私は十代、二十代、とずっと、よく転んでいて、今でもゴムの靴を履きたい位なのだ。であるから、お年になった今、人に、「お気をつけて」なぞといたわられると、心の中でカッと怒り、心の中で（二十代からずっとこうなんだよ）と、大きな声で言うのである。この文章の冒頭からここまでの説明を、いちいち説明するのは煩《はん》に耐えないのだ。全く、世の中の人間たちというものはなんにも知らないのだ。なんにも知らないで人の足もとを見て、危なそうな声を出すのだ。それで年寄りを労《いた》わる善い人間になった気なのだ。室生《むろう》犀星《さいせい》も、人が「お危うございます」と言うと、鰻《うなぎ》の蒲焼《かばやき》を焼く火のように怒っていた。怒っていたというより熾《おこ》っていたという感じだった。それが済ましている顔にちゃんと出ていて、私にはわかった。

ところで本題に入ると、（全く私の噺《はなし》はまくらが長すぎる）そういう風に年中転んでいるために、私は無類の転び上手になっている。平らな人道で転ぶ限り、実にうまく転ぶから、膝《ひざ》をすり剝《む》く程度も、軽くて済むのである。或《ある》日のこと、下北沢、南口の階段を踏み外して、十段位ころげ落ちたが、咄嗟《とっさ》に顔もかばい、肱《ひじ》もかばい、膝も又かばったので、どこも、大して打たなかった。ただ右の手首を階段下の石ころ道にぶつけた。それもひどくは打たないので手首の静脈が少し、小さく瘤《こぶ》のように持ち上がっただけで、大して痛くもなかったのである。唯《ただ》、その小さな瘤が気になり、私一人より人間のいないアパルトマンにその儘《まま》帰るのが心細かったので、いつも行く珈琲《コオヒイ》店に行っていると、その日始めてそこで会った若い女の人が一緒にどこかの病院に行って上げようと言ってくれた。二人でそこらの小病院（悪いが皆小さい建物で、大病院ではなかったのだ）を歴訪した。その時つくづく私は病院という建物の中にいる人間に絶望した。よく急病人が夜中に、五六軒の病院を盥廻《たらいまわ》しされて、死亡したという記事を読むが、確かに急病人になって、見ず知らずの病院を廻るということは、死に繋がることなのだと、私はその時の経験で知ったのである。こっちは慌《あわ》てていたから、たしかに一軒は、耳鼻咽喉《いんこう》科の病院に入ってしまったが、白衣の腕を組み、「ここは耳鼻科ですよ」と、冷然と私を見下ろした、婦長という種類らしい女の顔は今も、忘れられない。耳鼻科だろうとなに科だろうと、医者というものは、各科とも基本教育は受けている筈《はず》だ。手首を抑えて心細そうな女の人に、一寸手首を見て、（何でもないですよ。私は今忙しいけれど看護婦に沃土丁幾《ヨオドチンキ》でも塗らせましょう）と言って呉《く》れる位の思い遣《や》りが持てないというのは困ったものである。私は父も兄も医者で、夫も大学病院と同じ廓内《かくない》にある役所に通勤していたから、自分を見知らぬ医者というものに出会ったことがないので、その時は一驚した。どの病院の人間もたった一目私の手首を見ようとはしなかったのである。静脈の一部が、小豆粒位脹《ふく》らんだからと言って、自分より三十歳位も年下の女の人に伴《つ》れられて病院に行くこっちが莫迦《ばか》だといえば、たしかにそうなのだが。ラジオなんかで拝聴すると、医者という名の人々は《病人心理と医者との関係について》なぞという課題の下に三十分もお話しになるのだ。とにかく莫迦で弱虫の人間と、不親切な人間とがぶつかった場合というものは不幸なものだ。双方にとって不幸である。私に冷たかった看護婦や婦長たちにとっては、私のような患者はいらいらする、うるさいものだろう。子供なら子供で扱いようもあると思ったのかも知れない。昔、鈴木操（男）という歯医者も私という患者に手を焼いた一人だった。四十越しているのにその度に誰かに伴れられて来て、時間は三十分も遅れる。母親からは電話がかかって来て、（治療が二秒続きましたら一寸お止《や》め下さいまし）と言ってくるのだ。鈴木さんは愕《おどろ》いた顔を、柔かな微笑の中にうまく隠して言った。（森さん。アメリカでは小さな子供でも三時と言っておいて三時に扉を開ければそこに立ってますよ）と。私のような人間は年中無病息災で、小説を書き、料理を造《こし》らえてたべては機嫌よくしていてくれないと、周囲の人間が困るのである。

さて、文章の途中で、或日の、下北沢の病院の女医や看護婦たちの冷淡な態度が頭の中に浮び上がったので話が横道に外《そ》れたが、また肝心のことが書けていない。私の転び上手を証明する一つの事件がもう一つある。或日バスを下りようとして片足下りて、もう片方の足がまだ完全に地につかない時、車が出発した。咄嗟に、勢いよく倒れては、悪くすると頭を打つか、死ぬか、すると思った私はゆっくりとバスの下に横たわった。人々が驚いて、私を見たことは、読者の推察する通りである。

解　説

北　杜　夫

森茉莉さんの代表作といえば、「恋人たちの森」「枯葉の寝床」「甘い蜜《みつ》の部屋」「贅《ぜい》沢貧乏《たくびんぼう》」などであろう。いずれもきらりとした感性の光る作品で、よい意味での西洋、バタ臭さが特有な味わいを秘めている。句読点まで特異で、このような材料をあつかわせたら真似《まね》られる人はあるまい。

茉莉さんとお会いしたことは、多くはないが、かつて三島由紀夫《ゆきお》氏が毎年クリスマス・パーティを自宅で開かれ、その席ではいつもお目にかかった。

このパーティこそまさしく西洋嗜好《しこう》のもので、高級レストランからボーイが出むき、食前酒からビュッフェ形式の食事まで世話してくれるもので、かつ客も多彩を極め、茉莉さんの趣味にはおそらくぴったりしていたであろう。

茉莉さんはいつも上品な和服姿で現われた。聞くところによると、博覧強記の茉莉さんも実生活にはうとく、或《あ》る年のパーティには定刻の三十分前に着いてしまった。

主人役も客役もお互に困惑したものと思われる。

電話料をまだ自動ふりこみにしなかった頃、料金を払わなくて電話を切られてしまったこともあると聞いた。そういうとき茉莉さんは自分では何もできず、担当の編集者に相談するそうである。

三島家のパーティの帰途、私の家への帰り道だというので、妻の運転する車でお送りしたことがある。すると茉莉さんは、自分のアパートの在所を忘れてしまった。いくら深夜とはいえ、これもいささか常識から外れている。このときは、またUターンしたり徐行したりしてようやくアパートを捜しだした。そのとき、私はいささかあきれ、半分はいっそうの尊敬の念を抱いたものである。

天衣無縫そのままといってよい。お嬢さんであった茉莉さんは、齢《とし》だけとっても未《いま》だにお嬢さんなのである。世間のこせこせした智慧《ちえ》は彼女と無縁なのであろう。

聞いたところによると、茉莉さんは昔は喫茶店の机の上で書いていた。隣で人がいくら声高に話そうが、いくら音楽が鳴ろうが、一切関係なかった。今のマンションにしろ、机はないそうである。ベッドにちょこんと腰かけて、コクヨの原稿用紙を二十枚二つ折にして、膝《ひざ》の上にのせて書いているという。そういう光景を想像しただけで、なんとなくほほえましくなってくる。

男には人生の達人という人がよくあった。しかし、茉莉さんは滅多にない女性のそれであろう。自然のリズムそのままに生きてきた。歯が抜けてもかまわないという話を聞いた。茉莉はシナ人に似ているとも鷗外《おうがい》は言っている。

食物にしても、いわば哲学的なおいしさという観念から、そこらの店から買ってくる。単純なものでも、それが空想の羽によって、こよない美味と思えてくる。これは舌でというより、頭の中で構成されるらしい。これは茉莉さんの小説にも通ずる。西洋をよく見、かつ贅沢に暮した人だから、よいものは全部見ている。そのイマジネーションのみによって、彼女の絢爛《けんらん》たる小説が産みだされるのである。

好奇心も多分にある方らしい。先年から「週刊新潮」に、テレビについてのエッセイ「ドッキリチャンネル」をずっと連載している。これを読んでいると、いかに多量のテレビを見られているか一驚せざるを得ない。

そしてこのエッセイがおもしろいのは、茉莉さんの人間に対する好き嫌いがまことに激しく、かつ正直なことである。気に入ったものはベタ讃《ぼ》めである。これに反し、気に喰わぬものは歯に衣《きぬ》を着せない。ここにも茉莉さんの作家魂が、小説より端的に表われている。

実は、私もこの欄であつかわれたことがある。三島由紀夫氏の十回忌の会のときであった。そのとき、私は躁病《そうびょう》で、確かに「会場狭し」と歩きまわっていた。ただ、酒はちょっとしか飲んでいなかった。三島氏は敬愛する大作家である。従って酒を飲むこともひかえていた。

しかし、表題に「酔っぱらった北杜夫」と書かれたのは、私の不徳の至すことだとあきらめざるを得ない。ただ、茉莉さんは非常に好意的に私のことを書いてくださった。私は茉莉さんの席の前にあぐらをかいて坐《すわ》り、そのお寿司《すし》をほおばったのである。そういう無礼を許してくださった。ところが、某氏が私のために椅子《いす》を持ってきて、私をそこに坐らせた。それを茉莉さんは我慢できなくて、某氏のことをいらぬおせっかいだと書かれた。これには私も困惑をしたのだが、考えてみると、それも茉莉さん独特の、天真爛漫《てんしんらんまん》なお怒り方だと思って、またふたたび感嘆したことであった。

編集部注　「森茉莉・ロマンI」（昭和五十七年三月、新潮社刊）に収録の全文を再録しました。

『貧乏サヴァラン』『夢を買う話』『あなたのイノサン、あなたの悪魔』『反ヒュウマニズム礼讃』は、新潮社刊「私の美の世界」(昭和四十三年六月刊)に、『ほんものの贅沢』は、新潮社刊「森茉莉・エッセーⅡ」(昭和五十七年四月刊)及び「同Ⅲ」(昭和五十七年六月刊)に収められた。

森茉莉著

恋人たちの森

頽廃と純真の綾なす官能的な恋の火を、言葉の贅を尽して描いた表題作、禁じられた恋の光輝と悲傷を綴る「枯葉の寝床」など4編。

森鷗外著

雁（がん）

望まれて高利貸しの妾になったおとなしい女お玉と大学生岡田のはかない出会いの中に、女の自我のめざめとその挫折を描き出す名作。

森鷗外著

青年

作家志望の小泉純一を主人公に、有名な作家、友人たち、美しい未亡人との交渉を通して、一人の青年の内面が成長していく過程を追う。

森鷗外著

ヰタ・セクスアリス

哲学者金井湛なる人物の性の歴史。六歳の時に見た絵草紙に始まり、悩み多き青年期を経ていく過程を冷静な科学者の目で淡々と記す。

森鷗外著

阿部一族・舞姫

許されぬ殉死に端を発する阿部一族の悲劇を通して、権威への反抗と自己救済をテーマとした歴史小説の傑作「阿部一族」など10編。

森鷗外著

山椒大夫《さんしょうだゆう》・高瀬舟

人買いによって引き離された母と姉弟の受難を描いて、犠牲の意味を問う「山椒大夫」、安楽死の問題を見つめた「高瀬舟」等全12編。

新潮文庫最新刊

カポーティ
小川高義訳
ここから世界が始まる
―トルーマン・カポーティ初期短篇集―
社会の外縁に住まう者に共感し、仄暗い祝祭性を取り出した14篇。天才の名をほしいままにしたその手腕の原点を堪能する選集。

C・R・ハワード
高山祥子訳
56日間
パンデミックのなか出会う男女。二人きりの愛の日々にはある秘密が暗い翳を投げかけていた。いま読むべき奇跡のサスペンス小説!

P・オースター
柴田元幸訳
写字室の旅/闇の中の男
私の記憶は誰の記憶なのだろうか。闇の中から現れる物語が伝える真実。円熟の極みの中編二作を合本し、新たな物語が起動する。

P・ベンジャミン
田口俊樹訳
スクイズ・プレー
探偵マックスに調査を依頼したのは脅迫された元大リーガー。オースターが別名義で発表したデビュー作にして私立探偵小説の名篇。

D・E・ウェストレイク
木村二郎訳
ギャンブラーが多すぎる
ギャンブル好きのタクシー運転手が殺人の容疑者に。ギャングにまで追われながら美女とともに奔走する犯人探し――巨匠幻の逸品。

H・P・ラヴクラフト
南條竹則編訳
アウトサイダー
―クトゥルー神話傑作選―
廃墟のような古城に、魔都アーカムに、この世ならざる者どもが蠢いていた――。作家ラヴクラフトの真髄、漆黒の十五編を収録。

私《わたし》の美《び》の世界《せかい》

新潮文庫　も - 2 - 4

昭和五十九年十二月二十日 発行
平成二十四年 五 月二十五日 二十一刷改版
令和 四 年 十 月二十五日 二十四刷

著者 森《もり》茉《ま》莉《り》

発行者 佐藤隆信

発行所 株式会社 新潮社

郵便番号 一六二—八七一一
東京都新宿区矢来町七一
電話 編集部(〇三)三二六六—五四四〇
読者係(〇三)三二六六—五一一一
https://www.shinchosha.co.jp

価格はカバーに表示してあります。

乱丁・落丁本は、ご面倒ですが小社読者係宛ご送付ください。送料小社負担にてお取替えいたします。

印刷・錦明印刷株式会社　製本・株式会社大進堂

ISBN978-4-10-117404-4 C0195

なしくずしの死　上・下

L-F・セリーヌ　高坂和彦〔訳〕　上／46219-6　下／46220-2

反抗と罵りと怒りを爆発させ、人生のあらゆる問いに対して〈ノン！〉を浴びせる、狂憤に満ちた「悪魔の書」。その恐るべきアナーキーな破壊的文体で、20世紀の最も重要な衝撃作のひとつとなった。待望の文庫化。

モデラート・カンタービレ

マルグリット・デュラス　田中倫郎〔訳〕　46013-0

自分の所属している社会からの脱出を漠然と願う人妻アンヌ。偶然目撃した情痴殺人事件の現場。酒場で知り合った男性ショーヴァンとの会話は事件をなぞって展開する……。現代フランスの珠玉の名作。映画化。

北の愛人

マルグリット・デュラス　清水徹〔訳〕　46161-8

『愛人——ラマン』（1992年映画化）のモデルだった中国人が亡くなったことを知ったデュラスは、「華北の愛人と少女の物語」を再度一気に書き上げた。狂おしいほどの幸福感に満ちた作品。

アンチ・オイディプス　上・下　資本主義と分裂症

ジル・ドゥルーズ／フェリックス・ガタリ　宇野邦一〔訳〕　上／46280-6　下／46281-3

最初の訳から20年目にして“新訳”で送るドゥルーズ＝ガタリの歴史的名著。「器官なき身体」から、国家と資本主義をラディカルに批判しつつ、分裂分析へ向かう本書は、いまこそ読みなおされなければならない。

碾臼

マーガレット・ドラブル　小野寺健〔訳〕　46001-7

たった一度のふれあいで思いがけなく妊娠してしまった未婚の女性ロザマンド。狼狽しながらも彼女は、ひとりで子供を産み、育てる決心をする。愛と生への目覚めを爽やかに描くイギリスの大ベストセラー。

太陽がいっぱい

パトリシア・ハイスミス　佐宗鈴夫〔訳〕　46125-0

地中海のまぶしい陽の中、友情と劣等感の間でゆれるトム・リプリーは、友人殺しの完全犯罪を思い立つ——。原作の魅惑的心理描写により、映画の苦く切ない感動が蘇るハイスミスの出世作！　リプリー・シリーズ第一弾。

死者と踊るリプリー

パトリシア・ハイスミス　佐宗鈴夫〔訳〕　46237-0

《トム・リプリー・シリーズ》完結篇。後ろ暗い過去をもつトム・リプリー。彼が殺した男の亡霊のような怪しいアメリカ人夫婦の存在が彼を不気味に悩ませていく。『贋作』の続篇。

眼球譚［初稿］

オーシュ卿(G・バタイユ)　生田耕作〔訳〕　46227-1

20世紀最大の思想家・文学者のひとりであるバタイユの衝撃に満ちた処女小説。1928年にオーシュ卿という匿名で地下出版された当時の初版で読む危険なエロティシズムの極北。恐るべきバタイユ思想の根底。

空の青み

ジョルジュ・バタイユ　伊東守男〔訳〕　46246-2

20世紀最大の思想家の一人であるバタイユが、死とエロスの極点を描いた1935年の小説。ロンドンやパリ、そして動乱のバルセローナを舞台に、謎めく女たちとの異常な愛の交錯を描く傑作。

裸のランチ

ウィリアム・バロウズ　鮎川信夫〔訳〕　46231-8

クローネンバーグが映画化したW・バロウズの代表作にして、ケルアックやギンズバーグなどビートニク文学の中でも最高峰作品。麻薬中毒の幻覚や混乱した超現実的イメージが全く前衛的な世界へ誘う。解説＝山形浩生

ジャンキー

ウィリアム・バロウズ　鮎川信夫〔訳〕　山形浩生〔解説〕　46240-0

『裸のランチ』によって驚異的な反響を巻き起こしたバロウズの最初の小説。ジャンキーとは回復不能になった麻薬常用者のことで、著者の自伝的色彩が濃い。肉体と精神の間で生の極限を描いた非合法の世界。

時間割

ミシェル・ビュトール　清水徹〔訳〕　46284-4

濃霧と煤煙に包まれた都市ブレストンの底知れぬ暗鬱の中に暮した主人公ルヴェルの一年間の時間割を追い、神話と土地の霊がひき起こす事件の細部をミステリーのように構成した、鬼才ビュトールの最高傑作。